KNAUR

Über die Autorin:
Giulia di Fano ist das Pseudonym eines Schriftstellerpaares, das schon lange Krimis schreibt. *Vier Signoras und ein Todesfall* ist ihr erster Krimi, der in Italien spielt, und der Auftakt ihrer neuen Rimini-Krimireihe bei Knaur. Die Idee entstand, als die beiden zur Hochzeit einer italienischen Freundin eingeladen waren, in ein altes Weinbauernhaus in den Marken. Dort verliebten sie sich umgehend in die Landschaft, die Menschen und das köstliche Essen – eben die Gegend, wo Italien noch wirklich italienisch ist, inklusive Mamas handgemachter Gnocchi, dem Duft nach Oleander und dem Zirpen der Grillen.

GIULIA
DI FANO

Vier Signoras und ein Todesfall

EIN RIMINI-KRIMI

KNAUR

Besuchen Sie uns im Internet:
www.knaur.de

Aus Verantwortung für die Umwelt hat sich die Verlagsgruppe Droemer Knaur zu einer nachhaltigen Buchproduktion verpflichtet. Der bewusste Umgang mit unseren Ressourcen, der Schutz unseres Klimas und der Natur gehören zu unseren obersten Unternehmenszielen. Gemeinsam mit unseren Partnern und Lieferanten setzen wir uns für eine klimaneutrale Buchproduktion ein, die den Erwerb von Klimazertifikaten zur Kompensation des CO_2-Ausstoßes einschließt. Weitere Informationen finden Sie unter: www.klimaneutralerverlag.de

FSC www.fsc.org
MIX
Papier aus verantwortungsvollen Quellen
FSC® C014496

Originalausgabe April 2022
Knaur Taschenbuch

Ein Imprint der Verlagsgruppe
Droemer Knaur GmbH & Co. KG, München

Dieses Werk wurde vermittelt durch die
Literarische Agentur Thomas Schlück GmbH, 30161 Hannover.
Redaktion: Carlos Westerkamp
Covergestaltung: buxdesign | Lisa Höfner
Coverabbildung: Collage von Lisa Höfner, buxdesign unter Verwendung von Motiven von Lorenza photography/Alamy Stock Foto und Shutterstock
Illustrationen im Innenteil von Shutterstock.com:
Shamanska Kate (Hut), Ihor Biliavskyi (Wolke), Toltemara (Oliven)
Satz: Adobe InDesign im Verlag
Druck und Bindung: GGP Media GmbH, Pößneck
ISBN 978-3-426-52702-3

2 4 5 3 1

Vorspiel

Als Anna die schweren Fensterläden aufstieß, breitete sich die Hügellandschaft der Marken wie ein bunter, vielfach geflickter Teppich vor ihr aus. Die drei altehrwürdigen Zypressen standen als schwarze Schatten vor dem endlosen Blau des Himmels, von der Wiese unter den Olivenbäumen roch es nach dem am Vortag gemähten Gras, das Gewürzbeet direkt unter dem Fenster verströmte den Duft nach Rosmarin, Thymian, Lavendel. Aus dem Tal, von Isola di Fano her, hörte sie ein Moped knattern, gleich darauf trug der Wind entfernte Musik zu ihr herauf. Wahrscheinlich hat Gino gerade sein Bistro geöffnet, dachte sie, es ist Sonntag, da treffen sie sich nach der Kirche alle bei ihm. Und er wird noch ein paar Sätze mit den ersten Gästen wechseln, bevor Emilia mit der unvermeidlichen Zigarette im Mundwinkel die Espressomaschine übernimmt und er in seinen Lieferwagen steigt, um zu mir auf den Hügel zu kommen und seine Sachen einzuladen.

Bei dem Gedanken an das Essen, das ihre Freundin Emilia mit der gesamten Familie ihres Gino – Ginos Mutter, seiner Großmutter und seinen beiden Schwestern – gestern für die Beerdigungsfeier auf der Wiese vor dem Haus gezaubert hatten, strich sich Anna unwillkürlich über den Bauch, als müsste man die Spuren der Kochkünste noch deutlich fühlen können. Sechs Gänge hatten sie aufgetragen! Angefangen bei dem Salat mit den kleinen Pendolini und den Wildblumen, und weiter mit der

Lasagne, den Gnocchi, dem Fisch, den Lammspießen bis zur Pizza aus dem Steinofen, den ihr Vater vor Ewigkeiten schon an die hintere Hauswand gebaut hatte. Und zu jedem Gang hatte es einen anderen Wein gegeben, gute Weine, alle aus der Gegend, aber zu viel davon, viel zu viel, von dem Grappa am Schluss ganz zu schweigen. Trotzdem hatte Anna keine Kopfschmerzen, sie fühlte nur eine unbestimmte Schwere, als wollte ihr Körper sich noch weigern, die Trägheit des Schlafes aufzugeben. Das große Vergessen, das allen Schmerz, allen Kummer, alle Sorgen und Ängste für einige Stunden mit sich genommen hatte – und es doch nicht vermochte, das, was passiert war, ungeschehen zu machen.

Aber es half alles nichts, wenn Gino kam, um die Tische und Bänke, das Geschirr, die leeren Flaschen und Gläser abzuholen, sollte sie munter genug sein, um ihm zumindest dem Anschein nach zur Hand zu gehen. Die Zeit würde gerade noch reichen für einen kurzen Sprung in den Pool und ein paar Bahnen in dem morgendlich kühlen Wasser. Wenigstens fünfzig Schwimmzüge, um den Kopf wieder klar zu bekommen und dann hoffentlich in der Lage zu sein, sich nichts von dem großen Geheimnis anmerken zu lassen, das sie seit gestern mit sich herumschleppte wie etwas Unwirkliches, einen flüchtigen Traum, einen unsinnigen Streich ihrer Fantasie …

Für einen Moment schloss Anna die Augen, als wollte sie sichergehen, dass das Paradies vor ihrem Fenster für immer in ihrer Erinnerung blieb, dann tappte sie barfuß die Treppe hinunter, ohne sich erst damit aufzuhalten, ein Hemd überzustreifen oder in ihr Höschen zu schlüpfen. Es waren jetzt schon über zwanzig Grad, um gerade mal halb zehn Uhr morgens, und das Thermometer würde schnell weiter steigen. An der Spüle trank sie ein Glas Wasser, bei dem Blick zur Kommode hinüber nickte sie dem Foto ihres Vaters mit dem schwarzen

Trauerflor über der rechten oberen Ecke leise lächelnd zu: »Danke, Papa! Für alles, was du getan hast, auch wenn ich es dir nie so gesagt habe, wie es nötig gewesen wäre.«

Auf dem Weg zur Hintertür versuchte sie, das deckenhohe Regal mit den gestapelten Pizzakartons, die ihr Vater aus welchen Gründen auch immer hier gelagert hatte, möglichst zu ignorieren, zögerte dann aber doch und zog den obersten Karton ein Stück zu sich, bis sie den Deckel anheben konnte. Die Geldscheine lagen unverändert da, so wie sie sie noch in der letzten Nacht einsortiert hatte, zwölf jeweils vier Zentimeter hohe Stapel mit Hundert-Euro-Scheinen, mal dreißig Kartons! Als sie die Summe vor sich hinmurmelte, die sie gestern ausgerechnet hatte, wurde ihr schwindlig, hastig schloss sie den Karton und schob ihn zurück.

Immer noch nackt, trat Anna vors Haus, es war ein unschätzbarer Vorteil, ganz alleine auf dem Hügel zu wohnen, ohne neugierige Nachbarn weit und breit. Die Sonne blendete so sehr, dass sie die Augen zusammenkneifen musste, als sie über die Stufen der niedrigen Steinmauer nach oben auf die Wiese stieg und sich fast blind bis zum Pool tastete. Das Wasser schimmerte türkisblau und verlockend, Anna schlang sich die Haare zu einem Knoten zusammen und wollte sich eben ins Becken gleiten lassen, als sie im Schatten am hinteren Rand den leblos treibenden Körper entdeckte.

Für einen kurzen Moment spürte sie, wie ihr Herzschlag aussetzte. Es war ein Mann, der da mit dem Gesicht nach unten im Wasser trieb, ein Mann mit Jeans und einer kurzen Lederjacke, die in seinem Rücken aufgebläht war wie ein Ballon. Und es stand außer Frage, dass der Mann tot war. Einer der Gäste von heute Nacht, war Annas erster Gedanke, jemand aus dem Dorf, der zu viel getrunken hat und gestolpert ist, ins Wasser gefallen. Oder der sich erfrischen wollte und … Aber das Bild vor ihren

Augen passte nicht, der Mann war blond und hatte die langen Haare zu einem Pferdeschwanz gebunden, so einen Gast hatte es nicht gegeben.

Anna lief am Rand des Beckens entlang, bis der leblose Körper nur noch eine Armlänge von ihr entfernt war. Trotz der vielen Toten, die sie in den letzten Jahren bei der Mordkommission gesehen hatte, empfand sie immer noch Scheu beim Anblick einer Leiche und musste jetzt allen Mut zusammennehmen, um sie genauer zu betrachten. Fast sofort fielen ihr die Stiefel auf, die der Mann trug – Cowboystiefel aus einem Schlangenlederimitat, die sie schon mal gesehen hatte. Und das war nicht gestern auf der Beerdigungsfeier gewesen!

Für einen Moment war es, als würde ihr Verstand aussetzen. Es ging jetzt nur noch darum, sich augenblicklich zu vergewissern, dass sie sich täuschte. Dass es nichts als ein dummer Zufall war. Alles andere war … unmöglich. Es konnte einfach nicht sein!

Sie musste das Gesicht des Toten sehen. Aber vom Beckenrand aus konnte sie ihn gerade so mit den Fingerspitzen erreichen, mehr nicht. Als sie sich vorsichtig ins Wasser gleiten ließ, war ihr klar, dass sie gegen jede Vernunft handelte. Bei dem Griff in seine Haare hielt sie unwillkürlich den Atem an. Dann drehte sie sein Gesicht zu sich.

Sie brauchte nur einen kurzen Blick, um zu erkennen, dass sie sich nicht geirrt hatte. Der Schock war so plötzlich da, dass sie zurückprallte und einen Schluck Wasser in den Mund bekam, bevor sie hustend nach Luft schnappte und sich zwang, noch einmal hinzusehen.

Er war es. Ihr Nachbar aus Berlin. Der erst vor wenigen Wochen eingezogen war und mit dem sie kaum mehr gesprochen hatte als auf dem Treppenabsatz ein paar Sätze übers Wetter und über den Müll auf dem Hof. Einmal auch über die laute

Musik aus der Studenten-WG. Bis vor fünf Tagen, als sie bei ihm geklingelt hatte und … Egal, das spielte jetzt keine Rolle. Aber das Auto war sein Auto. Der Volvo, den er ihr geliehen hatte. Und in dem sie gestern durch Zufall die Tasche mit dem Geld gefunden hatte …

Erst als Anna das Motorengeräusch hörte, das auf dem Feldweg zu ihrem Haus schnell näher kam, wurde ihr bewusst, dass Gino sie gleich mit einer Leiche im Pool überraschen würde. Und dass sie immer noch splitterfasernackt war!

Mit beiden Armen zog sie sich auf den Beckenrand, während sie sich vergeblich nach einem Handtuch umblickte, einer Decke, einem Kleidungsstück, aber es war ohnehin schon zu spät, das Auto fuhr bereits auf den Hof. Nur dass es nicht Ginos Lieferwagen war, sondern ein Seat. Mit Blaulicht auf dem Dach und der großflächigen Aufschrift »POLIZIA« auf der Tür.

Erstes Buch

Le bugie hanno il naso lungo
Lügen haben lange Nasen

1. Kapitel

Berlin, fünf Tage zuvor

Es war einer dieser Tage, an denen die ganze Welt aus den Fugen geraten zu sein schien. »Giorni pieni di lacrime«, Tage voller Tränen, hatte Annas Großmutter solche Tage genannt – und Anna hatte nie ganz verstanden, was die zwar alte, aber doch immer noch rüstige Frau mit den grauen, streng nach hinten gekämmten Haaren und dem Gehstock mit dem silbernen Knauf eigentlich meinte. Erst jetzt, mit Anfang vierzig, als sie selber sich manchmal unerträglich alt vorkam, begann sie langsam zu ahnen, welcher Art der Kummer gewesen war, der ihre Oma gequält hatte. Es gab so viel Furchtbares in der Welt, so viel Elend, Angst und Schrecken, dass ihr Verstand sich unwillkürlich weigern wollte, jeden Morgen im Radio von neuen Kriegen, Hungersnöten, Naturkatastrophen zu hören – als könnte sie den Zeitpunkt hinauszögern, an dem das Pulverfass, auf dem sie alle zusammen saßen, zwangsläufig explodieren musste.

Es passte nur zu gut zu Annas Stimmung, dass offensichtlich auch die Zeit endgültig vorbei zu sein schien, in der Radiosprecher noch volltönende, leicht whiskeygetränkte Baritonstimmen hatten, die einen von ganz anderem als dem alltäglichen Horror träumen ließen. Wieso um alles in der Welt durften jetzt plötzlich Leute die Nachrichten verlesen, die ungefähr so wohltönend klangen wie picklige Pennäler im Stimmbruch? Und seit wann durfte ein Hausbesitzer horrende Mieten dafür verlangen, dass die Dusche noch nicht mal genügend warmes Wasser ausspuckte, um sich wenigstens die Haare waschen zu können? Oder dass der Geruch nach zerkochtem Kohl aus dem Kimchi-Laden im Erdgeschoss durch jede Fußbodenritze von ihrer Wohnung drang?

Überhaupt war Berlin im Frühsommer absolut nichts für jemanden, der sich monatelang nach Licht und Wärme gesehnt hatte und jetzt endlich wieder seinen morgendlichen Milchkaffee an einem der Tische vor dem kleinen Laden neben der Admiralsbrücke genießen wollte – nur um im nächsten Moment daran erinnert zu werden, dass Berlin ein Hundehaufen-Problem hatte. Und ein Problem mit den Wochenendtouristen, die ihre E-Roller ebenso achtlos mitten auf dem Fußweg stehen ließen, wie sie ihre nur halb geleerten Pizza- und Dönerpackungen in die Gegend warfen. Woraus wiederum ein Rattenproblem folgte. In diesem Leben jedenfalls würde sich Anna ganz sicher nicht mehr an die Hundehaufen, den Müll und die über die Böschung des Landwehrkanals huschenden Ratten gewöhnen, ebenso wenig wie an die unablässig gellenden Sirenen der Rettungswagen, die die Notaufnahme des nahe gelegenen Urban-Krankenhauses ansteuerten.

Unwillkürlich hatte sie wieder die Szene mit den zwei jugendlichen Möchtegern-Gangstern vor Augen, die sich letzte Nacht auf dem Fußweg vor ihrem Haus gestritten hatten. »Ich mach dich Urban!«, war die Drohung gewesen, die Anna dann veranlasst hatte, einen Eimer kaltes Wasser aus dem Fenster auf die Köpfe der beiden Kontrahenten zu leeren. Eine durchaus wirkungsvolle Methode, die schon ihre Nonna bei den räudigen Dorfkatzen angewandt hatte, wenn ihr das Gefauche zu viel wurde. Mit dem einzigen Unterschied, dass die Kater nicht dazu neigten, ihrer Empörung über den unerwarteten Eingriff in die Kampfhandlungen mit Schimpfworten Ausdruck zu verleihen, von denen »du Opfer« noch das bei Weitem harmloseste war.

Genervt blickte Anna auf, als jetzt ein tiefergelegtes mattschwarzes Mercedes-Cabrio mit quietschenden Reifen vor dem Straßencafé hielt. Der sonnenbebrillte Fahrer verschwand im Kiez-Späti neben Annas Tisch, ohne sich erst die Mühe zu machen, den Motor auszustellen. Für einen kurzen Moment gefiel Anna die Idee, einfach die Tür zu öffnen, den Schlüssel abzuziehen, ihn in den Kanal zu werfen und ohne einen Blick zurück zur U-Bahn-Haltestelle zu laufen. Niemand würde sie verdächtigen. Sie war nur eine Frau mittleren Alters mit ein wenig zu viel Rouge auf den Wangen, die auf dem Weg ins Büro war. Und die mit der U-Bahn fahren musste, weil sie ihr vor ein paar Tagen das Fahrrad geklaut hatten. Aber die ganz bestimmt weder fremde Autoschlüssel entwendete noch streunende Kater davon abhielt, sich gegenseitig »Urban« zu machen.

Dann aber begnügte sie sich damit, im Vorbeigehen den letzten schaumigen Schluck ihres Kaffees über den Fahrersitz zu kippen, wo er auf dem hellen Leder augenblicklich einen hässlichen Fleck hinterließ, der an eine ganz andere Art von peinlichem Missgeschick erinnerte.

Eine halbe Stunde später betrat sie das Gebäude der Mordkommission. Noch in der Tür kam ihr Lepke entgegen, mit der Zigarette zwischen den Lippen und dem Zippo in der Hand auf dem Weg zu einer kurzen Rauchpause.

»Der Chef will dich sehen«, informierte er Anna, während er bereits den ersten tiefen Zug nahm. »Keine Ahnung, warum, aber er scheint noch nervöser als üblich, am besten lässt du ihn einfach reden, zum einen Ohr rein, zum anderen wieder raus.«

Als Anna nach kaum zehn Minuten wieder aus dem Haus trat, war Lepke immer noch da. Nach den beiden Kippen vor seinen handgenähten italienischen Lederschuhen zu urteilen, war er bei der dritten Zigarette.

»Und?«

»Ich …«, stammelte Anna, »er … er hat mich informiert, dass meine Dienste nicht mehr benötigt werden.«

»Was? Du spinnst, sag das noch mal!«

»Willst du es im O-Ton hören?«

»Ich bitte darum, ja!«

»›Liebe Anna-Kristina, Sie wissen, wie sehr ich Sie schätze, ich will daher auch nicht lange drum rum reden: Ich habe von ganz oben die unmissverständliche Anweisung bekommen, auf eine zukünftige Zusammenarbeit mit Ihnen zu verzichten. Sparmaßnahmen und so weiter, nichts Persönliches, man weiß um Ihren Einsatz für das Dezernat, ich habe das auch nochmals hervorgehoben und mehrfach betont, dass wir Ihre fachliche Kompetenz dringend benötigen, aber das ändert nichts an der Entscheidung. Im Übrigen muss da wohl durchgesickert sein, dass es um Ihre Teamfähigkeit nicht unbedingt zum Besten bestellt sein soll, das konnte ich leider nicht ausräumen. Wie auch immer, wir haben gemeinsam ein paar komplizierte Fälle gelöst, ich habe gerne mit Ihnen gearbeitet und bedauere aufrichtig, dass ich Sie gehen lassen muss. Das werde ich selbstverständlich auch in meinem Arbeitszeugnis für Sie so formulieren. Ich wünsche Ihnen viel Glück, Anna-Kristina, behalten Sie uns trotz allem in guter Erinnerung. Und jetzt muss ich leider … Sie wissen ja, wie das ist, eine Sitzung jagt die nächste, seien Sie froh, dass Sie aus diesem Hamsterrad rauskommen!‹ – Und noch mal sein nervöses Händegeflatter, und weg war er. Rauchen wir noch eine letzte Zigarette zusammen?«

Anna war selbst überrascht, wie ruhig sie blieb. Vielleicht war es auch der Schock, der sie eben die kleine Abschiedsrede ihres jetzt ehemaligen Chefs nahezu wortgetreu hatte wiederholen lassen, als wäre es nur wichtig, keine der ebenso gestelzten wie dämlichen Formulierungen jemals wieder zu vergessen.

Mit zusammengepressten Lippen hielt Lepke ihr die Zigarettenschachtel hin. Als er ihr Feuer gab, zitterten seine Hände. Anna empfand sein offensichtliches Bemühen, nicht die Fassung zu verlieren, fast wie eine Geste der Zuneigung, die ihr mehr bedeutete, als jedes Wort es vermocht hätte. Sie schätzte den Hauptkommissar mit seinen handgenähten Schuhen und dem hellen Dreiviertel-Trench – auch wenn er wie ein eitler Snob wirken konnte, verbarg sich hinter der Attitüde des Lifestyle-Lebemannes doch ein hartnäckiger und erfahrener Ermittler, der im Gegensatz zu vielen seiner Kollegen nicht die Empathie für andere verloren hatte. Und er war einer der wenigen Männer, die nicht mal ansatzweise versucht hatten, ihre Zusammenarbeit auszunutzen, um mit ihr zu flirten!

Tatsächlich hatte Anna das immer als ausgesprochen respektvoll empfunden, wenn sie sich auch gerade jetzt bei dem Gedanken ertappte, dass sie vielleicht beide eine Chance verpasst hatten, die nun unwiderruflich vorbei war.

Anna zuckte zusammen, als Lepke plötzlich zwischen den Zähnen hervorstieß: »Ich polier ihm bei nächster Gelegenheit die Fresse, glaub mir!«

Die Formulierung passte so gar nicht zu Lepke, aber im ersten Moment dachte Anna natürlich, er würde von Wagner reden, den er als Chef ohnehin einfach ignorierte, als würde es keine Rolle spielen, was Wagner vorschlug oder anordnete.

»Er war nur der Bote, der die schlechte Nachricht überbringen musste …«, setzte Anna an, wurde aber sofort von Lepke unterbrochen: »Wen interessiert schon Wagner? Du hast den entscheidenden Satz von ihm doch wiedergegeben, dass etwas über deine mangelnde Teamfähigkeit durchgesickert sein soll! So, und da bleibt nur einer, der dieser Meinung ist und das hintenherum weiterträgt, um sich selbst ins rechte Licht zu rücken.«

»Du meinst … Marcel?«

»Natürlich. Aber diesmal ist er zu weit gegangen, damit lasse ich ihn nicht durchkommen.«

Wahrscheinlich hatte Lepke recht, dachte Anna. Wahrscheinlich war es wirklich Marcel gewesen, der sich über ihre mangelnde Kollegialität geäußert hatte. Und der damit noch nicht mal gelogen hatte, zumindest was ihn und Anna betraf!

Marcel Kowinski, ebenfalls Hauptkommissar und berühmtberüchtigt für jedes Vorurteil, das ein Polizist nur haben konnte. Ein engstirniger Macho, der Anna von dem Moment an, in dem sie seine Avancen unmissverständlich abgelehnt hatte, mit der ganzen verletzten Eitelkeit seines von zu viel Anabolika vernebelten Gehirns das Leben schwer machte. Dazu gehörte unter anderem seine morgendliche Standardbegrüßung für Anna: »A-n-n-a, von vorne wie von hinten ganz egal.« Anna hatte zwar gelernt, die kleine Zote geflissentlich zu überhören, aber natürlich machte der Spruch hinter vorgehaltener Hand schon bald die Runde im Dezernat. Und Marcel fand es großartig, was er da erreicht hatte!

»Willst du mir wirklich einen Gefallen tun?«, fragte Anna.

»Was immer du möchtest.«

»Polier ihm nicht nur die Fresse, mach ihn Urban, ja?«

Das Grinsen, das sich über Lepkes ganzes Gesicht ausbreitete, ließ Anna sich spontan vorbeugen und ihm einen Kuss auf die Lippen drücken.

»Ich dich auch«, sagte Lepke ohne das geringste Anzeichen von Verblüffung. »Du weißt, wie du mich erreichst, melde dich, wann immer du willst.«

Als hätte er Angst, womöglich noch mehr von seinen Gefühlen preiszugeben, steuerte er mit raschen Schritten die Eingangstür an und verschwand, ohne noch einmal zurückzublicken.

Anna wusste, dass sie Lepke nicht anrufen würde. Ihn nicht besuchen, sich nicht mit ihm treffen, ihn nicht noch mal küssen, nicht mit ihm schlafen. Es würde alles nur noch viel komplizierter machen. Aber es war schön, sich vorzustellen, wie es wohl wäre, wenn … Wenn Lepke nicht hoffnungslos in diese Amour-fou-Geschichte mit seiner Kollegin Alex verstrickt wäre, wenn sie selber sich nach der Trennung von ihrem Freund nicht gerade erst noch geschworen hätte, zumindest für einige Zeit mal die Finger von jedem männlichen Wesen zu lassen, wenn sie nicht fürchten müsste, doch nur aus Enttäuschung über die Kündigung nach einer Schulter zum Ausweinen zu suchen.

Sie war noch nicht um die nächste Häuserecke, als die Tränen kamen. Und es waren Tränen der Wut, der Empörung darüber, wie Wagner mit ihr umgegangen war. Seinen halbherzigen Versuch, die Schuld auf die »ganz oben« zu schieben, konnte er sich sonst wohin stecken, dachte sie. Wagner hatte kein Rückgrat, hatte er noch nie gehabt. Er ging den Weg des geringsten Widerstands, ein Opportunist, ein Erbsenzähler, ein Sesselpupser, der den Schwanz schon einzog, wenn er nur das Gefühl hatte, dass es eng werden könnte.

Und damit passte er ebenso perfekt in die Hierarchie des Polizeiapparates wie auch ein gewisser Marcel und ähnliche Typen, von denen es genug gab. Eigentlich sollte sie froh sein, die Marcels dieser Welt nicht länger jeden Tag ertragen zu müssen. Aber die Arbeit hatte ihr Spaß gemacht! Und sich nicht einschüchtern zu lassen, sondern den vermeintlichen Wundern der Schöpfung ihre Grenzen zu zeigen.

Fast fünf Jahre war es jetzt her, seit sie das Angebot wahrgenommen hatte, von der befristeten Vertretungsstelle einer Psychologie-Dozentin an der Humboldt-Universität zur Kriminalpolizei zu wechseln. Als psychologische Beraterin mit einem deutlich besseren Gehalt und der Aussicht auf eine Tätigkeit, die so aufregend wie abwechslungsreich zu sein versprach. Profilerin bei der Mordkommission! Das ließ sie sogar vergessen, dass eine mögliche Festanstellung hier ein genauso leeres Versprechen war wie an der Uni.

Und Anna war gut gewesen in ihrer neuen Aufgabe. Schon nach kurzer Zeit wollte sie den Kitzel nicht mehr missen, mithilfe eines Täterprofils den Mörder zu überführen, ganz zu schweigen von der Genugtuung, wenn das von ihr erstellte Profil dann auch noch tatsächlich ein nahezu identisches Abbild des Täters ergab. Es war wie eine Sucht, die von ihr Besitz ergriffen hatte – und nichts kam der Befriedigung gleich, mit ihren Schlussfolgerungen richtiggelegen zu haben.

Fast nichts, wenn auch die andere Möglichkeit zur Befriedigung immer weiter ins Hintertreffen geriet, je mehr sich Anna in ihrer Arbeit vergrub. Was wiederum den unschätzbaren Vorteil gehabt hatte, dass ihre Beziehung zu Harald nicht Gefahr lief, durch Abnutzung ihren Reiz zu verlieren. Sie führten eine Fernbeziehung, Harald war als Schauspieler am Stadttheater Bremerhaven engagiert, und wenn Anna an jedem zweiten Wochenende nach Norddeutschland fuhr, spielten sie in der kleinen Wohnung am Alten Hafen ihre jeweils eigene Version der Stücke, mit denen Harald abends auftrat – besonders die Rollen des Bösewichts fanden Annas Gefallen. Bis sie vor wenigen Wochen erfahren hatte, dass Harald nicht nur für sie den Bösewicht spielte. Und schlimmer noch, dass er verheiratet war und zwei halbwüchsige Kinder in Süddeutschland hatte, deren Mutter ihn im genau ausgeklügelten Wechsel mit Anna besuchte.

Im Nachhinein war sich Anna vollkommen im Klaren darüber, dass sie das mithilfe eines Täterprofils leicht und vor allem rechtzeitig hätte durchschauen können.

Als die U-Bahn am Kottbusser Tor hielt, blieb Anna einfach sitzen und ließ sich dann quietschend weiterschaukeln bis zum Lausitzer Platz. Gleich hinter der Kirche gab es einen Eisladen, drei Kugeln Sanddorneis waren wohl das Mindeste, was sie sich an diesem hoffnungslos versauten Vormittag gönnen durfte. Schade nur, dass auch das Sanddorneis nicht half, ihre Laune zu verbessern, geschweige denn, ihr auch nur den Hauch einer Idee zu vermitteln, was nun aus ihr werden würde. Wobei ihr ein Job als Eisverkäuferin spontan gar nicht mal so schlecht gefallen wollte!

Und was blieb sonst? Sollte sie tatsächlich noch mal einen zweiten Versuch unternehmen, an der Uni Fuß zu fassen? Nach ihrer Auszeit war die Chance auf eine mögliche Psychologie-Professur wahrscheinlich ohnehin für immer vertan, und sie sah sich auch nicht im Hörsaal stehen und über Freud und Jung reden oder jedes Jahr die gleiche Einführungsvorlesung für picklige Abiturienten über »Die weibliche Sexualität und die Funktion des Orgasmus« halten. Dann doch lieber Eisverkäuferin. Oder sie würde es jetzt tatsächlich wahr machen und die Wette annehmen, zu der ihre Freundinnen sie schon lange überreden wollten – welche von ihnen es als Erste schaffen würde, einen Krimi zu schreiben!

Schließlich hatten sie in ihrem Leseclub schon so viele Mordfälle genauestens analysiert, dass es langsam auch mal an der Zeit war, ihr gesammeltes Wissen zu dem einen großen Kriminalroman zu machen, der die Welt der Spannungsliteratur zumindest aufhorchen lassen, wenn nicht sogar grundlegend verändern würde. Und wer, wenn nicht Anna, sollte aufgrund ihrer Arbeit für die Polizei prädestinierter sein, um damit Kritiker wie Leser zu überzeugen? Eine Krimi schreibende Ex-Polizistin aus Berlin-Kreuzberg, die noch dazu italienische Wurzeln hatte, das würde auch die Presse begeistern …

»Hör auf, dir dummes Zeug auszumalen«, murmelte Anna halblaut vor sich hin. »Du stehst unter Schock, komm erst mal wieder zu dir!«

Aber sie musste die Freundinnen in Italien unbedingt anrufen! Ihnen erzählen, was passiert war. Damit sie sich gemeinsam aufregen konnten, wie übel ihr mitgespielt worden war. Bestimmt würden Fabia und die anderen drei sofort vorschlagen, dass Anna kommen sollte. Und vielleicht war das die beste Idee überhaupt. Sie hatte ja jetzt Zeit, sie hatte auch ein bisschen Geld gespart, sie konnte sogar länger bleiben als die üblichen drei Wochen, sie konnte mit den Freundinnen abhängen oder bei ihrem Vater im Restaurant einspringen, damit er endlich mal ein wenig zur Ruhe kam. Und den einen oder anderen Ausflug mit ihm unternehmen, das hatten sie schon lange nicht mehr zusammen gemacht. Nach Urbino. Nach Ancona. Vielleicht sogar Venedig! Vor allem aber würde es ihr helfen, wieder einen klaren Kopf zu bekommen. Und Berlin mal für eine Weile zu vergessen, bis sie entschieden hatte, ob Eisverkäuferin das Richtige für sie war.

Anna verzichtete auf die stickige U-Bahn, der Fußweg am Landwehrkanal entlang dauerte kaum länger und ließ sie beim Anblick der glitzernden Wasserfläche eine Art Vorfreude empfinden, die sie selber verblüffte. Vielleicht war Italien für sie doch viel mehr Heimat, als sie sich eingestehen wollte …

Als sie gerade dabei war, die Haustür aufzuschließen, sah sie aus den Augenwinkeln, wie auf der gegenüberliegenden Straßenseite ein silberner Volvo-Kombi einparkte. Wobei entweder der Volvo zu groß oder die Parklücke zu klein war, Anna konnte deutlich das Geräusch hören, als die Stoßstange den Wagen dahinter rammte. Und gleich darauf auch den Vordermann.

Aber dann stand der Volvo perfekt, als hätte ihn jemand seitwärts in die Lücke geschoben. Und als der Fahrer jetzt ausstieg und seine Parkkünste begutachtete, erkannte Anna den neuen Nachbarn. Der erst vor wenigen Wochen eingezogen war und mit dem sie bislang kaum mehr als ein flüchtiges »Hallo« gewechselt hatte. Und einmal hatte sie ihn darauf hingewiesen, dass es schön wäre, wenn er seine leeren Kartons für die Altpapiertonne vorher zusammenfaltete, damit auch andere Mieter noch ihr Papier entsorgen könnten.

Nach dem mit Kugelschreiber gemalten Klingelschild hieß er Schmidt. W. Schmidt. Wolfgang. Wilfried. Walter. Mehr Vornamen mit W waren Anna nicht eingefallen. Aber es hatte sie auch nicht weiter interessiert, sie hatte den Typen ohnehin als jemanden eingestuft, der nicht lange bleiben würde. Zu smart für das Haus mit den graffitibesprühten Wänden, den politischen Aufklebern auf der schweren Holztür, den verbeulten Briefkästen der beiden Studenten-WGs oben unter dem Dach. Smart, aber auf eine ganz andere Art als Lepke, eher ein wenig halbseiden, ein Gastronom, Kneipenwirt, auch Weinhändler war vorstellbar, oder Verkäufer in einem hippen Designmöbel-Geschäft, Inhaber eines Shops für E-Bikes, so was. Es war schwierig, ihn einzuschätzen, womöglich war er auch älter, als sie angenommen hatte, und längst über die vierzig hinaus. Auch heute trug er wieder ein dunkles Leinensakko zu der verwaschenen Jeans, die blonden Haare waren wie üblich streng zurückgekämmt und zu einem Zopf gebunden.

Als er jetzt die Straße überquerte und auf sie zukam, hatte Anna Mühe, den Blick von den Cowboystiefeln aus Schlangenleder zu wenden. Der Typ passte nicht hierher, dachte sie erneut, weder in dieses Haus noch in dieses Viertel. Ebenso wenig wie seine Autos zu ihm passen. Der Volvo war bereits das vierte oder fünfte, mit dem sie ihn sah, ausnahmslos große Wagen,

Mercedes, BMW, Audi, einmal auch ein Jaguar, aber immer Modelle, die zu alt waren, um damit zu posen, und zu jung, um als Oldtimer Bewunderung hervorzurufen.

Erst als er Anna ansprach, wurde ihr bewusst, dass sie sich gerade benahm wie die ewig hinter der Gardine hervorspähende Hauswartsfrau, die sie in ihrer früheren Wohnung mit ihrer Neugier fast zur Weißglut getrieben hatte. Aber noch bevor sie sich entschuldigen konnte, verblüffte ihr Zopf tragender Nachbar sie mit dem Satz: »Jetzt sagen Sie bloß nicht, der Wagen davor oder dahinter gehört Ihnen! Es tut mir leid, aber einparken war noch nie meine Stärke!«

Er zuckte mit den Schultern und zeigte ein entwaffnendes Lächeln, bevor er ihr die Hand hinstreckte: »Willy, mit Ypsilon hinten. Wie Willy deVille, falls Sie sich an den noch erinnern können.«

»Der mit den Ohrringen und dem Papagei auf der Schulter?«, kramte Anna ein vages Bild des Musikers aus dem Gedächtnis. »Aber hieß der nicht … Mink deVille?«

»Mink deVille war die Band, er hieß Willy. Es passiert nicht oft, dass jemand überhaupt etwas mit dem Namen anfangen kann. Freut mich, Frau … Antonelli, richtig?«

»Anna«, erwiderte Anna, als wäre es selbstverständlich, jetzt auch ihm ihren Vornamen zu verraten.

Sein Händedruck war warm und kräftig, und seine Augen hatten ein merkwürdig leuchtendes Grau.

Anna wies mit dem Kopf zu dem Volvo hinüber. »Neu?«

»Was? – Ach so, der Wagen, nein. Ja, doch, aber …«

»Kann es vielleicht sein, dass du im diplomatischen Dienst bist?«, fragte Anna belustigt. »Oder Politiker?« Als sie seinen verständnislosen Blick sah, setzte sie hinzu: »Wegen deiner Antwort – nein, ja, doch. Was denn nun, Herr Nachbar, ist es so kompliziert?«

»Ja, irgendwie schon, also nein, nicht wirklich, aber …« Er verdrehte die Augen und fiel in Annas Lachen ein.

Vielleicht ist er auch nicht unbedingt der Schnellste im Kopf, dachte Anna, oder er will aus irgendeinem Grund nicht mit der Sprache rausrücken, vergiss nicht die Schlangenlederstiefel, jemandem mit solchen Stiefeln solltest du besser nicht trauen …

Willy betrachtete sie mit gefurchter Stirn, als wollte er ihre Gedanken lesen. Dann schüttelte er unwillig den Kopf. »Keine große Sache«, erklärte er, »und auch nicht wirklich kompliziert. Ist eher so eine Art Hobby von mir, ich kaufe immer mal Wagen, die vor zwanzig Jahren zum Besten gehörten, was man kriegen konnte, und deren früherer Besitzer verstorben ist, weshalb die Erben die spritfressenden Luxuskarren jetzt gerne loswerden möchten. Und mit ein bisschen Glück finde ich eigentlich immer einen Liebhaber, der mir tausend oder zweitausend Euro mehr zahlt, als ich hingeblättert habe. Ganz netter Nebenverdienst, und ich stehe auf solche Wagen. Der Volvo da drüben hat zum Beispiel schon alles, wovon die meisten Autobesitzer auch heute noch nur träumen können, Tempomat, Traktionskontrolle, Notbremsassistent, Bordcomputer, Sitzheizung natürlich sowieso, ist ja ein Schwede, und keine zweihunderttausend Kilometer auf der Uhr! Gekauft habe ich ihn für zweieinhalb, für vier geht er mindestens weg. Also, falls du mal wirklich ein *Auto* haben willst, sag Bescheid. Was mich wieder zu meiner Frage von vorhin bringt …« Er nickte mit dem Kopf in Richtung Straße. »Ist einer von den Wagen, die ich angerempelt habe, deiner?«

»Nein, ich habe gar kein Auto. Nicht mehr, wozu? In Berlin mit einem Auto ist … eher dämlich, oder?«

»Schon klar, sehe ich ähnlich. Aber trotzdem, du verpasst etwas, ich sage nur: Landstraße Richtung Ostsee, Polen, wohin auch immer, und dann den Tempomat einschalten und einfach nur zurücklehnen und die Alleebäume vorbeiwischen sehen, das ist Autofahren!« Sein Handy klingelte. Er warf einen kurzen Blick auf das Display. »Entschuldigung, da muss ich rangehen. Aber vergiss nicht, ich habe jederzeit das Richtige für dich, wenn du willst, melde dich einfach.«

Noch während er sich umdrehte, nahm er bereits das Gespräch an. Anna beeilte sich, ins Haus zu kommen, um nicht nochmals allzu neugierig zu wirken. Als sie die Treppen hinaufstieg, dachte sie, dass sie trotz allem immer noch nicht wusste, was ihr Nachbar beruflich machte.

Anna hatte gerade erst die Schuhe abgestreift, als sich ihr eigenes Handy meldete. Im ersten Moment war sie überzeugt, dass es der Nachbar sein musste, der nach ihrer kleinen Unterhaltung jetzt womöglich glaubte, ihr noch mehr von Sitzheizungen und Notbremsassistenten erzählen zu dürfen. Ihre Nummer hatte er wahrscheinlich von der Liste, in der alle Hausbewohner einen Kontakt angegeben hatten, nachdem im Frühjahr ein Wasserrohr im vierten Stock gebrochen und niemand in der Lage gewesen war, die Mieter der darunterliegenden Wohnung zu erreichen …

Aber das Display zeigte keine unbekannte Nummer, sondern einen Anruf von Fabia! Ihrer Freundin aus Italien!

»Fabia! Stell dir vor, ich wollte dich auch gerade anrufen! Ich bin eben gerade rein und … Es gibt etwas, was ich euch erzählen muss, und es ist gut, wenn ich zuerst mit dir darüber sprechen kann. Fabia? Bist du noch da? Was ist los? Warum sagst du nichts?«

Anna hörte deutlich, wie die Freundin schluckte, bevor sie endlich antwortete. Sie schien Annas aufgeregt hervorgestoßene Sätze gar nicht gehört zu haben, und ihre Stimme klang anders als sonst, zögerlich, ernst, besorgt. Als würde sie nicht wissen, wie sie Anna beibringen sollte, was sie ihr zu sagen hatte. Es ist etwas passiert, dachte Anna unwillkürlich, und es ist schlimmer als das, was ich erzählen wollte.

Und dann stand die Welt für Anna endgültig kopf. Ihr Vater war gestorben. Herzstillstand. In der Nacht zuvor, in seinem Restaurant in Rimini. Vierundsiebzig Jahre alt und bei bester Gesundheit. Hatte er zumindest behauptet, als er bei ihrem letzten Telefongespräch von seinem Arztbesuch erzählte, bei dem er von Kopf bis Fuß durchgecheckt worden war: »Tutto bene! Ich fühl mich wie jemand, der seine besten Jahre noch vor sich hat.«

Oh Papa, dachte Anna. Warum? Wie kann das sein? Was wird jetzt aus all den Träumen, die du noch hattest? Und wer fährt mit mir nach Venedig, wer kocht mir kleine Tintenfische in Krebssoße und deine berühmten Spaghetti Frutti di Mare alla Casa, wer sitzt mit mir auf der Bank am Hafen und singt leise ein unanständiges Lied, während das Meer erst silbergrau wird und schwer wie Blei und dann langsam in der Dunkelheit versinkt?

Der Aushilfskellner, ein Student aus Urbino, hatte Gennaro Antonelli am Vormittag in der Küche tot aufgefunden. Und nicht etwa lang hingestreckt oder wie ein Baby zusammengerollt auf dem Fußboden, sondern aufrecht sitzend in dem Campingstuhl mit dem lange schon verblichenen Streifenmuster, der normalerweise neben der Hintertür stand. Mit einem halb vollen Glas Averna auf dem Herd an seiner Seite und einem Buch in der leblosen Hand, den starren Blick auf das Regal mit den blank gescheuerten Töpfen und Pfannen gerichtet, als wollte er jeden Moment die kurze Pause für beendet erklären und mitten in der Nacht zu kochen beginnen.

»Was für ein Buch?«, fragte Anna, während sie sich gleichzeitig bewusst war, wie unpassend ihre Reaktion wirken musste.

Aber Fabia schien die Frage völlig normal zu finden – und kannte auch tatsächlich die Antwort: »*Storia della Bellezza* von Umberto Eco.«

»Was?«, entfuhr es Anna unwillkürlich. »*Die Geschichte der Schönheit?* Aber das ist kein Roman, ich kenne das Buch, das habe ich ihm selber geschenkt, es ist eine Abhandlung über das Ideal der Schönheit! Wieso sitzt er nachts in seiner Küche und … Und woher weißt du das überhaupt mit dem Buch? Warst du da, hast du Papa gesehen?«

»Pietro, der Aushilfskellner, hat mich in seiner Panik angerufen, ich bin hin und habe mit ihm zusammen auf die Polizei gewartet. Alles gut, Anna, dein Vater sah … zufrieden aus. Noch nicht mal überrascht, einfach … glücklich und zufrieden. Und jetzt rate, auf welcher Seite das Buch aufgeschlagen war!«

»Was? Ist das denn wichtig? Ich glaube, ich will es gar nicht wissen …«

»Doch, willst du! Es ist nämlich überhaupt nicht anrüchig, es ist nur das Bild von einer Reklame aus den Dreißigerjahren, mit einer Frau und ihren drei Kindern, die aus dem Fenster sehen, vor dem gerade der Vater mit seinem neuen Fiat vorgefahren ist! Das Letzte, was sich dein Papa angesehen hat, war also eine Fiat-Limousine von 1933, die im Übrigen echt scheiße aussah, glaub es mir! Aber apropos Autos«, redete Fabia schnell weiter, als wollte sie Anna auf keinen Fall die Chance geben, womöglich zu schluchzen oder in Tränen auszubrechen, »also du weißt wahrscheinlich nicht, dass er sich letzte Woche noch einen funkelnagelneuen Alfa gekauft hat, dein Vater, meine ich, er steht direkt vorm Restaurant, äh, aber was ich eigentlich sagen will – das gehört ja jetzt alles dir, der neue Alfa, das Restaurant, das Haus hier bei uns! Nach allem, was ich von dir weiß, hat er deiner Mama jedenfalls ganz bestimmt nichts vererbt! Mit anderen Worten: Du musst herkommen und dich um alles kümmern, wir sind da, wir helfen dir, aber ohne dich geht es nicht. Allein schon wegen der Beerdigung … Wie schnell kannst du hier sein?«

Sie sprachen noch gut fünf Minuten miteinander, wenn Anna auch kaum richtig zuhörte, weil die Gedanken in ihrem Kopf wild durcheinandergingen. Aber Fabias Absicht war eindeutig, Anna sollte sich ausschließlich darauf konzentrieren, wie sie möglichst rasch nach Isola di Fano kommen konnte, alles andere musste dahinter zurückstehen: »Heulen kannst du später, wenn du hier bist. Wir heulen dann auch mit dir zusammen, versprochen. Und wenn wir genug geheult haben, machen wir ein schönes Fest zu Ehren deines Papas, das hätte ihm bestimmt gefallen.«

Typisch Fabia! Die Freundin hatte recht eigene Vorstellungen davon, wie man jemanden trösten konnte, vielleicht hatte es mit ihrem Beruf zu tun, sie war Anästhesistin am Ospedale di Rimini, im Krankenhaus von Rimini, und schon öfter war sich Anna nicht ganz sicher gewesen, ob Fabia nicht das eine oder andere Medikament aus der Krankenhaus-Apotheke für gelegentliche Selbstversuche benutzte. Aber im selben Moment, in dem Fabia sagte: »Zu blöd, dass du kein eigenes Auto mehr hast«, wusste Anna, wie sie nach Italien kommen würde. Ohne dass sie das Flugzeug nehmen musste – sie hasste Fliegen, und schon bei dem Gedanken an das notwendige Umsteigen in Frankfurt bekam sie Schweißausbrüche. Und auch ohne dreizehn Stunden lang im Zug hocken und sich die grundsätzlich übertrieben wichtigen oder aber viel zu intimen Handygespräche ihrer Mitreisenden anhören zu müssen.

Als sie bei ihrem Nachbarn klingelte, schien er fast zu wenig überrascht, sie schon wieder zu sehen. Dann allerdings starrte er sie nur mit offenem Mund an, als sie sagte: »Es ist so weit, ich brauche ein Auto. Und zwar sofort.«

2. Kapitel

Die Büsche an der Steinmauer zum Weg hinunter boten ihr genug Schutz, dass sie einen Blick riskieren konnte, ohne selbst gleich gesehen zu werden. Vorsichtig schob Anna ein paar Zweige zur Seite, die Sonne spiegelte sich im Lack des Polizeiwagens, der genau vor ihrer Haustür angehalten hatte. Es schien nur ein einzelner Polizist im Auto zu sein. Als er ausstieg und sich streckte, zweifelte sie keinen Moment mehr, wen sie da vor sich hatte. Sie hatte ihn seit Ewigkeiten nicht gesehen, das letzte Mal war er noch ein unsicherer und ein bisschen zu dicker Junge gewesen, dann war er Polizist geworden und nach Cannobio am Lago Maggiore gegangen und erst vor ein paar Monaten als Commissario nach Rimini zurückgekehrt, wie die Freundinnen erzählt hatten. Aber sie hatten nicht übertrieben, er war jetzt tatsächlich ein Bild von einem Mann: breite Schultern, dunkle Locken, markantes Gesicht. Und die Uniform saß wie angegossen! Allerdings konnte Anna im Moment und mit der Leiche im Pool hinter sich kaum richtig schätzen, was sie sah.

Jetzt fischte er seine Mütze aus dem Seat und benutzte das Seitenfenster als Spiegel, bis er zufrieden mit seiner Erscheinung war. Mit zwei Fingern tippte er sich noch grüßend an den Mützenrand, um gleich darauf mit ein paar Tanzschritten die Haustür anzusteuern.

Oh mein Gott, dachte Anna unwillkürlich und mit dem vagen Gefühl, dass der erste Eindruck bereits zu einer Enttäuschung wurde, was haben sich Emilia und die anderen bloß dabei gedacht, mir diesen eitlen Pfau ins Haus zu schicken? Und was mögen sie ihm wohl über mich erzählt haben, dass er ausgerechnet am Morgen nach der Beerdigung meines Vaters seinen Antrittsbesuch machen will?

Sie wartete, bis er schon die Hand an der Türklinke hatte, dann richtete sie sich so weit auf, dass sie ihm über die Büsche hinweg zurufen konnte. Gerade noch rechtzeitig dachte sie daran, die Arme über der Brust zu kreuzen, als er sich auch schon umdrehte und die Augen mit der Hand abschirmte, während er suchend gegen die Sonne blickte.

»Hier oben bin ich! Ich war gerade im Pool. Wenn Sie sich für einen Moment auf die Bank an der Seite vom Haus setzen, dann laufe ich schnell rein und ziehe mir was an.«

Er nickte, machte aber keine Anstalten, den Weg zum Haus freizugeben.

»Ich bin nackt!«, rief sie. »Bitte drehen Sie sich wenigstens um, damit ich an Ihnen vorbeikann.«

»Ah, scusi, naturalmente!« Er trat wieder an sein Auto und drehte ihr den Rücken zu.

Mit einem schnellen Blick vergewisserte sich Anna, dass die Leiche im Wasser vom Weg aus unmöglich zu sehen war, dann stieg sie über die Mauer nach unten und huschte hinter ihm zum Haus. Auch wenn der Commissario vorgab, sich an ihre Bitte zu halten, entging ihr nicht, dass er den Außenspiegel verstellt hatte und sie sehr wohl beobachtete. Du kleiner Möchtegern-Casanova, dachte sie, hältst dich wohl für besonders schlau, ja? Irgendwie sind Männer ja doch alle gleich, zumindest solange sie nicht als Leiche im Wasser treiben!

Noch während Anna in ihre Jeans schlüpfte und wahllos nach dem erstbesten T-Shirt griff, ging sie ihre Optionen durch. Was immer der Commissario sich vorstellte, er würde sich ganz sicher nicht so bald abwimmeln lassen. Und sie fühlte sich kaum in der Lage, jetzt mit ihm da draußen einen Espresso zu trinken, immer mit dem Bild ihres toten Nachbarn aus Berlin vor Augen, der nur wenige Meter entfernt im Pool lag. Aber eins war sicher: Sie konnte den italienischen Kollegen unmöglich zu der Leiche führen! Was sollte sie als Erklärung sagen? Ja, ich kenne ihn, er ist zufällig mein Nachbar aus Berlin. Nein, ich weiß nicht, wieso er jetzt tot in meinem Pool treibt. Wer sollte ihr das glauben? Mal ganz davon abgesehen, dass da ja auch noch die Sache mit dem Geld war. Mit dem kleinen Vermögen, das sie in dem Volvo gefunden hatte …

Annas Entschluss stand fest. Sie brauchte Hilfe, und das so schnell wie möglich! Und es gab nur ihre Freundinnen, denen sie genügend vertraute, um sie einzuweihen. In der Hoffnung, dass ihnen etwas einfallen würde, wie sie aus der Sache wieder rauskäme, in die sie da so unversehens hineingeschlittert war. Aber zuallererst musste sie den Polizisten draußen vor ihrer Haustür loswerden.

Wenn sie den Gockel richtig einschätzte, würde er sonst womöglich noch auf die Idee kommen, sich ihr Haus und das Grundstück ansehen zu wollen! Sie musste ihn weglocken und dann schnellstmöglich abschütteln. Er kam aus Rimini und kannte sich hier sicher nicht so gut aus. Vielleicht machte sie gerade einen Fehler, aber ihr fiel nichts Besseres ein …

Er stand immer noch vor dem Haus. Als Anna das Badezimmerfenster im ersten Stock einen Spalt weit öffnete, konnte sie sehen, dass er eine Thermoskanne mit Kaffee auf dem Dach seines Seats stehen hatte. Und er hörte Musik von seinem Smartphone. Adriano Celentano! Sie hatte nicht geahnt, dass es tatsächlich noch Leute gab, die sich für Schnulzen wie *Azzurro* begeistern konnten.

»Fünf Minuten!«, rief sie zu ihm hinunter. »Dann bin ich vorzeigbar.« Sie schloss das Fenster, noch bevor er antworten konnte.

Emilia ging nicht ans Telefon, bei Fabia hatte sie mehr Glück.

»Ich kann es jetzt nicht erklären, aber ich brauche eure Hilfe. Es ist ein Notfall! Nein, es ist schlimmer! Ich muss euch sehen. Ich bin in einer halben Stunde am Treffpunkt, bitte, kannst du kommen und Tante Natti mitbringen? Und ich kann Emilia nicht erreichen. Sie geht nicht an ihr Handy. Weißt du, wo …?«

»Ich habe so eine Idee, ja. Ich kümmere mich darum.«

Fabia stellte keine einzige Frage. Vielleicht war es das, was Anna am meisten an den Freundinnen schätzte – egal wie viel und wie gerne jede von ihnen redete, wenn es darauf ankam, machten sie nicht viele Worte, sondern handelten, ohne zu zögern.

»Brauchst du etwas, was ich mitbringen soll?«, fragte Fabia nur.

»Nein, Hauptsache, ihr kommt.«

»Wir sind schon so gut wie da.«

Anna griff nach ihrer Handtasche und stieß das Fenster in ihrem alten Zimmer auf. Sie war ein wenig aus der Übung, aber kaum dass sie mit dem Turnschuh den ausladenden Ast des knorrigen Olivenbaums ertastet hatte, schienen sich ihre Hände von ganz allein wieder an die Griffe zu erinnern, die nach unten führten.

Geduckt rannte sie über die Wiese zwischen den Bäumen. Der Schuppen, hinter dem sie den Volvo geparkt hatte, war vom Haus aus nicht einzusehen, erst wenn sie auf dem Weg wäre, würde der Commissario ihre Flucht bemerken. Und genau das sollte er ja auch! Aber er würde kostbare Zeit verlieren, bis er sein Auto zwischen Haus und Steinmauer gewendet hatte, es hatte seinen Grund, dass auch ihr Vater immer schon unter den Olivenbäumen geparkt hatte …

Erst als sie den Volvo startete, merkte sie, wie nervös sie war. Und sie gab so viel Gas, dass die Vorderräder auf dem losen Schotter durchdrehten und sie nur um Haaresbreite an der

Mauer mit dem rostigen Tor vorbeikam. Mit einem Blick in den Rückspiegel sah sie, wie der Commissario ein paar Meter in ihre Richtung lief, bevor er für eine Sekunde mit ausgebreiteten Armen stehen blieb und dann zurück zu seinem Auto stürmte.

Anna jagte den Volvo zwischen den Hecken den Hügel hinauf und konnte gerade noch bremsen, als ihr hinter der letzten Kurve Ginos Lieferwagen entgegenkam. An Gino hatte sie in ihrer Aufregung gar nicht mehr gedacht, umso mehr erschien ihr jetzt sein Auftauchen wie eine glückliche Fügung des Schicksals.

Sie lenkte den Volvo so dicht an den Feldrand, dass sie gerade so neben den Lieferwagen passte, dann streckte sie den Kopf aus dem Fenster und rief Gino zu: »Hinter mir kommt jeden Moment ein Polizeiwagen, den musst du aufhalten, lass ihn nicht vorbei! Es ist der Commissario aus Rimini, mit dem Emilia und die anderen mich unbedingt verkuppeln wollen. Aber ich will nicht, verstehst du, Gino? Der Typ nervt! Lass dir irgendwas einfallen, wie du ihn davon abbringen kannst, mich zu verfolgen, ja? Tust du das für mich? Sag Ja, bitte!«

Wahrscheinlich wäre noch nicht mal ihr flehentlicher Tonfall notwendig gewesen, sie wusste ja, dass Gino schon länger ein Auge auf sie geworfen hatte. Und nicht nur Tante Natti und Fabia, sondern auch Emilia selber zogen sie nur zu gerne damit auf, dass der arme Gino bei ihrem Anblick *alles* für sie tun würde. Anna erinnerte sich noch deutlich an den Moment, als Gino sich zu der Aussage verstiegen hatte: »Wenn ich nicht Emilia geheiratet hätte, wärst du meine Auserwählte gewesen!«

Jetzt grinste er vor Freude bis über beide Ohren und stieß die Faust durchs offene Fenster in die Luft. »Verlass dich auf mich! Ich werd ihm schon klarmachen, dass er hier nicht erwünscht ist. Ich ruf dich an, wenn die Luft wieder rein ist, versprochen!«

»Danke, Gino, du bist ein echter Schatz …«

An der Landstraße gab es eine Stelle, von der aus man einen freien Blick über die Felder bis zu ihrem Haus hatte. Trotz des hellen Sonnenlichts konnte Anna deutlich die blauen Lichtblitze auf dem Dach des Polizeiwagens sehen. Aber der Seat war gerade erst an der Einfahrt zum Grundstück. Und er folgte ihr auch nicht, sondern stand. Weil ihm ein gewisser roter Lieferwagen den Weg versperrte …

Im Dorf nahm Anna automatisch die Straße nach links, um gleich hinter den letzten Häusern auf den einspurigen Weg über den Berg abzubiegen. Die Abkürzung war nicht wirklich eine Abkürzung, umging aber die Durchfahrt durch Fossombrone und minderte das Risiko, dass allzu neugierige Dorfbewohner sich fragten, wo sie an einem Sonntagmorgen um kurz vor zehn so eilig hinwollte. Allerdings hatte sie nicht mit Salvatore gerechnet, einem der vielen Freunde ihres Vaters, der den Sonntag nutzte, um mit seinem Piaggio-Dreiradwagen und dem kläffenden Hund auf der Ladefläche einen Ausflug zu machen – und ausgerechnet am steilsten Stück des Wegs hatte sie ihn und sein knatterndes Gefährt vor sich. Eingehüllt in bläulichen Auspuffqualm, kroch sie im Schritttempo hinter ihm her, bis sie an einer Ausweichstelle genervt die Hand auf die Hupe stemmte und Vollgas gab. Der Piaggio hüpfte regelrecht zur Seite, der Hund bellte und machte Anstalten, über die Ladekante zu springen, Salvatore drohte mit der Faust hinter dem vermeintlichen Touristenauto her, als sie ihn in einer Staubwolke zurückließ.

»Entschuldigung«, murmelte Anna vor sich hin. »Krieg mir jetzt bloß keinen Herzanfall, alter Mann! Eine Leiche für heute reicht mir vollkommen.«

Erst als sie schon über die Kuppe und aus dem Schatten der Bäume heraus war, erlaubte sie sich, die Gedanken an das zuzulassen, was ihr umso unwirklicher erschien, je weiter sie sich von ihrem Haus entfernte. Aber egal, wie sehr sie es sich auch wünschte – es war kein Albtraum gewesen, die Leiche im Pool war wirklich da! Und sie konnte die Zusammenhänge nicht länger verdrängen, die so offensichtlich waren, dass es ihr fast den Atem nahm.

Der Tote war Willy Schmidt. Willy mit y. Falls er überhaupt wirklich so hieß. Und egal wie sehr sie sich an irgendetwas zu erinnern versuchte, lief es doch nur darauf hinaus, dass sie eigentlich gar nichts über ihn wusste. Nicht wirklich jedenfalls. Oder in jedem Fall zu wenig. Außer dass er, um sich einen kleinen Nebenverdienst zu verschaffen, günstig gebrauchte Autos kaufte und für einen Aufpreis von ein- oder zweitausend Euro wieder verkaufte. Sie wusste noch nicht mal, was sein wirklicher Beruf war. Aber er hatte ihr den Volvo angeboten, als sie so schnell wie möglich nach Italien musste. Er hatte den Wagen gerade selber erst erworben gehabt – und wenn sich Anna nicht sehr täuschte, war es äußerst unwahrscheinlich, dass er etwas von der Tasche mit dem Geld in der Aussparung fürs Reserverad gewusst hatte. Irgendwo auf dem Weg, den der Volvo vor dem Kauf durch ihren Nachbarn genommen hatte, musste etwas schiefgelaufen sein. Der Volvo war nur durch einen dummen Zufall bei Willy Schmidt gelandet, anders konnte es kaum sein. Und dann bei ihr! Aber für wen auch immer das Geld bestimmt gewesen war, der oder die hatten den Weg bis zu Willy Schmidt nachverfolgt.

Und sie schreckten auch nicht vor einem Mord zurück, um ihr Geld wiederzubekommen. Blieb die Frage, warum Willy überhaupt in Italien aufgetaucht war. Oder ob er vielleicht schon in Berlin ermordet und dann hierhergeschafft worden war …

Der nächste Gedanke ließ Anna eine Gänsehaut über den Rücken laufen – es gab nur eine einzig mögliche Schlussfolgerung für die Tatsache, dass der Hobby-Autohändler aus Berlin als Leiche in ihrem Pool schwamm: Die, die hinter ihm her gewesen waren, wussten inzwischen, wem er das Auto verkauft hatte. Und mehr noch, sie kannten ihren Aufenthaltsort, sie waren an ihrem Haus gewesen, entweder während der Beerdigungsfeier oder später in der Nacht. Wahrscheinlich hatten sie auch den Volvo durchsucht, er war nicht abgeschlossen gewesen, wozu auch? Anna hatte nur die Haustür verschlossen und aus gutem Grund auch noch den schweren Riegel vorgelegt. Aber Willys Leiche war eine unmissverständliche Warnung – sie selber war die Nächste, die jetzt verfolgt wurde. Und ihre Verfolger mussten ganz in der Nähe sein!

Anna stieg so hart auf die Bremse, dass der Volvo ins Schlingern geriet, bevor sie ihn auf der Grasnarbe zum Stehen brachte. Unwillkürlich blickte sie sich um, aber da war nichts als die friedliche Hügellandschaft, über der die Luft flimmerte. Die Silhouette der Berge am Horizont, der Feldweg, der sich in langen Bögen zwischen den Weinstöcken ins Tal hinabwand. Kein Auto, keine Menschenseele, nur eine Lerche, die hoch oben am Himmel stand und das Zirpen der Grillen zu übertönen versuchte.

Das ist alles Quatsch, das ergibt keinen Sinn, schoss es Anna durch den Kopf. Das Ganze ist so absurd, dass ich aufpassen muss, mir nicht irgendwas zusammenzureimen, was nichts als Hirngespinste sind. »Aber das verdammte Geld ist ja da«, sagte sie gleich darauf laut zu sich selbst. »Ich habe es selbst in der Hand gehabt. Ich habe es gezählt. Und ich habe es versteckt!«

Anna versuchte noch einmal zu rekapitulieren, was genau in der letzten Nacht geschehen war. Sie hatten draußen auf der Wiese neben dem Haus gesessen, sie hatten zu viel gegessen und noch viel mehr getrunken und über Gennaro geredet und ein paar seiner Lieblingslieder gesungen. *Bella ciao* und *Che sarà, whatever will be, will be.* Sie hatten auch getanzt, wer mit wem, wusste sie jetzt nicht mehr, jeder mit jedem, egal ob Mann oder Frau. Und dann hatte sich einer von den Leuten aus dem Dorf geschnitten, weil er – betrunken, wie er war – mit dem Messer von der Salami abgerutscht war. Als der Schnitt nicht aufhören wollte zu bluten, war Anna ins Haus gelaufen, um Verbandszeug zu holen. Aber in der Hausapotheke im Badezimmer hatte es weder Mullbinden noch Pflaster gegeben, nur jede Menge angebrochene Arzneimittelpackungen. Deshalb war Anna auf die Idee gekommen, den Verbandskasten aus dem Volvo zu holen. Nur dass sie keine Ahnung hatte, wo in einem Volvo-Kombi der Verbandskasten war. Und als sie im schwachen Schein der Innenbeleuchtung die Klappe im Kofferraum geöffnet hatte, lag da anstelle des Reserverads diese Reisetasche. So prall mit Geldscheinen gefüllt, dass sie mit Gewalt in die Vertiefung gestopft worden war, um überhaupt hineinzupassen.

Anna erinnerte sich auch nicht mehr, wie sie die nächsten ein, zwei Stunden durchgestanden hatte, bis auch die letzten Gäste gegangen waren. Dann hatte sie das Geld im Haus versteckt, ohne irgendeinen Plan zu haben, sie wusste nur, dass sie Zeit brauchte, um zu überlegen. Zeit und vor allem einen klaren Kopf!

Und jetzt hatte sie eine Leiche am Hals. Und wenn die Polizei erst mal herausfand, wer der Tote war, würde ihr niemand glauben, dass sie nichts mit seinem Tod zu tun hatte. Selbst ihre Freundinnen würden Schwierigkeiten haben, ihr diese Geschichte abzukaufen! Sie konnte unmöglich gleich mit der Tür ins Haus fallen, sie musste sie Stück für Stück vorbereiten, bis sie mit der ganzen Wahrheit herausrücken konnte. Aber wenn sie selber wirklich die Nächste auf der Liste war, dann würde sie auch jede Hilfe brauchen, die sie bekommen konnte. Und ohne

Emilia und die anderen war das nicht zu schaffen. Die Freundinnen würden wissen, was zu tun war. Sie waren ihre Rettung. Sie brauchte sie jetzt nötiger denn je zuvor.

Als Anna den Wagen langsam anrollen ließ, sah sie im Rückspiegel oben auf der Hügelkuppe ein Fahrzeug auftauchen. Sie spürte, wie ihr Herz anfing zu rasen, außer den Sonnenreflexen in der Windschutzscheibe konnte sie noch nichts erkennen. Erst als ein Windstoß das Knattern von Salvatores Piaggio zu ihr herüberwehte, atmete sie erleichtert aus.

Zehn Minuten später hatte sie den Treffpunkt erreicht, das Haus, das Tante Natti gekauft hatte, als sie in Ruhestand gegangen war. Der Plan war gewesen, ein »Agriturismo« aus dem alten, teilweise verfallenen Gebäude zu machen, das über Jahre schon leer gestanden hatte. Jetzt war es ein kleines Schmuckstück, von Grund auf renoviert und mit bunten Stoffen, sorgfältig ausgewählten Bauernmöbeln und einer Ikea-Küche in einer Art »shabby chic« eingerichtet, mit neuen Fenstern und freigelegten Balken und Mauerwerk. Nur dass sich kein Tourist dafür interessierte! Tatsächlich gab es in der näheren Umgebung nichts, was Feriengäste anlocken konnte, noch nicht mal einen Wanderweg, nur Wiesen und Weinberge. Das nächste Dorf war fast fünf Kilometer entfernt, bis Fossombrone brauchte man mit dem Auto gut zwanzig Minuten – und da das Haus im Tal lag, war noch nicht mal die Aussicht verlockend: eine Kuhweide, ein Gülletank, eine Wegkreuzung, auf der zweimal am Tag der Trecker des Nachbarn vorbeikam.

Aber es war der perfekte Ort für den Leseclub. Den Krimi-Leseclub, in dem die Freundinnen sich geflissentlich durch die Neuerscheinungen arbeiteten, die der einarmige Gustavo von der Universitätsbuchhandlung in Urbino ihnen empfahl. Dass Gustavo dabei eine sehr persönlich gefärbte Vorauswahl traf, störte sie nur wenig – Gustavo wusste ebenso, worauf es bei einem guten Krimi ankam, wie er sich ja auch mit seinem Laden gegen alle Bedrohungen durch den modernen Online-Handel behauptete, nicht zuletzt mit dem durchaus werbewirksamen Schild im Schaufenster, das seinen Kunden »neue und gebrauchte Universitätszeugnisse auf Anfrage« versprach. In Italien war so etwas durchaus möglich, hier galt ja ohnehin schon jeder als Professor, wenn er nur mal eine Uni betreten hatte.

Bei jedem neuen Titel, den die Freundinnen in der Küche des alten Hauses gemeinsam lasen, wetteiferten sie miteinander, wer von ihnen als Erste den Täter benennen konnte. Fabia führte die Liste mit großem Vorsprung an, es bestand allerdings der Verdacht, dass sie manche Bücher schon heimlich vor den anderen las, wenn sie Nachtschicht im Krankenhaus hatte.

Und wenn Anna in den Ferien ihren Vater besuchte, gerieten die Leseclub-Treffen zu einer Art Expertenbefragung, in der sie den Freundinnen mit ihrem Fachwissen die verschiedenen Fragen zu den gerade gelesenen Kriminalromanen beantworten sollte, um den mutmaßlichen Fehlern auf die Schliche zu kommen, die sich die Autoren geleistet hatten. Meistens dauerte es dann nicht lange, bis sie an dem Punkt anlangten, um den es ihnen eigentlich ging: »Los, jetzt erzähl schon von deinem letzten Fall, das ist doch viel spannender als alle Bücher. Und lass bloß nichts weg, weil du denkst, das wäre zu brutal für uns – wir verkraften das schon!«

Für Emilia konnte kein Fall und kein Krimi hart genug sein, am besten noch mit einer Prise Sex. Oder auch mehr als nur einer Prise. Fabia tendierte eher zu Geschichten, die ein bisschen »cosy« waren, spannend, aber ohne Gemetzel, ganz im Sinne von Miss Marple. Und bei Tante Natti war nie ganz klar, was sie bevorzugte, sie war zufrieden, solange der Plot nur verzwickt genug war, um den eigenen Kopf anstrengen zu müssen.

Dann wollen wir mal sehen, was ihr jetzt sagt, macht euch auf was gefasst, dachte Anna, während sie den Wagen an der großen Kastanie vorbei bis zur Rückseite des Hauses manövrierte, sodass er von der Straße her nicht zu sehen war. Irritiert blickte sie auf den kleinen Fiat Panda, der da bereits dicht an der Mauer geparkt war, mit einem Motorroller daneben. Der hoffnungslos verbeulte Fiat gehörte Emilia, den Motorroller kannte sie nicht.

Eine schmale Treppe führte außen an der Hauswand zu dem einzelnen Zimmer unter dem Dach, das für die Ferienwohnung als separates Kinderzimmer geplant gewesen war und nur ein Bett und eine kleine Kommode beherbergte.

Noch während Anna aus dem Auto stieg, ging oben die Tür auf, eine leicht derangiert wirkende Emilia winkte ihr zu und kam mit ausgebreiteten Armen und den Schuhen in der Hand die Stufen hinuntergeeilt.

»Ich hab gerade erst Fabias Nachricht auf der Mailbox gehört, tut mir leid. Aber ich bin ja da«, kicherte sie unvermittelt. »Also, was ist los? Ein Notfall, hat Fabia gesagt, das klingt nicht gut, aber lass uns erst mal in die Küche gehen, ich brauche dringend was zu trinken …«

Emilia fasste Anna am Ellbogen und wollte sie eilig mit sich ziehen, als Anna aus den Augenwinkeln eine Bewegung oben auf der Treppe ausmachte. Ein Mann, der sich gerade noch das Hemd in den Hosenbund schob und dann mit abgewandtem Gesicht zu seinem Motorroller rannte, als wäre er auf der Flucht. Auch er hatte keine Schuhe an! Barfuß hüpfte er über den Kies und schwang sich auf den Sitz, mit einem Satz fuhr der Roller an und kurvte gleich darauf in einem weiten Bogen knatternd an ihnen vorbei und auf die Straße hinaus.

»Ups!«, machte Emilia. »Dumm gelaufen.«

»Sag mal, war das gerade … Giovanni?«, stammelte Anna. »Der Giovanni, der sich bei Tante Natti um den Garten kümmert?«

»Er kümmert sich auch noch um so einiges andere. Und das macht er gar nicht schlecht, glaub mir. Aber das muss nun wirklich nicht jeder wissen, okay? Es war ja auch nicht so geplant, dass du hier plötzlich auftauchst. Können wir vielleicht einfach so tun, als hättest du ihn nicht gesehen?«

»Aber … was ist mit Gino? Was willst du machen, wenn er das rauskriegt? Wie lange geht das überhaupt schon mit dir und …«

»Ein paar Monate. Na gut, fast ein Jahr schon. Du warst lange nicht hier, manche Dinge passieren einfach, dazu muss man gar nicht in einer Großstadt leben. Auch bei uns kann es ganz spannend sein! Und Gino? Ich passe schon auf, dass er keinen Verdacht schöpft. Und es läuft jetzt sogar besser zwischen uns als früher. Ich hätte das selber nie gedacht, aber es ist perfekt! Ich kriege von beiden, was ich will, und das funktioniert. Aber jetzt haben wir genug über mich geredet, jetzt bist du dran. Was für ein Notfall, nun sag schon!«

»Lass uns warten, bis auch die anderen da sind, ja? Dann muss ich nicht alles zweimal erzählen. Und wisch dir vielleicht besser den verschmierten Lippenstift ab, Tante Natti sieht so was sofort, das weißt du.«

»Giovanni küsst wie ein … Schuljunge, daher kommt das. Ein bisschen, als ob er mich jedes Mal am liebsten überall ablecken wollte. Was er im Übrigen auch tut, überall, meine ich. Und ich mag das! Vor allem, wenn er …«

»Hör auf, bitte! Ich bin nicht in der Stimmung dafür. Und ich glaube, ich will es sowieso lieber nicht wissen.«

»Scusami!« Emilia schlug sich die Hand vor den Mund, um gleich darauf hinzuzusetzen: »Natürlich interessiert dich gerade wenig, was ich über mein Liebesleben zu erzählen habe, ich hatte einen Augenblick lang vergessen, dass du … Entschuldige, scusa, scusa, scusami!« Ohne ein weiteres Wort nahm Emilia Anna in den Arm und hielt sie für einen Moment ganz fest.

»Was immer es ist, was du hast«, flüsterte sie nach einer Weile. »Wir kriegen das hin.«

Während sie noch auf Fabia und Tante Natti warteten, setzte Emilia die Espressokanne auf den Herd. Als Anna sie um eine Zigarette bat, murmelte sie nur: »Dann muss es ja wirklich schlimm sein.«

Eine Viertelstunde später saßen sie alle vier um den großen Tisch in der Küche und rauchten. Anna hatte in wenigen Sätzen die Geschichte mit dem Geld erzählt, das sie in ihrem Auto gefunden hatte. Und dass sie inzwischen überzeugt davon war, dass es durch einen dummen Zufall bei ihr gelandet war. Dass es vielleicht aus irgendeinem Drogengeschäft stammte. Dass es ganz bestimmt Leute gab, die das Geld zurückhaben wollten. Und dass sie Angst hatte, genau diese Leute würden jetzt hinter ihr her sein. Von dem Toten, der in ihrem Pool schwamm, hatte sie wohlweislich noch nichts gesagt. Mit diesem Teil der Geschichte wollte sie die Freundinnen erst konfrontieren, nachdem sie sie sicher auf ihrer Seite wusste.

»Von wie viel Geld reden wir?«, fragte Tante Natti, während sie ihre Stricknadeln in atemberaubendem Tempo klappern ließ.

»Knapp zwei Millionen Euro.«

Für einen Moment sagte niemand mehr etwas. Nicht mal das Klappern der Stricknadeln war mehr zu hören. Emilia holte die Flasche mit dem Grappa aus dem Buffet und goss jeder von ihnen ein randvolles Glas ein. Ihr eigenes stürzte sie in einem Zug hinunter, um sich gleich wieder nachzuschenken.

»Macht eine halbe Million für jeden von uns«, stellte Tante Natti fest, während sie ihre Nadeln wieder aufnahm.

»Du hast nicht ganz zugehört«, sagte Fabia. »Da sind irgendwelche Leute hinter dem Geld her! Und wenn die rauskriegen ...«

»Warum sollten sie? Anna hat den Wagen in Berlin gekauft, und jetzt ist sie hier, irgendwo im Nirgendwo. Ebenso gut könnte sie auf dem Mond sein.«

»Erinnert ihr euch an den Krimi, in dem die Mafia hinter einem her war? Und sie haben ihn so lange verfolgt, bis sie ihn erwischt haben, was ihm nicht besonders gut bekommen ist, wenn ich euch daran erinnern darf.«

»Aber da ging es nicht um Geld«, mischte sich Emilia ein. »Und der Typ, hinter dem sie her waren, war ein Profikiller, der einige von ihren Leuten auf dem Gewissen hatte ...«

»Nein, ich meine einen anderen Krimi!«, beharrte Fabia. »Mit dem Polizisten, der durch Zufall über so einen Rauschgift-Deal gestolpert ist und den Fehler gemacht hat, sich das Zeug unter den Nagel zu reißen. Ihr müsst euch doch daran erinnern! Ein depressiver Polizist aus Norwegen, der in Indonesien ...«

Während Emilia nochmals Grappa nachschenkte, musterte Anna verstohlen die Gruppe der Freundinnen. Sie hatten sich alle drei verändert, seit sie sich das letzte Mal gesehen hatten, das war ihr schon in den Tagen zuvor aufgefallen. Bereits gestern auf der Beerdigung hatte sie gedacht, dass Fabia ein wenig zugelegt hatte, aber es stand ihr nicht schlecht, und ihr Gesicht strahlte mit zunehmendem Alter eine abgeklärte Schönheit aus, um die Anna sie ebenso beneidete wie um ihre makellose, trotz der häufigen Nachtdienste im Krankenhaus leicht gebräunte Haut.

Und Emilias immer schon beeindruckende Oberweite drohte mittlerweile jede noch so weit geschnittene Bluse zu sprengen, aber ohne Frage konnte sie es sich nach wie vor leisten, knallenge Jeans und High Heels zu tragen, ohne dass es lächerlich wirkte. Im Gegenteil, in dieser Aufmachung und mit den blonden hochgesteckten Haaren, aus denen sich die eine oder andere Strähne löste, würde sie jeden Filmstar auf dem roten Teppich mühelos in den Schatten stellen!

Tante Natti schließlich wirkte mit ihren kurz geschnittenen grauen Haaren und den langen Ohrgehängen immer mehr wie eine leicht verruchte englische Aristokratin – oder wie die in Ehren gealterte Joan Baez. Eine Joan Baez mit Zigarettenspitze und Stricknadeln, mit der man sich besser nicht anlegen sollte.

Sie geben ein gutes Bild ab, dachte Anna, und wenn ich nicht gerade rasende Kopfschmerzen habe und mich am liebsten in irgendein Mauseloch verkriechen würde, dann passe auch ich in dieses Bild, vielleicht als die geheimnisvolle Fremde im Hintergrund, von der niemand weiß, was eigentlich in ihr vorgeht …

»Anna? Bist du noch bei uns?« Emilia wedelte mit ihrer Hand vor Annas Gesicht hin und her.

»Ja, natürlich. Entschuldigt, ich …«

»Ist ja klar, aber es hilft nichts, du musst uns noch ein paar Fragen beantworten. Also, dieses Geld, glaubst du wirklich, dass es Drogengeld ist?«

»Es stammt mit Sicherheit aus irgendeinem schmutzigen Geschäft. Vielleicht auch aus einem Bankraub. Oder es ist Geld, das gewaschen werden sollte.«

»Da hört ihr es«, erklärte Tante Natti. »Es tut niemandem weh, wenn wir es einkassieren. Das ist sogar unsere Pflicht, wenn man es genau nimmt.«

»Aber es ist gefährlich, da sind wir uns doch einig«, hakte Fabia wieder ein. »Vor allem für Anna! Es sei denn …«

»Wir lassen das Auto verschwinden«, ergänzte Emilia. »Das ist das Erste, was wir tun müssen. In irgendeiner Schlucht, möglichst weit weg von hier. Damit führt keine Spur mehr zu Anna oder zu uns. Und dann …«

»Ja?«, fragte Fabia.

»Dürfen wir das Geld nicht für uns nehmen, so schade es ist, aber Anna kann jetzt nicht das Restaurant in Rimini aufmöbeln oder sich hier ein schönes Leben machen. Genauso wenig wie wir. Weder Anna noch wir dürfen irgendwie auffallen. Nein, das Geld muss auch verschwinden!«

»Du meinst, wir verstecken es, bis Gras über die Sache gewachsen ist?«

Tante Natti legte ihre Stricknadeln so heftig auf den Tisch, dass die Gläser wackelten. »Ich weiß, was wir machen. Geld zu stehlen, das sich schon andere unrechtmäßig angeeignet haben, ist moralisch nicht verwerflich. Und schon gar nicht, wenn wir es nicht für uns behalten. In Rimini gibt es ein Kinderheim, das demnächst geschlossen werden soll. Eine anonyme Spende könnte da helfen.«

»Aber doch nicht zwei Millionen!«, brauste Emilia auf. »Dafür könnten wir ja glatt ein ganzes Dorf in den Bergen kaufen … Das ist es überhaupt! Erinnert ihr euch an das verlassene Dorf, Monte San Vito bei Chiaravalle, das sie mit Spenden wiederhergerichtet haben und in dem jetzt Flüchtlinge leben? Stand alles in der Zeitung, und das funktioniert gut da, die Leute haben ein Zuhause und arbeiten fast alle wieder in den Berufen, die sie früher hatten, Bäcker und Schuster und alle möglichen Handwerker …«

»Es gibt noch mehr solche Dörfer, die zum Verkauf stehen«, stimmte Fabia zu. »Und reichlich Geflüchtete, denen wir auf diese Weise helfen könnten. Wir könnten auch eine Schule bauen, eine Krankenstation, solche Sachen.«

Emilias Handy klingelte. »Gino«, raunte sie den anderen nach einem Blick auf das Display zu, während sie das Gespräch schon annahm.

Anna sah, wie sich eine steile Falte auf Emilias Stirn bildete. Mehrmals schüttelte sie unwillig den Kopf und blickte immer wieder zu ihr.

»Va bene, Gino«, sagte sie schließlich. »Ich richte es ihr aus. Und du hältst deinen Mund, sonst war es das letzte Mal, dass du was gesagt hast. Und überhaupt das letzte Mal für viele Dinge, das schwöre ich dir! Ciao, amore, wir sehen uns später im Bistro.«

Ohne auf die fragenden Blicke der Freundinnen zu reagieren, drehte sie sich zur Spüle und trank in hastigen Schlucken direkt aus dem Hahn. Erst dann wandte sie sich an Anna: »Nicht gut, gar nicht gut. Gino weiß Bescheid. Hast du wirklich …« Sie tippte sich an die Stirn, bevor sie ein wenig zu schrill anfing zu lachen und den anderen erklärte: »Sie ist verrückt! Sie hat die zwei Millionen in irgendwelchen leeren Pizzakartons versteckt. Zwei Millionen in Pizzakartons, ich fasse es nicht!«

Anna zuckte mit den Schultern. »Das war das Erste, was mir eingefallen ist. Ich dachte, es wäre schlau, weil da garantiert niemand sucht.«

»Bis auf meinen Gino! Wenn ich es richtig verstanden habe, wollte er dir einen Gefallen tun und gleich auch noch den Müll aus der Küche wegschaffen. Unter anderem die leeren Pizzakartons, die dein Vater, Gott hab ihn selig, da gebunkert hatte, statt sie einfach mal wegzuwerfen. Nur dass sie ihm für leere Kartons ein wenig schwer vorkamen, Gino, meine ich. Aber gut. Er war immerhin schlau genug, erst mal mich anzurufen. Und ihr habt ja alle gehört, was ich ihm gesagt habe. Ein Glück nur, dass er alleine im Haus war, während der Commissario draußen stand. Und dass er den Commissario nicht ausstehen kann und deshalb auch nicht gleich zu ihm gerannt ist.«

»Was?«, fragte Fabia. »Welcher Commissario?« Im nächsten Moment schlug sie sich die Hand vor den Mund. »Redest du etwa von … Rosario?«

Tante Natti legte nur ihr Strickzeug auf den Tisch und funkelte Anna an.

»Wann wolltest du es uns erzählen?«, fragte Emilia gleichzeitig. »Oder hast du gedacht, es wäre nicht weiter wichtig, uns darüber zu informieren?«

»Doch, natürlich, aber … Ich bin einfach noch nicht dazu gekommen, wir haben ja die ganze Zeit nur über das Geld geredet und …«

»Wieso ist er überhaupt da?«, fragte Emilia.

»Was? Wieso fragst du *mich* das?«, erwiderte Anna. »Ich dachte, *ihr* hättet ihn mir geschickt! Ihr habt doch gestern noch …«

»Nein. Ich habe nicht mit ihm gesprochen. Ihr etwa?«, wandte sich Emilia an die anderen.

Fabia hob zögernd die Hand. »Ich habe es mal erwähnt. Als klar war, dass Anna zur Beerdigung kommen würde. Aber ich konnte doch nicht wissen, dass er sofort nach der Trauerfeier …«

»Warte mal«, unterbrach Anna sie. »Dann konntest du doch aber auch noch gar nicht wissen, dass ich mich von Harald getrennt habe. Das habe ich euch erst gestern Nacht erzählt!«

Diesmal zuckte Fabia mit den Schultern. »Na ja, ich sag's mal so: Wir haben hier schon immer mal über dich und deinen Harald gesprochen. Das tut man schließlich unter Freundinnen, wenn man sich Sorgen macht.«

»Da hat sie recht«, wurde sie jetzt von Emilia unterstützt. »Und wir sind uns schon länger einig, dass dieser Harald nicht der Richtige für dich ist. Rosario dagegen!« Sie warf eine Kusshand in die Luft. »Und selbst wenn du dich nicht von Harald getrennt hättest, der eine muss ja nicht unbedingt was vom anderen wissen, du verstehst mich schon, oder?«

»Ein Tournee-Schauspieler«, kam es mehr oder weniger verächtlich von Tante Natti. »Das sagt ja wohl schon alles. Gut, dass du ihn losgeworden bist, Kindchen. Und Rosario ist so gesehen nicht zu verachten, wenn er auch auf den ersten Blick vielleicht ein wenig … pfauenhaft wirkt und seine intellektuellen Fähigkeiten auf keinen Fall mit seinem Äußeren mithalten können, wie ich als seine ehemalige Lehrerin leider nur allzu genau weiß.«

»Schön, dass ihr euch so um mich sorgt«, brachte Anna heraus. »Nur dass der Pfau leider heute Morgen bei mir ums Haus herumstolziert ist, als ich ihn am allerwenigsten gebrauchen konnte. Deshalb habe ich mich heimlich verdrückt! Und ich hatte gehofft, dass Gino ihn schon irgendwie wieder loswerden wird.«

»Womit wir bei der zweiten Sache wären, die Gino mir gerade gesagt hat«, erwiderte Emilia. »Er ist ihn nämlich nicht losgeworden, deshalb soll ich dich auch warnen, Anna. Es sieht ganz so aus, als wollte er unbedingt auf dich warten. Nimm es einfach als Kompliment. Gino konnte nicht bleiben, weil er zurück ins Bistro musste, aber unser aller Lieblingscommissario ist immer noch da.«

»Was?«, fuhr Anna auf. »Er ist jetzt ganz alleine …«

»Komm, reg dich nicht unnötig auf. Gino wusste ja, wo dein Reserveschlüssel ist. Er hat das Haus abgeschlossen, du brauchst dir keine Sorgen zu machen, deine Pizzakartons sind sicher.«

»Das ist es nicht«, stammelte Anna. »Aber wenn er … Da gibt es noch etwas, was ich euch noch nicht erzählt habe. Und das ist noch viel schlimmer als alles andere. Ich wollte euch nur nicht gleich damit überfallen …«

Jetzt griff sie zur Grappaflasche. Ihre Hände zitterten, als sie sich ihr Glas vollschenkte. Die Freundinnen warteten, bis sie getrunken hatte. Dann legte Emilia ihr den Arm um die Schultern. »Kann es vielleicht sein, dass du vergessen hast, was wir uns als Schulmädchen schon geschworen haben? Alle für eine und eine für alle. Also los, wir hören!«

Anna hatte Mühe, die richtigen Worte zu finden. »Jetzt ist es sowieso zu spät«, setzte sie schließlich zögernd an, während sie merkte, dass sie kurz davor war, in Tränen auszubrechen. »Ihr könnt mich dann demnächst im Gefängnis besuchen. Aber das wäre vielleicht immer noch besser als … auf dem Friedhof.«

Sie gab sich einen Ruck, und plötzlich sprudelten die Sätze nur so aus ihr heraus, als wäre sie froh, endlich alles loszuwerden, was sie quälte. »Passt auf, es geht nicht darum, einen Weg zu finden, wie wir alle Spuren, die zu mir führen könnten, verwischen. Sie sind nämlich längst hinter mir her, wer immer sie sind, aber sie wissen, wo ich bin! Und sie sind bereits hier, ich habe keine Ahnung, was sie vorhaben, aber ich bin mir sicher, dass sie mich beobachten und …«

Nach einem weiteren Schluck Grappa erzählte sie den Freundinnen von der Leiche in ihrem Pool. Und von dem ihrer Meinung nach eindeutigen Zusammenhang mit dem Geld, das sie in dem Auto gefunden hatte. In dem Volvo, den der Nachbar ihr freundlicherweise geliehen hatte. Nur dass dieser Nachbar leider identisch mit der Leiche im Pool war …

»Was soll ich jetzt tun?« Anna biss sich auf die Unterlippe.

Für einen Moment sagte niemand ein Wort.

Fabia war die Erste, die dann reagierte. »Und es gibt keine andere Lösung, wir müssen davon ausgehen, dass er ermordet wurde, oder?«

»Müssen wir«, bestätigte Tante Natti, ohne zu zögern. »Und warum müssen wir das?« Forschend blickte sie eine nach der anderen an. Als würde sie die Hausaufgaben abfragen, die diesmal ein bisschen kniffliger waren als sonst und deshalb eine gewisse eigenständige Denkleistung erforderten.

»Weil es keine andere Lösung gibt«, antwortete Emilia prompt.

»Ist einfach so.«

»Sehe ich genauso«, erklärte Fabia. »Weil niemand einfach nur mal so heimlich hinter Anna herfahren würde, um dann nachts mit allen Klamotten in ihrem Pool schwimmen zu gehen und dabei zu ertrinken. Das ergibt keinen Sinn! Ich werde mir die Leiche gleich in Ruhe ansehen, ob ich einen Hinweis darauf finden kann, wie er getötet wurde, bevor ihn der oder die Mörder in den Pool geworfen haben.«

»Es geht um das Geld«, flüsterte Anna verzweifelt. »Er wollte sein Geld wiederhaben, aber …«

»Es gibt noch jemanden, der das Geld haben will!« Tante Natti schüttelte energisch den Kopf und langte über den Tisch, um Annas Hand zu tätscheln. »Passt auf, zuallererst müssen wir dich aus der Schusslinie kriegen, Anna. Ich hatte eben kurz überlegt, ob wir vielleicht doch besser Rosario ins Boot holen. Oder überhaupt die Polizei, aber … Nein, das Risiko ist zu groß. Das heißt, du musst verschwinden! Wir brauchen ein Versteck für dich. Und wir übernehmen dann alles Weitere. Wir müssen rausfinden, wer die Leute sind, und Kontakt zu ihnen aufnehmen. Im schlimmsten Fall müssen wir ihnen das Geld zurückgeben. Oder besser noch, sie zumindest glauben machen, dass wir das vorhaben. Und dann stellen wir ihnen eine Falle, um sie aus dem Verkehr zu ziehen. Ich weiß noch nicht, wie wir das hinkriegen, aber wir sind schlau genug, um uns was auszudenken. Unser Vorteil ist, dass sie davon ausgehen, sie hätten es nur mit Anna zu tun. Sie wissen nichts von uns, und sie haben keine Ahnung, mit wem sie sich da anlegen. Aber im Moment bedeutet das erst mal …«

»Dass wir den Commissario nicht gebrauchen können«, machte Fabia weiter. »Wenn er die Leiche entdeckt …«

»Sind wir am Arsch«, sagte Emilia. »Entschuldigt, aber es ist doch so. Wir müssen die Polizei da raushalten, bis wir mehr wissen. Sonst hat Anna einen Mord am Hacken, den sie nicht begangen hat, und die wahren Täter werden nie gefasst. Ganz davon abgesehen, dass dann natürlich auch die Geschichte mit dem Geld rauskommt und …«

»Die zwei Millionen ein für alle Mal futsch sind«, nickte Tante Natti und schob den Stuhl zurück. »Fahren wir. Wenn wir uns beeilen, kommen wir vielleicht noch rechtzeitig, bevor Rosario die dumme Idee hat, sich auf dem Grundstück umzusehen. Hoffen wir mal, dass er nur ein kleines Nickerchen in seinem Auto hält. Wenn ich mich an ihn als Schüler richtig erinnere, war er eher einer, der gerne alles vermied, was ihn ins Schwitzen bringen könnte.«

Sie quetschten sich alle zusammen in Fabias Wagen. Fabia nahm sicherheitshalber den Weg über die Landstraße, ihr in die Jahre gekommener Golf taugte nicht mehr unbedingt für die steile und holprige Abkürzung durch die Weinberge.

Jetzt fuhr sie, als wollte sie unter Beweis stellen, dass der weitere Weg nicht zwangsläufig auch länger dauern musste. Rücksichtslos überholte sie eine Reihe anderer Wagen und scherte im letzten Moment vor der Rechtskurve nach Fossombrone wieder ein. Auf der schmalen Brücke konnte sich ein Radfahrer in greller Montur gerade noch auf den Fußweg retten, als er hinter sich den Motor aufheulen hörte. Es grenzte fast an ein Wunder, dass sie unbeschadet nach Isola di Fano gelangten, ohne nicht mindestens ein, zwei tote Tauben oder ein platt gewalztes Huhn auf dem Asphalt zurückzulassen. Und die vor dem Bistro versammelte männliche Dorfbevölkerung starrte entgeistert hinter ihnen her, als wären sie sich nicht ganz sicher, ob die vier Frauen in dem rostigen Golf vielleicht nur ein Trugbild ihrer durch zu viele sonntagvormittägliche Espressi mit Grappa aufgeheizten Fantasie waren.

Als Fabia endlich in einer gewaltigen Staubwolke in die Einfahrt zwischen den Olivenbäumen einbog, war das Erste, was sie sahen, der leere Platz hinter dem Haus. Der Polizeiwagen war verschwunden.

»Schwein gehabt«, meinte Emilia mit einem zufriedenen Lächeln. »Ihm ist langweilig geworden, er hat aufgegeben.«

Aber dann waren sie kaum ausgestiegen, als Anna die nassen Flecken auf dem Kies bemerkte. Und ebenso auf den Stufen in der Steinmauer, die nach oben zum Pool führten.

Noch bevor sie den schmalen Pfad hinaufgerannt war und das Becken überblicken konnte, wusste sie, was sie sehen würde. Nichts! Der Tote war nicht mehr da. Nur ein paar welke Blätter trieben auf dem Wasser. Und am Rand des Pools lag wie ein letzter Gruß ein einzelner Cowboystiefel aus nachgemachtem Schlangenleder.

3. Kapitel

»Und dann?« Emilia schlug sich die Hand vor den Mund, als müsste Anna ihnen jeden Moment die nächste Ungeheuerlichkeit offenbaren.

»Und dann hat er mir sein Auto geliehen, weil das die einfachste Lösung war, hat er gesagt. Sonst hätte ich ja erst am nächsten Tag zur Zulassungsstelle gemusst und die Versicherung anmelden und … alles Dinge, die Zeit kosten, aber ich wollte so schnell wie möglich los.«

Tante Natti legte die Stirn in Falten. Ein Zeichen dafür, dass ihr etwas nicht gerade logisch erschien. Oder dass ihr etwas aufgefallen war, was einer weiteren Überprüfung bedurfte. Oder auch, dass sie Anna schlicht und einfach kein Wort glaubte.

Die vier Freundinnen saßen auf der gemauerten Terrasse hinter dem Haus im Schatten des Olivenbaumes, dessen Äste Anna am Morgen als Fluchtweg gedient hatten. Der Platz war nicht umsonst der Lieblingsplatz von Annas Vater gewesen – von hier aus hatte man das ganze Tal im Blick, vor allem aber die Stelle, an der die Zufahrt zum Haus von der Landstraße abzweigte, sodass sie auch jetzt jeden unwillkommenen Besucher rechtzeitig entdecken würden.

»Consiglio di guerra«, Kriegsrat, hatte Tante Natti entschieden, als die Leiche, die sie gemeinsam hatten verschwinden lassen wollen, zu ihrem Entsetzen bereits verschwunden war. Und nachdem die Freundinnen sich dann sicherheitshalber mit ein paar gezielten Fragen vergewissert hatten, dass mit Anna – zumindest den Umständen entsprechend – alles in Ordnung war und diese Leiche tatsächlich existiert hatte. Wofür nicht zuletzt der einsame Cowboystiefel aus Schlangenleder-Imitat als Beweis diente.

Jetzt stand das Exemplar mit dem schief getretenen Absatz und dem an der rückwärtigen Naht angebrachten Reklameschildchen »Steve's Western Store, Berlin-Wedding« zwischen den Tellern und Tassen auf dem Tisch vor ihnen. Gewissermaßen als Mahnung, bloß nicht den ernsten Anlass ihres rasch improvisierten Mittagessens aus den Resten der Beerdigungsfeier zu vergessen.

»Geliehen, ja? Für wie lange?«, bohrte Tante Natti unerbittlich nach.

»So lange, wie ich den Volvo brauchen würde.«

»Schien ja ein Supertyp zu sein, dein Nachbar«, stellte Fabia fest. »Und du bleibst dabei, dass du ihn nicht näher kanntest?«

»Wie ich gesagt habe, an dem Tag habe ich zum ersten Mal mehr als nur ein kurzes Hallo mit ihm gewechselt.« Anna merkte, wie ihr heiß wurde. Und sie spürte die Röte bereits von ihrem Hals zu den Wangen hinaufsteigen, wie bei einem Schulmädchen, das bei einer Lüge ertappt worden war. Eilig fächelte sie sich mit der Hand Luft zu, als wäre es nur die mittägliche Hitze, die ihr zu schaffen machte.

»Ha!«, rief Emilia und klatschte in die Hände. »Ich wusste es! Gut so, mein Täubchen, wir müssen nehmen, was wir kriegen können, solange es noch nicht zu spät ist.«

»Ich weiß nicht, was du meinst«, stotterte Anna hilflos. Auch ohne Spiegel wusste sie, dass ihr Gesicht jetzt flammend rot war.

»Seht sie euch an!« Tante Natti schüttelte den Kopf. »Wenn ich es nicht schon geahnt hätte, wäre ich spätestens jetzt darauf gekommen. Kein Mann verleiht sein Auto nur mal eben so, und schon gar nicht für eine Reise nach Italien. Außerdem ist der Mann ein Deutscher, und deutsche Männer sind noch schlimmer als italienische, wenn es um Autos geht, sie würden eher ihre Frau verleihen als ihren chromglänzenden Penisersatz. Glaubt mir, ich weiß, wovon ich rede. Ich bin nicht umsonst ein paar Jährchen älter als ihr!« Als die frühere Lehrerin sah, dass alle Blicke ihr zugewandt waren, beeilte sie sich hinzuzusetzen: »Nein, keine Fragen, Kinder! So alt bin ich nun auch noch nicht, dass ich ausgerechnet euch meine Geheimnisse anvertraue. Jetzt wollen wir erst mal Annas Geschichte hören! Also los, Anna, raus mit der Wahrheit!«

»Tits up!«, rief Emilia kichernd. »Und lass bloß kein Detail aus, hörst du! Egal, wie groß oder klein es sein mag – jeder Hinweis ist wichtig für uns!«

Ein leichter Windstoß wisperte in den Blättern des Olivenbaumes, und hoch über der zum Tal steil abfallenden Wiese stand eine Lerche und sang in endloser Wiederholung ihr Lied, als gelte es, die ganze Welt davon zu überzeugen, dass das Leben großartig war: *unacosafantastica, unacosafantastica, unacosafantastica!* Es war so friedlich auf der Terrasse, so weit weg von allem Lärm und Getöse, dass es Anna vorkam, als würde sie die Geschichte von jemand anderem erzählen …

»Ihr irrt euch, wirklich, es war ganz anders. Ich habe nicht … er hat nicht … ich meine, wir …« Anna verdrehte hilflos die Augen. »Fabia, so hilf du mir doch wenigstens, du hast mit mir telefoniert, du weißt, dass wir sogar noch überlegt haben, was die schnellste Möglichkeit ist, um zu euch zu kommen. Ich hätte doch nicht im Traum darüber nachgedacht, ob ich Zug fahre oder ganz und gar das Flugzeug nehme, wenn … Also, wenn ich mir aufgrund einer … gewissen Verbindung zu meinem Nachbarn sicher gewesen wäre, dass ich einfach sein Auto nehmen kann, das meine ich. Das müsste doch genug sein, um euch zu überzeugen. Ihr irrt euch!«

»Ach, Anna«, sagte Fabia mit einer Leidensmiene, als müsste sie ihrer Freundin mitteilen, dass sie die Operation am offenen Herzen leider ohne Narkose durchführen würden. »Du warst noch nie besonders gut darin, dich rauszureden. Dabei ist es eine einfache Rechenaufgabe, die sogar ein Assistenzarzt im ersten Jahr schon ohne Mühe lösen könnte: Nehmen wir mal an, es war alles genau so, wie du gesagt hast, und du bist nur auf die Idee gekommen, den Nachbarn zu fragen, weil er dir eine Viertelstunde vorher zufällig erzählt hatte, dass er als Nebenverdienst einen kleinen, aber schwungvollen Handel mit Gebrauchtwagen betreibt, dann …«

»Dann?«, fragte Emilia aufgeregt, als Fabia eine Kunstpause einlegte. »Jetzt sag schon!«

»Dann bist du nach unserem Telefongespräch zu ihm rüber und hast geklingelt.« Fabia nahm die Finger zu Hilfe, um die folgenden Punkte ihrer Beweiskette aufzuzählen. »Du hast ihm gesagt, dass du ein Auto brauchst. Nachdem er kapiert hat, dass es schnell gehen muss, hat er angeboten, dir sein Auto zu leihen. Das war … am späten Nachmittag, richtig? Halb sechs, sechs?«

Anna nickte.

»Du warst aber erst einen Tag später hier, gegen Abend, und du hast behauptet, dass du die Strecke in einem durchgefahren bist. Nur mit einer längeren Pause kurz hinterm Brenner. Rechnen wir mal großzügig sechseinhalb Stunden bis München, zweieinhalb bis zum Brenner, eine Stunde Pause, fünfeinhalb bis hierher, macht summa summarum fünfzehneinhalb Stunden. Um zwanzig Uhr warst du hier, also bist du um halb fünf morgens in Berlin losgefahren. Und in der Zwischenzeit hast du doch sicher nicht nur getankt und Luft kontrolliert, aber ich glaube auch nicht, dass du selig in deinem Bettchen gelegen und geschlafen hast, dazu warst du nämlich viel zu aufgeregt, ich kenne dich, um dich in einer solchen Situation zu beruhigen, braucht man mindestens drei Milligramm Diazepam! Oder aber …«

»Tits up!«, rief Emilia wieder.

»Steh zu deinen Sünden«, verlangte jetzt auch Tante Natti, während sie bereits wieder ihr Strickzeug aufnahm, als würde sie sich auf eine längere Geschichte vorbereiten.

Und Anna wusste, dass es keine Ausflüchte mehr gab. Die Freundinnen würden unerbittlich sein und jeden Versuch, etwas zu beschönigen, schon im Ansatz zu verhindern wissen. Sie warf einen letzten Blick in den wolkenlosen Himmel, wohl wissend, dass sie auch von dort keine Hilfe zu erwarten hatte.

»Also dann«, sagte sie und holte tief Luft. »Er war vielleicht einfach nur zum richtigen Zeitpunkt da, ich brauchte eine Schulter zum Ausheulen, ich wollte, dass mir jemand das Gefühl gibt, nicht alleine zu sein, und es war, als würde er alles verstehen, ohne dass ich etwas erklären musste. Als würde er mir seine Hand reichen und sagen: Komm, spring! Trau dich, du kannst es, es gibt nichts, wovor du dich fürchten musst. – Ich weiß, dass das alles albern klingt, aber seine Haare rochen nach Sommer und Salzwasser und heißem Sand, als hätte er gerade im Meer gebadet und dann in der Sonne gelegen, vielleicht habe ich es mir nur eingebildet, aber ich meinte, das Salz auf seiner Haut schmecken zu können, versteht ihr?«

Emilia stöhnte laut auf und fuhr sich in gespielter Verzweiflung durch die hochgesteckten Haare: »Es reicht, Anna! Scusa, aber so habe ich mir deine Geschichte nicht vorgestellt, das wird mir jetzt doch ein bisschen zu kitschig. Könntest du vielleicht mal ein paar harte Fakten liefern? Und zwar mit der Betonung auf hart! Wie oft ihr es gemacht habt, zum Beispiel, das würde mich interessieren, zweimal, dreimal? Und habt ihr zwischendurch geschlafen oder einfach immer weiter …« Sie machte eine unanständige Handbewegung, die sie sich zweifellos bei Gino und seinen Freunden abgeguckt hatte.

»Du bist verrückt«, sagte Fabia leise zu Anna, ohne Emilia zu beachten. »Das war mehr als dumm von dir, das ist dir doch wohl hoffentlich klar? Wenn das rauskommt, wird dir garantiert keiner mehr glauben, dass du mit der ganzen Sache eigentlich nichts zu tun hast.«

»Das glaubt ihr auch so schon niemand«, warf Tante Natti ein. »Egal was die Polizei alles rausfindet oder nicht, zumindest werden sie darüber stolpern, dass der Tote dieselbe Adresse hatte wie Anna. Und dass das Auto auf seinen Namen zugelassen ist.« Sie zögerte einen Moment, dann warf sie Anna einen forschenden Blick zu, als würde ihr erst jetzt etwas klar, was sie schon längst hätte bemerkt haben müssen: »Weißt du eigentlich, dass du mich immer mehr an deinen Vater erinnerst? Gennaro hatte auch so eine unglückliche Veranlagung, sich immer tiefer in die Fischsuppe zu reiten, bis sie ihm zwangsläufig zu den Ohren wieder rauskommen musste.«

Irritiert sah Anna, wie Fabia und Emilia eifrig nickten. Es schien ihr, als wäre sie selber gerade die Einzige, die keine Ahnung hatte, was Tante Natti mit ihrer merkwürdigen Aussage andeuten wollte. Aber noch bevor sie reagieren konnte, platzte Emilia raus: »Ihr habt aber kein Filmchen von euch gemacht, oder? Ich frage nur, weil … Also man weiß ja nie, wem die Kerle die Bilder dann hinterher zeigen! Und wenn überhaupt, würde ich das sowieso nur mit Gino machen, aber der zeigt leider so gar keine Ambitionen, ins Filmgeschäft einzusteigen. Obwohl er keine schlechte Figur abgeben würde, das dürft ihr mir glauben, und von mir selber will ich gar nicht erst reden …«

Sie kicherte noch, als Tante Natti sie scharf zurechtwies: »Du legst jetzt mal eine Sendepause ein, Emilia, ja? Wir sollten uns auf das konzentrieren, was jetzt wirklich wichtig ist. Dass die Leiche verschwunden ist, gibt uns ein bisschen Zeit, auch wenn wir davon ausgehen müssen, dass da also jetzt jemand rumläuft, der mehr weiß, als uns lieb sein kann.«

»Und wenn es vielleicht die Täter selber waren, die ihn wieder abgeholt haben?«, kam es von Emilia, die offenbar zeigen wollte, dass sie durchaus Konstruktives beizutragen hatte.

»Warum?«, fragte Fabia sofort. »Warum sollten sie das tun? Das ergibt keinen Sinn! Nein, nein, ich fürchte, wir wissen alle, wer da gerade mit einer Leiche im Kofferraum seines Polizeiwagens durch die Gegend düst. Hätte ich doch Rosario gegenüber bloß niemals etwas davon erwähnt, dass Anna sozusagen … gewissermaßen … unter bestimmten Umständen vielleicht …«

»Hast du aber«, unterbrach Tante Natti sie. »Und der flotte Commissario hat sich wahrscheinlich gedacht, er kommt leichter zum Ziel, wenn er die Gunst der Stunde nutzt und Anna einen Gefallen tut, indem er die Leiche aus ihrem Pool verschwinden lässt! Weil ihm Anna dann ebenfalls einen Gefallen schuldet, den er sich sicher schon bis ins kleinste Detail ausgemalt hat.«

»Genauso ticken sie, die Herren der Schöpfung«, bestätigte Emilia. »Da sind sie sich alle gleich.«

»Wir haben also einen zusätzlichen Mitwisser, den wir nicht gebrauchen können«, nahm Tante Natti den Faden wieder auf.

Fabia hob die Hand. »Wie wäre es, wenn wir einen anonymen Anruf bei den Carabinieri machen und sagen, dass ein gewisser Commissario aus Rimini etwas in seinem Streifenwagen transportiert, was sie sich schnellstens mal näher ansehen sollten? Ich meine, wer sollte denn Rosario die Geschichte abnehmen, dass er Anna nur einen Gefallen tun wollte? Zumal wir alle bestätigen können, dass er Anna überhaupt nicht näher kennt …«

»Aber er ist Polizist«, meldete sich jetzt Anna zum ersten Mal bei dieser Diskussion zu Wort. »Natürlich werden sie ihm glauben, keine Krähe hackt der anderen ein Auge aus.«

»Was?«, fragte Emilia irritiert.

»Keiner scheißt in sein eigenes Nest«, formulierte es Tante Natti ein bisschen drastischer. Um gleich noch hinzuzusetzen:

»Angenommen, der Commissario würde ebenfalls verschwinden …«

»Du willst ihn …« Emilia schlug sich mit der Hand vor den Mund. »Du meinst, wir sollen ihn …?«

»Nein«, sagte Fabia. »So was tun wir nicht. Aber er steht auf schöne Dinge! Schöne Autos, schöne Kleidung, schöne Frauen. Kann man sich allerdings nicht wirklich leisten, wenn man nur ein kleines Polizistengehalt hat. Und das ist der Punkt: Er ist ein Bulle, und das heißt, er ist zwangsläufig korrupt, das wissen wir aus jedem Krimi, den wir gelesen haben. Und genau da kommen wir ins Spiel!«

Tante Natti nickte anerkennend. »Du warst nicht umsonst meine Lieblingsschülerin! Nichts gegen euch, Mädchen«, sie drehte sich zu Anna und Emilia, »aber ihr wisst selber, dass Fabia immer schon schneller darin war, die richtigen Rückschlüsse zu ziehen. Es kommt ja auch nicht von ungefähr, dass sie fast immer die Erste ist, die bei jedem Krimi, den wir lesen, den richtigen Täter benennt.«

»Das kann jeder, der schummelt und als Erstes den Schluss liest!«, murrte Emilia. »Aber egal, die Idee ist gut. Von wie viel Geld reden wir?«

»Wir haben genug«, erwiderte Tante Natti. »Am besten, eine von uns handelt das persönlich mit ihm aus. Und legt dann noch ein bisschen was drauf, damit er auch den Volvo gleich mit verschwinden lässt. Stimmen wir ab?«

Das Ergebnis war einstimmig. Sie würden Rosario bestechen und ihn für eine Weile in Urlaub schicken. All inclusive selbstverständlich. Damit er ihnen erst mal nicht mehr dazwischenfunken konnte. Aber vorher musste er sich noch um den Volvo kümmern …

»Spuren verwischen«, sagte Emilia. »Damit kenne ich mich aus.«

Am elegantesten würde es sein, wenn der Volvo genau da gefunden werden würde, wo auch die Leiche war. Dann wären sie alle aus dem Schneider. Das musste auch dem Commissario einleuchten, er würde also noch einen zweiten Transport zu erledigen haben. Aber diesmal in ihrem Auftrag. Und gut bezahlt!

»Auf diese Weise klatschen wir gleich zwei Fliegen mit einer Klappe an die Wand«, fasste Tante Natti ihre Überlegungen zusammen. »Wir sind einen unwillkommenen Mitwisser los, fürs Erste jedenfalls – und wenn dann doch noch irgendwas schiefgeht, können wir es ganz leicht so drehen, dass jeglicher Verdacht auf den Commissario fällt! Es muss doch nur so aussehen, als ob er sich mit der Leiche *und* dem Geld aus dem Staub gemacht hätte.«

»Grande! Perfetto!«, rief Emilia und klatschte in die Hände. »Dann hat er auch keine Chance, noch mehr Schweigegeld zu verlangen, falls ihm das irgendwann einfallen sollte. Mitgefangen, mitgehangen, so einfach ist das.«

»Wartet mal«, hakte Fabia ein. »Ganz so einfach ist es dann doch nicht, wir sollten ihm schon sagen, dass ihm womöglich ein paar Typen von der Mafia auf den Fersen sein könnten. Oder irgendwas Ähnliches wie die Mafia! Weshalb er auch möglichst *weit* weg sollte. Und besser nicht nach Kalabrien oder gar Sizilien.«

»Je mehr wir ihm erzählen, umso mehr Geld wird er auch haben wollen!«, erwiderte Emilia und rollte mit den Augen. »Die Frage ist also, ob eine von uns der Meinung ist, dass alleine Rosarios knackiger Po ausreicht, um ihn vor der Mafia und dem lieben Gott schützen zu wollen. Was sagt ihr?«

»Er ist vielleicht ein eitler Pfau, aber das können wir nicht machen!«, meldete sich Fabia wieder zu Wort. »Wir können ihn nicht ohne sein Wissen in Gefahr bringen, wenn, dann muss er zustimmen.«

»Ich dachte mir schon, dass dieser Einwand kommt«, erklärte Tante Natti kopfschüttelnd. »Es ist unglaublich, was alleine ein paar schwarze Locken und ein paar Beulen an den richtigen Stellen bei euch jungen Dingern doch noch so bewirken. Ich bin wirklich dankbar, dass ich solche Anwandlungen schon hinter mir habe. Und ich für meinen Teil hätte da auch keinerlei Skrupel, Rosario *nicht* alles zu erzählen. Zumal ich mich genau daran erinnere, dass er nie seine Hausaufgaben gemacht hat!« Sie warf einen Blick zu Fabia. »Das hat jemand anders für ihn erledigt. Jemand, der ihm unter der Bank auch heimlich die Zettel mit den richtigen Lösungen für die Mathearbeiten weitergereicht hat. Glaub doch nicht, dass ich das nicht gewusst hätte, Fabia!« Sie hob schnell die Hand, als Fabia etwas erwidern wollte. »Aber in Ordnung, wenn ihr es unbedingt wollt, weihen wir Rosario mit ein, bevor wir ihn in den wohlverdienten Urlaub schicken. Wer redet mit ihm?«

»Ich mache das«, sagte Anna. Ihr war schwindlig, sie hatte das Gefühl, dass sie den Freundinnen kaum folgen konnte. Es tat ihr gut, zu sehen und zu hören, wie sie sich um alles kümmerten, gleichzeitig kam sie selber sich dabei aber vollkommen nutzlos vor. Und vor allem ging es ihr zu schnell! Die Freundinnen trafen über ihren Kopf hinweg irgendwelche Entscheidungen, bevor sie überhaupt in der Lage war, das Für und Wider gegeneinander abzuwägen. »Nur falls ihr das vergessen haben solltet: Ich war es, die sich den ganzen Mist eingebrockt hat«, erklärte sie jetzt ein wenig schärfer als beabsichtigt. »Es ist meine Leiche, und es ist mein Geld, jedenfalls mehr oder weniger. Aber das bedeutet, dass ich auch daran beteiligt sein sollte, wie wir das Problem lösen.«

»Gut.« Tante Natti nickte. »Dann übernimmst du es, Rosario zu überzeugen. Du musst ihm ja nicht unbedingt erzählen, um wie viel Geld es sich wirklich handelt. Es ist besser für uns alle, wenn er nicht zu gierig wird. – Aber apropos Geld!«, ging sie gleich zum nächsten Punkt über, wie die Lehrerin, die das Unterrichtsziel vor Ende der Stunde noch erreichen wollte. »Das Geld muss weg hier. Wir brauchen ein neues Versteck, das Risiko, dass die Typen, die hinter Anna und den zwei Millionen her sind, Annas Haus durchsuchen werden, ist zu groß.«

Also machten sie sich umgehend an die Arbeit, neunundzwanzig Pizzakartons aus dem Regal im Flur mit Aufschriften wie »Margherita«, »Funghi«, »Prosciutto« sowie dem jeweiligen Datum der angeblichen Herstellung zu versehen. Danach luden sie die Kartons in den Kofferraum von Fabias Golf, um sie später in Tante Nattis Haus in den vorsintflutlichen Eisschrank im Keller zu stapeln. Hausgemachte Pizzen für den Ernstfall, nichts, was irgendjemandem verdächtig vorkommen sollte.

Den Inhalt des letzten Kartons versteckten sie in dem Hohlraum hinter der Fußleiste in Annas altem Zimmer. Für gewisse Sonderausgaben, wie das Schmiergeld für Rosario. Zur Sicherheit schoben sie noch zwei Mausefallen neben die Geldbündel.

»Nicht, dass wir sonst später lauter angenagte Hunderter finden«, wie Fabia es formulierte.

Der Plan war jetzt, zunächst die Pizzakartons in ihr neues Versteck zu bringen. Auf dem Weg dahin wollten sie Emilia am Bistro rauslassen, damit sie nochmals ein ernstes Wort mit Gino reden konnte.

»Oder ich lass mir irgendwas anderes einfallen, womit ich ihn überzeugen kann, dass es nur zu seinem Besten ist, wenn er keine Fragen weiter stellt«, versprach Emilia. Und dass sie dafür nicht länger brauchen würde als eine Stunde, »allerhöchstens, Gerede und Wieder-Anziehen mit eingeschlossen.«

Weshalb sie Emilia auf dem Rückweg wieder treffen würden, um dann alle zusammen die Nacht mit Anna zu verbringen, damit sie nicht allein war. Und mit voller Absicht in dem Haus auf dem Hügel, damit, wer auch immer es war, der Anna wahrscheinlich beobachtete, gar nicht erst auf die Idee kommen würde, dass sie das Geld längst weggeschafft haben könnte.

Der Clou ihres Plans aber bestand darin, dass Anna von Isola di Fano aus alleine zum Haus hochfahren würde. Während Emilia mit Fabia und Tante Natti im Schutz der Dämmerung heimlich von hinten über die Felder kommen würden …

Sollten die Kriminellen also in der Nacht auftauchen, würden sie sich nicht wie erwartet mit nur einer, sondern mit vier Frauen konfrontiert sehen, die zu allem entschlossen waren. Aber das war noch lange nicht der Höhepunkt der Surprise-Party, es kam noch besser: Bei der zwangsläufigen Frage der Gangster, wo das Geld sei, würden die Frauen nämlich absolut keine Ahnung haben, wovon überhaupt die Rede war!

Das Ganze war Fabias Idee. »Weil niemand weiß, ob du das Geld wirklich bis hierher gebracht hast. Es könnte dir auf der Autobahnraststätte gestohlen worden sein, als du pinkeln warst. Oder schon in Berlin, in der Zeit, in der du nichts Besseres zu tun hattest, als mit deinem Willy deVille rumzumachen. In Kreuzberg werden doch andauernd Autos aufgebrochen! Und der Volvo ist alt, vielleicht hat die Türverriegelung nicht richtig funktioniert, sodass sie noch nicht mal Gewalt anwenden mussten, und du deshalb am nächsten Morgen auch nichts gemerkt hast. Von irgendwelchem Geld jedenfalls weißt du …«

»Gar nichts!«, hieß Tante Natti den Plan gut. »Und wenn sie nicht heute Nacht auftauchen, dann morgen oder übermorgen, kommen werden sie auf jeden Fall. Und wir werden bereit sein und bleiben bei unserer Geschichte, egal was passiert. Vielleicht hat uns der Commissario mit seinem kleinen Alleingang sogar einen viel größeren Gefallen getan, als er selber ahnt. Hauptsache, wir werden ihn jetzt rechtzeitig wieder los, damit er nicht auf noch mehr dumme Gedanken kommt.«

»Alles eine Frage des richtigen Timings«, ergänzte Fabia ein wenig kryptisch. »Wie bei einer guten Narkose, wenn schon alles wieder vorbei ist, noch bevor du überhaupt was gemerkt hast.«

Anna wurde das Gefühl nicht los, das sie schon am Vormittag gehabt hatte – die Freundinnen waren restlos begeistert von dem »Fall«, der ihnen da wie auf dem Silbertablett präsentiert worden war. Endlich konnten sie mal zeigen, was sie draufhatten! Und dafür würden sie sich gewaltig ins Zeug legen, egal wie viele Leichen womöglich noch auftauchen oder ebenso unerwartet auch wieder verschwinden würden. Aber Anna musste sich eingestehen, dass sie anfing, diese eigentlich doch eher fragwürdige Reaktion der Freundinnen durchaus zu schätzen – unter anderen Umständen wäre sie wahrscheinlich entsetzt gewesen, empört über die mangelnde Empathie oder die Sensationslust, die da deutlich wurde, aber im Moment schien es zumindest eine Möglichkeit zu sein, um nicht völlig zu verzweifeln. Und es gelang ihr immer besser, das Ganze wie ein Spiel zu sehen, als würde das alles nicht in Wirklichkeit passieren – und vor allem nicht ihr! Als würden sie in ihrem Leseclub einfach nur einen besonders verzwickten Krimi lesen und sich mit den aberwitzigsten Theorien und Lösungsvorschlägen gegenseitig zu überbieten versuchen …

Und dann hatten sie sich gerade abgeklatscht und wollten in Fabias Golf klettern, als sie in der Kurve auf der Landstraße einen Motor aufheulen hörten. Gleich darauf kam ein Auto in einer gewaltigen Staubwolke über die Zufahrt gerast.

»Wenn man vom Teufel spricht«, murmelte Emilia. »Dein Auftritt, Anna, tits up! Wir halten uns so lange mal vornehm im Hintergrund.«

Emilias »vornehm im Hintergrund« hieß, dass sie selbst unverzüglich damit begann, das Unkraut aus den Fugen der niedrigen Steinmauer zu zupfen. Fabia drehte den Hahn an der Hauswand auf und wässerte die einzige Rose, die Gennaros ausschließlich seinem geliebten Gewürzbeet geltenden gärtnerischen Ambitionen überlebt hatte. Und Tante Natti gab vor, eine Eidechse zu beobachten, die müde in die Sonne blinzelte.

Alle drei wandten dem Commissario den Rücken zu, als er aus dem Polizeiwagen stieg. Wobei ihn der Anblick von Emilias hochgerecktem Hinterteil in den knallengen Jeans so sehr in Anspruch nahm, dass er um ein Haar die Fahrertür zugepfeffert hätte, obwohl er noch den Daumen der anderen Hand am Türrahmen hatte.

»Attenzione!«, rief Anna und schaffte es gerade noch, den Schwung so weit zu bremsen, dass Rosario mit einem erschrockenen Ausruf davonkam. »Maledetto, das war knapp! Grazie.«

Er strich sich eine Locke aus der Stirn, bevor er Anna mit einem Lächeln wie Marcello Mastroianni in seinen besten Tagen beglückte.

»Gern geschehen«, sagte Anna, während sie fieberhaft überlegte, wie es jetzt weitergehen sollte.

Rosarios Lächeln wurde womöglich noch strahlender, bevor er plötzlich beschwörend die Hände hob, als wollte er unter allen Umständen vermeiden, dass Anna ihre Aufmerksamkeit von ihm abwandte: »Un attimo! Einen Augenblick!« Als er sich umdrehte und auf den Kofferraum des Polizeiautos zuging, hatte Anna das Gefühl, dass ihre Beine ihr jeden Augenblick den Dienst versagen würden. »W… W…«

»Un attimo«, wiederholte Rosario mit der Geste eines Magiers vor dem Höhepunkt seiner Show.

Anna zweifelte nicht eine Sekunde daran, dass in diesem Kofferraum die Leiche liegen musste. Willy Schmidt aus Berlin.

Mit seinem langen blonden Zopf und nur einem Schlangenlederstiefel. Weil der andere ja auf dem Tisch auf ihrer Terrasse stand. Von wo er dringend verschwinden musste, das durfte sie nicht vergessen. Oder hatte eine der Freundinnen bereits daran gedacht? Vielleicht wäre es am besten, den Stiefel zu verbrennen! – Reiß dich zusammen, rief sie sich zur Ordnung, was immer der Commissario jetzt vorhat, du darfst dich nicht von ihm bluffen lassen!

Unwillkürlich spürte sie, dass sich auch die Freundinnen hinter ihr umgewandt hatten, um rechtzeitig eingreifen zu können.

»Uno, due, tre!«, zählte Rosario laut, während er mit dem Kopf im Kofferraum verschwand – und im nächsten Moment schon tauchte seine Hand wieder auf und schwenkte einen üppigen Rosenstrauch. »Sorpresa! Surprise, surprise!«

Noch bevor Anna überhaupt begriff, was gerade geschah, kam er auf sie zugeeilt und überreichte jeder der Freundinnen eine langstielige Rose, jedes Mal mit dem gleichen Satz: »Für eine schöne Frau! Per te, bella!« Und dann ging er tatsächlich vor Anna auf die Knie, während er ihr den immer noch beeindruckenden übrigen Strauß hinhielt und schmachtete: »Und für die Schönste von allen, von Kollegen zu Kollegin sozusagen, machen Sie mir die Freude und begleiten Sie mich zum Essen! Zum Tanzen! Zum Lachen und Träumen! Sagen Sie Ja, bitte, brechen Sie mir nicht mein Herz!«

»Komm mal wieder runter«, sagte Emilia trocken und tippte sich an die Stirn.

Rosario verzog beleidigt den Mund, Anna musste unwillkürlich lachen, mit einem leisen »Grazie« nahm sie ihm die Rosen ab.

Als er aufstand und sich den Staub von der Hose klopfte, erwiderte er ebenso leise: »Heute Abend? Ich kenne ein Restaurant, da … ah! Sie werden begeistert sein!« Er küsste sich die Fingerspitzen, schloss verzückt die Augen und summte eine Melodie …

»Rosario Alfonso Dalla Pozza!« Tante Nattis Stimme ließ den Commissario erschrocken zusammenzucken und die Augen wieder aufreißen. »Ist das derselbe Wagen, mit dem du heute Mittag schon hier warst?«

»Scusa. Ja, ja, natürlich. Das ist mein Dienstwagen.«

Tante Natti trat an den Seat und beugte sich zum Kofferraum. »Ganz sicher? Du hast den Wagen nicht gewechselt?«

»Nein«, stotterte Rosario. »Warum sollte ich?«

»Hast du eine Plastikplane benutzt? Oder den Kofferraum hinterher wieder trocken geföhnt? Nach dem Transport, meine ich!«

Jetzt war Rosario eindeutig vollkommen aus dem Konzept gebracht und starrte Tante Natti nur noch entgeistert an. Wobei er plötzlich wirkte wie der Schüler, der mal wieder ohne Hausaufgaben erwischt worden war.

Fabia hatte mittlerweile die hintere Tür geöffnet und die Rückbank abgetastet.

»Und?«, fragte Tante Natti.

»Niente. Tutto asciuto. Alles trocken.«

»Es sind immer die Imponderabilien, auf die man nicht vorbereitet ist«, stellte Tante Natti mit deutlichem Bedauern in der Stimme fest. »Dabei hätte alles so einfach sein können.«

»Cosa?«, kam es wieder von Rosario.

»Waswaswas?«, äffte ihn Fabia ungehalten nach.

»Was Tante Natti sagen will«, mischte sich Emilia ein, »ist, dass du heute Abend alleine ausgehen musst. Anna steht nicht zur Verfügung, weil sie … unabkömmlich ist. Sie ist nämlich schon mit uns verabredet. Komm, Anna, wir müssen los!«

»Aber …«, stotterte der Commissario.

»Tut mir leid«, sagte Anna. »Vielleicht ein anderes Mal. Aber danke für die Rosen!«

Als sie wenig später auf die Landstraße einbogen, hieb Fabia mit der flachen Hand aufs Lenkrad und fluchte: »Cazzo! Scheiß-Imponderabilien! Jetzt haben wir jedenfalls ein Problem, das deutlich schwieriger zu lösen ist, als wir ursprünglich dachten. Ungefähr wie bei einem Patienten, der zu früh aus der Narkose aufwacht!«

4. Kapitel

In der Nacht waren keine Bösen gekommen, um Anna zu überfallen und das Haus ihres Vaters nach dem Geld aus dem Volvo zu durchsuchen. Also hatte es auch keinen Überraschungsauftritt der zu allem entschlossenen Freundinnen gegeben – obwohl sie bestens vorbereitet und sozusagen bis an die Zähne bewaffnet gewesen waren. Emilia mit einer Dose Pfefferspray, die sie gegen allzu lästige Verehrer im Bistro ohnehin immer bei sich trug, gut versteckt an einem goldenen Kettchen in den Tiefen ihres Dekolletés. Fabia mit einer Injektionsspritze, deren Kanüle mit einem schnell wirkenden Betäubungsmittel gefüllt war, Tante Natti mit einer Stricknadel Größe 15, die an der Spitze zu einer Art Widerhaken umgebogen war – »Dann tut es mehr weh!« –, und Anna selber schließlich mit dem stumpfnasigen, matt glänzenden Revolver ihres Vaters, der ausgesprochen gefährlich aussah, in Wirklichkeit jedoch nur eine Taschenlampe war. Eigentlich fast schade, dass niemand aufgetaucht war, darüber waren sie sich am Morgen alle einig.

»Die Gesichter von den Typen hätte ich gern gesehen«, kicherte Emilia, während sie in einer Reihe mit Anna und Fabia an der Hauswand hockte und ins Gras pinkelte, weil Tante Natti schon seit geraumer Zeit das Badezimmer blockierte.

»Sie kommen noch früh genug«, prophezeite Fabia. »Wir bleiben in Alarmbereitschaft.«

»Hoffentlich haben sie nicht doch durchschaut, dass wir vorbereitet waren«, überlegte Emilia laut. »Ich meine, sie könnten uns gesehen haben, als wir über die Wiese gekommen sind. Es war Vollmond!«

»Wennschon, haben sie uns eher gehört«, erwiderte Fabia. »Zumindest deine Flucherei auf dem Weg vom Dorf hier hoch müsste so gut wie jeder mitbekommen haben, der zufällig noch draußen war. Oder eben auch nicht so zufällig, weil er Annas Haus beobachtet hat …«

»Haha, sehr witzig!«, beschwerte sich Emilia, während sie sich aufrichtete und als Erste ihr rotes Spitzenhöschen wieder hochzog. »Außerdem hatte ich allen Grund, um sauer zu sein, oder?«

»Hattest du«, bestätigte Anna, obwohl sie in Gedanken eigentlich ganz woanders war. Irgendetwas stimmte nicht an der ganzen Geschichte, wie bei einem Puzzle, dessen Teile nicht zusammengehörten. Oder als würden sie etwas übersehen, was vielleicht so offensichtlich war, dass sie einfach nicht darauf kamen.

Vielleicht war wirklich alles ganz anders, als sie es sich bisher zusammengereimt hatten. Vielleicht war auch Willy gar nicht so unschuldig, wie Anna gerne glauben wollte! Es wäre immerhin möglich, dass er sie reingelegt hatte. Er war am Volvo gewesen, als sie vor ihrer Abfahrt noch kurz geduscht hatte. Angeblich um nachzusehen, ob Verbandskasten und Warndreieck im Auto lagen, damit sie keine Probleme an der Grenze bekommen würde, falls man sie kontrollieren sollte. Aber genauso gut konnte er in der Zeit auch erst das Geld in der Reserveradmulde verstaut haben. Weil er wollte, dass sie es für ihn über die Grenze brachte!

Der Gedanke war Anna schon letzte Nacht gekommen. Nachdem sie die Pizzakartons im Gefrierschrank untergebracht und dann auf der Rückfahrt eine wutschnaubende Emilia im Bistro vorgefunden hatten. Denn Gino war weder dort noch zu Hause gewesen. Und ausgerechnet, als die drei Freundinnen sich über die Wiesen den Hügel hinaufkämpften, hatte Emilias

Handy geklingelt. Gino. Der wissen wollte, wo Emilia war, er wäre gerade zur Tür reingekommen und hätte nichts als ein leeres Haus vorgefunden. Da würde noch nicht mal was zum Abendessen auf dem Herd stehen!

Laut Tante Natti war Emilias Erwiderung der längste und unanständigste Fluch gewesen, den sie jemals von ihr gehört hatte. Gespickt mit Wörtern wie »Waschlappen«, »schrumplige Wurstpelle« und »Sohn eines matschigen Wirsingkohls«. Und gipfelnd in der unmissverständlichen Aufforderung: »Fick dich ins Knie, Gino, wenn du glaubst, ich wäre nur dazu da, dir dein Essen auf den Tisch zu stellen.«

Anna hatte keine Ahnung, wieso ihr gerade dann dieser Gedanke gekommen war, dass Willy sie vielleicht reingelegt hatte. Aber die Freundinnen hatten sich noch kaum in die Küche geschlichen und Anna von Ginos Anruf und Emilias Flüchen erzählt, als ihr schon die Tränen gekommen waren. Ohne wirklich zu wissen, warum. Sie hatte schließlich keinerlei Gefühle für Willy gehabt, er war einfach nur zur rechten Zeit am rechten Ort gewesen. Oder zur falschen Zeit, ganz wie man es sehen wollte. Sie erinnerte sich noch nicht mal mehr so recht, was zwischen ihnen genau passiert war. Aber Willy hatte es geschafft, sie ihren Kummer vergessen zu lassen. Den Kummer über den plötzlichen Tod ihres Vaters. Und die Wut und ihre Enttäuschung über ihre unerwartete Kündigung. Das Gefühl, nicht zu wissen, wie es überhaupt weitergehen sollte … Willy war da gewesen. Und sie hatte ihn benutzt! Vielleicht war es das, was ihr am meisten zu schaffen machte. Dieses unklare Gefühl, dass sie zumindest nicht unschuldig an seinem Tod war.

Sie hatte geheult und geschnieft und sich auch nicht beruhigt, als Tante Natti ihr wortlos die Flasche Grappa hinschob.

Bis Emilia sachlich feststellte: »Kein Wunder, das ist der Schock, der jetzt erst einsetzt. Auch wenn man denkt, es ist nur ein Fick und hat nichts weiter zu bedeuten, schafft es doch so was wie eine Verbindung, wenn du mit jemandem in der Kiste warst. Dazu muss der Typ noch nicht mal besonders gut gewesen sein! Aber ihn kurz darauf als tote Leiche im Pool vorzufinden, hätte wahrscheinlich jede von uns aus den Latschen gehauen.«

Danach dann war Fabia mit einer kleinen grellgrünen Pille angekommen, die Anna widerspruchslos schluckte. Ohne auch nur zu fragen, was sie bei ihr bewirken sollte. Jetzt allerdings erinnerte sie sich wieder daran, dass sie nicht gleich weggedämmert war. Sondern den Freundinnen erst noch ein den Umständen entsprechend sogar recht detailliertes Profil von Willy geliefert hatte …

Ein leicht zwielichtiger Typ, der es darauf anlegt, dass man nicht ganz schlau aus ihm wird. Zweifellos gut aussehend, was er auch weiß und ohne Bedenken einsetzt, wenn er glaubt, sich dadurch einen Vorteil verschaffen zu können. Charmant, mit einem trockenen Humor und einer verblüffenden Selbstironie, die ihn als jemanden zeigen soll, der es nicht nötig hat, sich hinter den üblichen Rollenerwartungen zu verstecken – siehe seine Äußerung, dass er nicht gut einparken kann, siehe auch die dämlichen Cowboystiefel aus Schlangenlederimitat, als würde er Klischees nur benutzen, um sein Gegenüber damit zu verunsichern.

Den Büchern in seiner Wohnung nach zu urteilen, hatte er wahrscheinlich studiert. In dem unvermeidlichen Ikea-Regal hatten zwar nur drei Romane gestanden, Schätzings *Schwarm, Der Medicus* und *Per Anhalter durch die Galaxis,* alle drei mit dem Aufdruck »Mängelexemplar«, aber daneben umso mehr Fachliteratur, vor allem Wirtschaft und Finanzen. Außerdem ein Foto im silbernen Rahmen, das Willy mit einer E-Gitarre zeigte. Und ein Plakat von Mink deVille an der Wand, für deren

Musik er eigentlich zu jung war. Aber zu alt für eine Einzimmerwohnung in einem Haus mit lärmenden Erasmus-Studenten unter dem Dach war er eigentlich auch. Und zu schlau, um sich mit dem An- und Verkauf von Gebrauchtwagen zu vergnügen. Kurz: Jemand, der etwas zu verbergen hatte. Weil er mit ziemlicher Sicherheit Dreck am Stecken hatte.

»Gehabt hat«, wie Tante Natti an dieser Stelle prompt präzisierte. »Er weilt ja nun nicht mehr unter uns, Gott sei seiner schuldbeladenen Seele gnädig.«

Den Rest der Nacht hatte Anna tief und fest geschlafen. Mit dem falschen Revolver ihres Vaters unter dem Kopfkissen und gut bewacht von ihren Freundinnen, während sie im Traum als kleines Mädchen mit ihrer Mutter am Fenster ihrer damaligen Wohnung in Rimini stand und beobachtete, wie ihr Vater draußen seinen neuen Fiat einparkte. Ein merkwürdig buckelförmiges Modell, das aussah wie auf einem uralten Reklamebild. Aber dann war ihre Mutter plötzlich verschwunden gewesen. Anna war nicht länger ein kleines Kind, und der Fiat war auch kein Fiat mehr, sondern ein Alfa Romeo. Eine knallrote Giulia, wie sie bei ihrem verstorbenen Vater vor dem Restaurant stand. Nur dass der Mann, der dann in ihrem Traum aus diesem Sportwagen stieg, nicht ihr Vater gewesen war. Sondern Willy. Willy Schmidt aus Berlin. Ihr toter Nachbar.

»So, ich bin so weit!« Als sie Tante Nattis Stimme hörten, schafften die Freundinnen es gerade noch, von der Mauer wegzutreten und so zu tun, als würden sie nur das Tal betrachten, bevor ihre alte Lehrerin um die Ecke bog – und den harmlosen Mienen ihrer ehemaligen Schülerinnen zum Trotz mit einem Blick die Situation erfasste: »Ihr macht das also immer noch!«, schimpfte sie los, die Arme in die Hüften gestützt. »Wie oft habe ich euch schon gesagt: Hinter einem Busch ja, aber nicht in einer Reihe nebeneinander an der Hauswand, das gehört sich nicht!«

»Ups!«, kicherte Emilia leise. »Schon wieder erwischt.«

»Du hast das Bad blockiert«, erklärte Fabia sachlich. »Sei froh, dass wir uns nicht nacheinander neben dich auf die Kloschüssel gehockt haben, das hätte dir auch nicht gefallen.«

Anna sagte gar nichts, hatte aber ganz deutlich das Bild wieder vor Augen, als Tante Natti sie zum ersten Mal erwischt hatte. In der großen Pause, an der Rückseite der Turnhalle. Was ist aus den zehnjährigen Gören geworden, dachte sie unwillkürlich, die la Professoressa Natalia damals zum Unkrautzupfen im Schulgarten verdonnert hatte? Gleich darauf fing sie an, haltlos zu kichern, als ihr klar wurde, was für ein Bild sie gerade abgeben mussten: Emilia im roten Spitzenhöschen und mit frei schwingenden Brüsten, Fabia in einem gestreiften Männerschlafanzug, der ihr mindestens zwei Nummern zu groß war und von dem sie nicht sagen wollte, wem er gehörte, sie selber in ihrem Lieblings-Schlaf-T-Shirt mit der Aufschrift *»Polizei Berlin«* und mit Papas Taschenlampen-Revolver hinten unter dem Gummizug ihrer Unterhose. Und alle drei ungeschminkt und mit vom Schlaf zerzausten Haaren – und ihnen gegenüber eine makellos frisierte Tante Natti im strengen Kostüm, die Zigarettenspitze zwischen die schlanken Finger geklemmt so wie früher die Tafelkreide, bereit, die ihr Anvertrauten unverzüglich in den Kampf zu führen. Vorausgesetzt, sie würden sich endlich zusammenreißen und sich nicht länger wie eine Schar gackernder Hühner benehmen …

Als Anna nicht aufhören konnte, immer weiter zu kichern, drehte sich Emilia zu Fabia: »Was war das für eine Pille, die du ihr gestern gegeben hast? Ich will auch so eine!«

»Nur wenn du ebenfalls einen toten Liebhaber vorweisen kannst«, erwiderte Fabia ungerührt.

»Bene, das kriege ich hin. Muss er unbedingt im Pool schwimmen, oder gilt es auch, wenn er nur die Treppe runterfällt?«

»Basta!« Tante Natti schob die Zigarettenspitze zwischen ihre Lippen und klatschte in die Hände. »Es reicht, Mädchen. Wir haben noch viel zu tun! Also los, anziehen und frühstücken, dabei besprechen wir den Plan, den ich eben beim Duschen gemacht habe.«

Eine Stunde später waren Anna und Fabia unterwegs nach Rimini. Emilia hatte ihren Mann angerufen, dass er sie abholen und Tante Natti zum Agriturismo fahren sollte, um ihr zu helfen, den Volvo verschwinden zu lassen. Außerdem wollte Tante Natti die Gelegenheit nutzen, »ein ernstes Wort« mit Gino zu reden.

»Es ist besser, ich mache das, als dass du ihn wieder beschimpfst«, hatte sie Emilia unmissverständlich erklärt. »Und wenn er zurückkommt, stellst du ihm keine dummen Fragen, sondern entschuldigst dich für deine Flucherei gestern Abend. Ich denke, du weißt selber am besten, welche Art von Entschuldigung deinen Gino überzeugen wird. Aber denk dran: Er weiß von dem Geld, wir können es uns nicht leisten, dass er auf dumme Gedanken kommt. Erzähl ihm jetzt bloß nicht auch noch was von der Leiche! Ich erinnere ihn daran, dass ich genau weiß, wie er es geschafft hat, sich die Lizenz für euer Bistro zu ergaunern, das sollte reichen. Der Rest ist dann deine Sache.«

Emilia hatte sich, ohne zu murren, gefügt und mit säuselnder Stimme Gino zum Haus auf den Hügel beordert.

Als Anna und Fabia seinem Lieferwagen an der Kreuzung in Isola di Fano begegneten, hatte Gino schnell weggesehen.

»Er ist heimlich in dich verschossen, schon immer«, konstatierte Fabia, während sie den betagten Golf ruppiger als notwendig über die Hügelkuppen jagte. In ihrer Stimme schwang irgendein Unterton mit, den Anna nicht zu deuten vermochte. Aber Fabia redete schon weiter, als hätte sie es eilig, das Thema zu wechseln. »Ich weiß ja nicht, wie es dir geht, aber wenn Tante Natti so weitermacht, kippe ich ihr demnächst irgendwas in den Kaffee. Sie könnte ja zur Abwechslung wenigstens mal so tun, als ob wir erwachsene Frauen wären! Ist dir ihr Kommandoton heute Morgen aufgefallen? Da hat sie mich doch fast schon an den Chefarzt aus der Chirurgie bei uns im Krankenhaus erinnert. Und du erinnerst dich, was die Schwestern mit ihm gemacht haben, oder?«

Anna dämmerte irgendwas mit einer Party und recht zweifelhaften Fotos, die danach im Umlauf gewesen waren und dazu geführt hatten, dass der Chefarzt nach Urbino versetzt worden war. Aber genauer wollte sie es auch gar nicht wissen, nicht im Moment jedenfalls.

»Tante Natti macht sich Sorgen«, versuchte sie, Fabia zu beruhigen, während sie sich nach einer Katze umsah, die in letzter Sekunde mit eingezogenem Schwanz in den Straßengraben hechtete.

»Wir machen uns alle Sorgen«, erwiderte Fabia. Sie streckte die rechte Hand aus, um Annas Knie zu tätscheln. »Aber wir kriegen das hin, eine für alle und alle für eine!«

»Ich weiß, und ich danke euch dafür! Aber nimm bitte wieder beide Hände ans Lenkrad, ja? Dann geht's mir gleich schon ein bisschen besser.«

Tatsächlich war Anna über sich selbst erstaunt – sie hatte keine Angst. Sie war noch nicht mal sonderlich nervös, es schien ihr eher, als hätte sie mit allem nichts zu tun. Wie eine Fremde, die interessiert beobachtete, was eine gewisse Anna Kristina Antonelli so erlebte. Entweder war es immer noch der Schock, dachte sie, oder die Nachwirkungen von der Pille, die ihr Fabia am Abend gegeben hatte. Auf jeden Fall war es gar nicht mal unangenehm, die Welt um sie herum nur wie durch einen leichten Nebel wahrzunehmen. Es machte das Leben irgendwie einfacher und sorgenfreier, nicht nur bezogen auf Fabias Fahrkünste.

Da war ein Toter in ihrem Pool gewesen, den sie leider besser kannte, als gut für sie war. Na und? Jetzt war der Tote ja wieder weg! Okay, das musste nicht zwangsläufig etwas Gutes bedeuten, eher im Gegenteil sogar. Und außerdem hatten sie sich gerade zwei Millionen Euro unter den Nagel gerissen, die ihnen nicht gehörten. Und ihr Vater war gestorben, und sie hatte keinen Job mehr, und der Tourneeschauspieler aus Bremerhaven war ebenfalls passé, aber dafür hatte sie jetzt ein Restaurant am Hacken, das sie gar nicht unbedingt haben wollte. Na und, was soll's, dachte Anna, ich kann es nicht ändern, und es ist mir auch egal, vielleicht wird ja doch alles noch gut!

»Xanax«, sagte Fabia aus dem Wattenebel heraus. »Die Pille, die ich dir gegeben habe. Nicht schlecht, oder? Macht auf Dauer allerdings abhängig, deshalb sollte man besser ein bisschen aufpassen damit. Aber dafür hast du ja mich!« Als Fabia ihr erneut das Knie tätschelte, legte Anna ihre Hand auf Fabias. Und ließ sie da, auch als Fabia dann bei Fano auf die Adria-Autobahn abbog und unter Missachtung jeder Geschwindigkeitsbeschränkung auf die Überholspur wechselte.

»Links sind wenigstens nicht ganz so viele Schlaglöcher«, war ihre Erklärung.

»Italienische Autobahnen sind scheiße«, bestätigte Anna.

Fabia nickte. »Aber so was von! Einer der Bauunternehmer, die Europa-Gelder für die notwendigen Reparaturen kassiert haben, hat sich übrigens bei Fossombrone gerade eine Landhausvilla ins Naturschutzgebiet gestellt. Es wird von zwanzig Zimmern und einer unterirdischen Badelandschaft gemunkelt, angeblich alles aus Carrera-Marmor und mit goldenen Wasserhähnen.«

Fabia schob eine CD in den Schlitz am Armaturenbrett, Gianna Nannini sang *Latin Lover*. Fabia und Anna sangen lauthals mit, es war der Song, mit dem sie beide das gleiche Erlebnis verbanden, sogar am selben Tag und am selben Strand, nur nicht mit demselben Latin Lover. Zum Glück! Bei ihrer Lieblingsstelle übertönten sie mühelos die Autolautsprecher: »Bella bimba, bella bimba, non restare così sola al sole, Latin Lover …«

Bis Fabia kurz vor Rimini in den Rückspiegel blickte und zwischen den Zähnen hervorstieß: »Wir haben eine Zecke. Ein schwarzer Mercedes. Das gefällt mir nicht. Halt dich fest!«

Ohne zu blinken, riss Fabia das Lenkrad herum und prügelte den Golf mit quietschenden Reifen zwischen zwei Lkw hindurch in die nächste Ausfahrt. Zu unerwartet für den Mercedes, um ihr zu folgen.

»Getönte Scheiben«, stellte Fabia mit einem Blick hinter der sich schnell entfernenden Luxuskarosse her fest. »Und Fahrer und Beifahrer beide mit Sonnenbrillen, aber … das muss nichts bedeuten, vielleicht habe ich mich auch geirrt. Scusa, ich wollte dich nicht erschrecken.«

Bevor Anna noch etwas antworten konnte, klingelte Fabias Handy. Fabia hatte das Gespräch kaum angenommen, als sich ihr Gesicht verfinsterte. Sie schüttelte mehrmals den Kopf, dann sagte sie unwirsch: »Gib mir zwanzig Minuten. Ich bin ganz in der Nähe, ich muss nur eben noch … Bleib ruhig, es wird schon nichts passieren, ich bin gleich da. – Das Krankenhaus«, informierte sie Anna. »Ich bring dich zum Restaurant und fahre dann hin, der Assistenzarzt hat offensichtlich ein Problem auf der Intensivstation und weiß nicht, was er tun soll. Aber wie üblich ist mal wieder niemand da, der das übernehmen könnte.

Meinst du, dass du für ein, zwei Stunden alleine klarkommst? Ich hole dich dann wieder ab!«

Fabia hatte sich eigentlich den ganzen Tag freigenommen, aber Anna kannte solche Situationen mit ihr zur Genüge, das Krankenhaus war seit Jahren chronisch unterbesetzt, Anna hatte es schon erlebt, dass Fabia mitten in der Nacht losfuhr, obwohl sie noch nicht mal Rufdienst hatte.

»Natürlich«, antwortete sie jetzt. »Es ist helllichter Tag, und außerdem bin ich ja auch nicht alleine, falls es dich beruhigt. Ich hab meine beiden Kumpels dabei, mit denen nicht zu spaßen ist.« Sie klopfte auf die Seitentasche ihrer kurzen Lederjacke.

Fabia war nicht für eine Sekunde irritiert. »Mr Smith und Mr Wesson«, sagte sie mit breitem Grinsen. Es war ein alter Witz zwischen ihnen, den sie aus irgendeinem der von ihnen heiß geliebten Hammett- oder Chandler-Krimis hatten. Wo der Detektiv gegenüber zwei narbengesichtigen Schlägern behauptete, nicht alleine, sondern zu dritt zu sein, und zum Beweis seinen Revolver zückte: »Ich, Smith und Wesson.« Und wer wusste schon, dass der Revolver von Annas Papa nur ein Spielzeug war?

»Pass auf dich auf«, sagte Fabia, als sie ihre Freundin vor dem Restaurant aussteigen ließ. Sie winkte noch mal, dann wendete sie mitten auf der Kreuzung und schoss in Richtung Krankenhaus davon.

Irgendwie kam es Anna merkwürdig vor, dass das Restaurant so völlig unverändert wirkte. Die um diese Tageszeit noch verwaisten Tische und Stühle auf dem Gehsteig, die bodentiefen und auf Hochglanz geputzten Fenster, in denen sich der gegenüberliegende Leuchtturm an der Hafenmole spiegelte, der Wein, der großblättrig an der Fassade emporrankte und dem

»Ristorante Il Faro« ein wenig ländlichen Charme verlieh, der Kreuzung und dem zu jeder Tag- und Nachtzeit lärmenden Autoverkehr zum Trotz.

Die durchaus pittoreske Altstadt von Rimini lag ein paar Hundert Meter vom Meer entfernt jenseits der Bahnlinie, um den Hafen herum und entlang der Strandpromenade dominierten die schmucklosen Flachdachbauten aus den 1960er-Jahren, in denen Rimini sich seinen zweifelhaften Ruf als »Teutonen-Grill« erworben hatte. Allein der schneeweiße Leuchtturm, von dem das Restaurant seinen Namen hatte, entschädigte den Blick für die in Beton gegossenen Bausünden.

Kopfschüttelnd betrachtete Anna den roten Alfa, der da immer noch im absoluten Halteverbot stand. Wieso hatte ihr Vater ausgerechnet ein Auto gekauft, in dem er zwangsläufig aussehen musste wie ein alternder Möchtegern-Playboy, der aller Welt beweisen wollte, dass er mindestens noch so potent war wie der röhrende Auspuffs seines Sportwagens? Mal ganz davon abgesehen, dass er in seinem Alter und mit seinem Rheuma ernst zu nehmende Schwierigkeiten gehabt haben musste, aus dieser flachen Schüssel überhaupt wieder rauszukommen!

In der Einfahrt neben dem Restaurant stand wie eh und je das verbeulte, hellblaue Piaggio-Dreirad, die Ape oder »Biene«, wie sie liebevoll genannt wurde – *das* war das angemessene Fahrzeug für einen Restaurantbesitzer in Rimini, der schon morgens um sechs zur Markthalle tuckerte, um Parmaschinken, Salsiccia und frisches Gemüse für die Küche einzukaufen. Und für die Fahrt von Isola di Fano und zurück hatte Gennaro bislang doch auch immer sein stinknormaler Mittelklassewagen gereicht, wofür also hatte er jetzt dieses Angeberauto gekauft?

Unter dem Scheibenwischer des Alfas hatte sich mittlerweile eine beachtliche Anzahl von Strafzetteln angesammelt, mehr würde aber sicher nicht passieren, auch in der Questura, der Polizeistation am Hafen, wussten sie, wem der Wagen gehörte – und dass es Gennaro zumindest auf absehbare Zeit nicht möglich sein würde, den Alfa umzuparken. Trotzdem wollte Anna versuchen, ihn so schnell wie möglich loszuwerden! Das hatte sie schon entschieden, als sie vor der Beerdigung die Bücher in dem winzigen Büro neben der Küche durchgesehen und sich angesichts des erschreckenden Missverhältnisses zwischen Einnahmen und Ausgaben gefragt hatte, wie es ihrem Vater eigentlich über all die Jahre gelungen war, jeden Monat überhaupt nur die Gehälter für seine Angestellten aufzubringen. Sie hatte sogar Matteo darauf angesprochen, war allerdings augenblicklich barsch in ihre Schranken gewiesen worden: »Gennaro hatte alles im Griff. Er war ein guter Chef, wag es nicht, etwas anderes zu behaupten.«

Von niemandem sonst hätte sich Anna eine solche Abfuhr gefallen lassen, aber der hagere »cameriere« mit dem Gebaren eines Bahnhofskellners aus den Sechzigerjahren bediente bei Annas Papa, seit es das Restaurant am Hafen gab. Besonders freundlich oder ganz und gar redselig war er noch nie gewesen, hatte aber Gennaros Vertrauen besessen – und Anna mutmaßte, dass er jetzt vor allem darauf wartete, was die neue Chefin plante. Ganz sicher hatte er Angst, dass Anna einfach verkaufen würde, was seine Laune nicht eben besserte. Und Anna musste eine Entscheidung treffen, wie es mit dem Restaurant weitergehen sollte, das war ihr klar. Aus diesem Grund wollte sie heute auch mit den Angestellten sprechen – mit Matteo, mit dem Aushilfskellner Pietro, der nur für die Sommersaison eingestellt war, und mit Li, dem Koch, der irgendwann mit einem chinesischen Frachter im Hafen aufgetaucht und geblieben war.

Warum ihr Vater immer nur Männer als Bedienung in seinem Restaurant haben wollte, wusste niemand. Tante Natti behauptete steif und fest, es müsste etwas mit seiner Scheidung von Annas Mutter zu tun haben, allerdings ohne ihre Theorie näher zu erläutern. Tatsächlich hatte es in Gennaros Leben nach der Scheidung keine Frau mehr gegeben, zumindest keine, von der Anna gewusst hatte. Mal abgesehen von den beiden nicht mehr so ganz taufrischen Bordsteinschwalben, die zwischen ihren Kunden regelmäßig auf ein Gläschen Prosecco im Restaurant vorbeikamen und auch auf der Beerdigung gewesen waren. Was Emilia zu dem Satz verleitet hatte: »Sieh mal einer an, da sind bei deinem Papa ja ganz offensichtlich sogar die Professionellen schwach geworden. Aber ich kann's verstehen, Gennaro hatte das gewisse Etwas, das den meisten jüngeren Männern leider fehlt.«

Anna holte tief Luft. Es half nichts, noch länger zu warten, sie musste mit Papas altem Oberkellner reden. Mit den anderen beiden auch, klar, aber letzten Endes würde es darauf ankommen, wie sie sich mit Matteo einigen konnte. Und ihr graute jetzt schon vor seinem mürrischen Blick und den Antworten, die bei egal welcher Frage immer so klangen, als wäre er gerade in seiner Berufsehre gekränkt worden. Oder als müsste er unbedingt unter Beweis stellen, dass er eine gute Chance auf den ersten Platz im Wettbewerb um den unfreundlichsten Kellner Italiens hatte.

Anna blickte auf die Uhr. Wenn die Belegschaft pünktlich war, müssten die Männer jeden Moment auftauchen. Sie wollte eben durch die schmale Einfahrt zur Hintertür, als sie aus den Augenwinkeln eine Bewegung bemerkte. Drüben auf der anderen Straßenseite, direkt an der Mole. Es wäre ihr nicht aufgefallen, wenn der Mann nicht ausgerechnet auf der Santa Maria gestanden hätte. Oder wenn die Santa Maria ein Fischkutter wie die anderen Boote im Hafenbecken gewesen wäre – aber der himmelblau angestrichene Kahn mit dem verschnörkelten Namenszug am Bug war ein Wrack! Ein Wrack, das gut vertäut auf den Wellen schaukelte und nur deshalb nicht weggeschleppt wurde, weil die Besitzverhältnisse nicht geklärt waren. Irgendeine Erbschaftsstreiterei, die sich nun schon über Jahre hinzog, während der Muschelbewuchs und die abblätternde Farbe nur zu deutlich zeigten, dass der ehemals stolze Fischkutter sich schon bald auf seine letzte Fahrt zu den meergrünen Algen hinabbegeben würde.

Noch war die Santa Maria mit dem Leuchtturm im Hintergrund ein beliebtes Fotomotiv der Touristen, allerdings verbot ein offizielles Schild der Hafenbehörde das Betreten: *»Divieto di accesso! Pericolo di morte! Lebensgefahr! Danger!«* Und die mittlerweile geborstenen Decksplanken hinterließen tatsächlich einen alles andere als vertrauenerweckenden Eindruck. Umso auffälliger war jetzt dieser Mann, der da auf dem Kutter herumturnte. Erst als Anna ihre Augen mit der Hand gegen die Sonne abschirmte, erkannte sie, dass seine weit ausholende Armbewegung ganz offensichtlich ihr galt, er winkte ihr, sie sollte zu ihm kommen.

Sie blickte sich noch einmal um, außer ihr war tatsächlich niemand zu sehen. Als sie vom Gehsteig auf die Straße trat, war für einige Sekunden nichts zu hören als das entfernte Rauschen des Meeres. Kein Motorenlärm. Kein Möwengeschrei, noch nicht mal das nervtötende Hämmern der Baumaschinen am Ende der Mole, wo die Hafeneinfahrt ausgebaggert wurde. Als würde die ganze Welt den Atem anhalten!

Dann setzten die Geräusche wie auf ein geheimes Zeichen hin gleichzeitig wieder ein, ein Moped knatterte dicht hinter Anna vorüber, ein Auto hupte, ein Radio plärrte Technorhythmen über den Platz. Anna war jetzt direkt an der Santa Maria, aber die Sonne blendete sie, und der Mann auf dem Deck schien mit Absicht so zu stehen, dass sie nicht mehr von ihm erkennen konnte als seine Silhouette im Gegenlicht. Anna spürte, wie ihr ein Frösteln über den Rücken lief, unwillkürlich tastete sie nach dem Revolver in ihrer Jackentasche.

»Bitte?«, fragte sie und bemühte sich, ihre Stimme möglichst genervt klingen zu lassen, damit er ihre Unsicherheit nicht bemerkte. »Warum wollten Sie, dass ich komme? Kennen wir uns?«

Sie hatte Italienisch gesprochen, umso verblüffter war sie, als er ihr auf Deutsch antwortete. »Ich stelle Fragen, du antwortest. Du hast etwas, was uns gehört. Wo ist das Geld?« Deutsch mit einem deutlichen Akzent, Anna tippte sofort auf einen Polen oder Russen, eher einen Russen …

»Ich weiß nicht, wovon Sie reden. Sie müssen mich verwechseln. Es tut mir leid, ich kann Ihnen nicht …«

»Du lügst!« Der Mann brüllte jetzt, seine Stimme überschlug sich vor Wut. »Du hast Geld genommen, das nicht dir gehört. Ich gebe dir Zeit bis heute Abend, wenn dunkel. Dann du bringst Geld hierher, auf altes Schiff. Wenn du rufst Polizei, dann ich mache dich kalt.«

Er bückte sich, gleich darauf warf er etwas über die Bordwand, direkt in Annas Richtung. Sie sah nur den Schatten und riss unwillkürlich die Arme hoch, um ihr Gesicht zu schützen. Der Gegenstand traf sie hart vor die Brust und ließ sie zurückstolpern, ihr Fuß verfing sich in dem Schiffstau, mit dem der Kutter an dem eisernen Poller festgemacht war, Anna verlor das Gleichgewicht und stürzte zu Boden.

Sie brauchte eine Sekunde, bis ihr Verstand wieder einsetzte, wütend schleuderte sie den Rettungsring von sich, den er nach ihr geworfen hatte, und rappelte sich hoch, aber es war bereits zu spät – der Mann war schon auf die Mole gesprungen und rannte davon. Als sie ihn kurz vor dem Leuchtturm auf den Steg ins Hafenbecken abbiegen sah, wusste sie, wo er hinwollte. Obwohl sie einen stechenden Schmerz in der Hüfte spürte, zwang sie sich, hinter ihm herzurennen. Wenn sie Glück hatte, saß er in der Falle und sie würde ihn erwischen, bevor er auf Nimmerwiedersehen verschwand. Im Laufen zog sie den Revolver aus der Tasche, sie hoffte, dass das Ding genug Eindruck machen würde, um ihn zum Aufgeben zu zwingen.

Aber dann hörte sie das typische Tuckern der Hafenfähre zur anderen Seite des Kanals hinüber. Die Barkasse legte gerade ab, der Mann hatte mehr Glück als Verstand gehabt. Keuchend blieb Anna vornübergebeugt stehen, mit den Händen auf den Knien, um wieder zu Atem zu kommen. Den Revolver hatte sie immer noch in der Hand, als ein Polizeiwagen neben ihr hielt – und der Commissario ausstieg.

5. Kapitel

Es fehlte nicht viel und Anna hätte sich hoffnungslos verplappert. Im letzten Moment konnte sie sich noch bremsen – der Commissario wusste nichts von dem Geld, und er wusste auch nichts von einer ganz bestimmten Leiche, geschweige denn einer Verbindung zwischen Anna und dem Toten. Wenn es nach Anna und ihren Freundinnen ging, sollte das am besten auch so bleiben.

»Und warum rennst du mit einem Revolver durch Rimini?«, wollte Rosario jetzt wissen, während er seine Krawatte zurechtrückte.

»Ist kein echter Revolver.«

»Hab ich schon gesehen. Der Sicherungshebel fehlt. Feuerzeug?«

Anna schüttelte den Kopf. »Taschenlampe. Hat meinem Vater gehört.«

»Witzig! Meiner hatte so ein Ding als Feuerzeug. Als Junge habe ich damit immer gespielt. Vielleicht bin ich deshalb Polizist geworden.« Er ließ seine rechte Hand mit dem ausgestreckten Zeigefinger emporschnellen und deutete einen Schuss an. Dann blies er den Rauch von der imaginären Mündung seines Colts, was allerdings eher so aussah, als würde er Anna einen Luftkuss zuhauchen. »Va bene, Anna! Es ist keine echte Waffe, aber ich bin Polizist, ich muss dir die Frage stellen: Warum läufst du mitten am Vormittag bei herrlichem Sonnenschein mit einer Taschenlampe durch die Gegend?«

Anna verdrehte die Augen. Es fehlte ihr gerade noch, dass Rosario jetzt den Witzbold spielte. Oder schlimmer noch, den übereifrigen Polizisten! Aber im selben Moment fing er auch schon an zu lachen: »Habe ich dich erwischt, Signorina! Jetzt hast du wirklich gedacht, ich meine es ernst. Doch ich kann dich beruhigen, es ist ein freies Land, natürlich kannst du mit einer Taschenlampe die Sonne zum Wettstreit herausfordern, wenn du das willst.« Immer noch lachend, wischte er sich die Tränen aus den Augenwinkeln. »Ich fürchte allerdings, dass du verlieren wirst.«

Seine Stimme klang plötzlich hart und abweisend. Anna zuckte mit den Schultern und bemühte sich, zumindest ein Lächeln zustande zu kriegen, gleichzeitig registrierte sie, wie sich auch Rosarios Körperhaltung verändert hatte. Wie bei einem Raubtier, das jeden Augenblick zum Sprung ansetzen könnte.

Die Frage, die er als Nächstes stellte, ließ Annas Knie weich werden, noch bevor sie entscheiden konnte, welche Absicht sich dahinter verbarg. »Kennst du die Kohlfurter Straße in Berlin?«

»W… w… was?«

»Kohlfurter Straße. Ich weiß, dass Berlin groß ist, aber sagt dir der Name etwas?«

»Ja, das ist in Kreuzberg.«

Annas Gedanken rasten. Wieso fragt er mich nach der Straße, in der ich wohne, dachte sie, woher kennt er überhaupt meine Adresse, mein Gott, was will er?

Rosario warf sich mit einer routinierten Kopfbewegung die Haarlocke aus der Stirn. Dann zog er sein Handy aus der Brusttasche und rief irgendetwas auf dem Display auf. »Kennst du zufällig auch einen … Willy Schmidt?«

Anna merkte, wie ihr schwindlig wurde. »N… n… nein«, stammelte sie. »Also nicht, dass ich wüsste, Schmidt ist ein Allerweltsname wie … Fabbri oder Brunotti, Schmidts gibt es in Berlin sicher ein paar Hundert.«

Ihr war klar, dass sie sich wahrscheinlich gerade um Kopf und Kragen redete, aber sie wusste immer noch nicht, worauf die Fragen abzielten.

»Schade«, sagte der Commissario, während er sein Handy zurückschob. »Aber das wäre wohl auch zu einfach gewesen. Dabei hatte ich mir schon ausgemalt, wie ich dich zunächst mit zur Questura nehme, fürs Protokoll sozusagen, um das Ganze offiziell zu machen, und wie wir die Zeugenbefragung dann in einem kleinen, verschwiegenen Restaurant auf dem Land fortsetzen …«

»Was für eine Zeugenbefragung?«, brachte Anna mit Mühe heraus und hoffte, dass ihre Stimme nicht allzu sehr zitterte. »Sagst du mir vielleicht mal, worum es überhaupt geht?«

Diesmal zuckte Rosario mit den Schultern. »Darf ich eigentlich nicht, laufende Ermittlungen, du weißt schon. Andererseits …« Er warf einen Blick auf seine Uhr und zwinkerte Anna zu. »Sie werden die Nachricht inzwischen bereits im Radio gebracht haben, also erzähle ich dir nichts, was nicht ohnehin schon halb Rimini weiß. Heute Morgen ist am Strand eine Leiche gefunden worden. Drüben auf der anderen Seite vom Hafen, Strandabschnitt 72, in einem der Liegestühle, die zum Baracuja-Nachtclub gehören. Die Reinigungsleute, die den Müll von letzter Nacht weggeräumt haben, dachten erst, der Typ wäre ein Betrunkener, der nur seinen Rausch ausschläft, aber der Cowboy war mausetot.«

Anna schloss für eine Sekunde die Augen. Redete er tatsächlich von Willy Schmidt? Es konnte nicht sein, er musste jemand anderen meinen. Oder er wollte sie aufs Glatteis locken! Jetzt hing alles davon ab, wie gut es ihr gelang, die Unwissende zu spielen.

»Cowboy? Ich verstehe nicht …«

Rosario nickte, als hätte Anna eine Prüfung bestanden. »Willy Schmidt aus Berlin, nach dem ich dich gerade gefragt habe.

Den du aber leider nicht kennst. Also, unser Willy hatte Cowboystiefel an, oder um ganz genau zu sein: einen Cowboystiefel, den rechten. Der linke ist verschwunden. Aber das macht nichts! Der rechte hat gereicht, um rauszukriegen, mit wem wir es zu tun haben.«

Für den Bruchteil einer Sekunde schoss Anna der Gedanke durch den Kopf, dass Tante Natti etwas von »Sand« gesagt hatte. Nachdem sie keine nassen Flecken im Kofferraum von Rosarios Streifenwagen gefunden hatte: »Alles trocken. Aber reichlich Sand, da müsste er mal ordentlich saugen.«

Konnte das jetzt doch wieder bedeuten, dass Rosario … Halt durch, beschwor sich Anna, lass dir nichts anmerken. Egal was jetzt noch kommt, lass ihn erst mal reden, tu einfach so, als würdest du nichts kapieren. Und dafür musst du dich noch nicht mal besonders anstrengen!

»Non ci capisco un cavolo, ich verstehen kein Wort, Rosario, wovon redest du?«

»Was glaubst du, woher wir seinen Namen und seine Adresse wissen?«

»Er hatte einen Ausweis in der Tasche …«

»Nein, hatte er nicht. Keinen Ausweis, keinen Führerschein, niente. Aber dieser Stiefel hat auf der Anziehlasche den Namen des Ladens, in dem er gekauft wurde. Und auf der Rückseite der Lasche ist ein Feld für den Namen des Besitzers. Bei meinen Gummistiefeln, die ich im Kofferraum habe, ist das ähnlich. Falls du als Jäger oder Angler mal verunglückst und keine Papiere bei dir hast. Ergibt jetzt bei einem Cowboystiefel aus Schlangenlederimitat wenig Sinn, aber das ist egal. Immerhin konnten wir auf diese Weise die Leiche problemlos identifizieren. Jetzt warten wir auf den Bericht aus der Pathologie. Der Gerichtsmediziner, der die erste Untersuchung am Strand gemacht hat, geht von einem Tod durch Ertrinken aus.«

»Und? Das kann doch auch sein, oder?« Das wäre die Lösung, dachte Anna. Ein Tourist, der nachts im Meer ertrunken ist …

Der Commissario zog die Augenbrauen zusammen. Mit einem leicht spöttischen Lächeln erwiderte er: »Anna, Anna, tu mir bloß den Gefallen und komm nie auf die Idee, einen Mord zu begehen! Oder eine Leiche verschwinden zu lassen.« Rosario schüttelte den Kopf und seufzte laut. »Wie arbeitet ihr da bei der Polizei in Berlin? Macht ihr euren Job nicht richtig? Tod durch Ertrinken, ja? Und danach sucht sich der Ertrunkene noch einen schönen Platz im Liegestuhl? – Nein, an der Sache ist was faul, das garantiere ich dir. Aber glaub mir, Rosario hat schon schwierigere Fälle gelöst.« Er tippte sich auf die makellos weiße Hemdbrust. »Ich finde die Wahrheit heraus, und wenn ich sie mit der Taschenlampe suchen muss! Apropos Taschenlampe, hör bitte endlich auf, mir mit dem Ding von deinem Papa vorm Gesicht rumzufuchteln, das macht mich langsam nervös. Ich schätze mal, da gibt es nur eine Lösung, wie du das wiedergutmachen kannst – du musst heute Abend mit mir essen gehen! Nein, keine Widerrede, sonst verhafte ich dich wegen Behinderung meiner Ermittlungen. Und pass auf, das Beste kommt erst noch: Wir müssen beim Essen nur zehn Minuten über Berlin reden, was sage ich, fünf Minuten, dann kann ich das Ganze als notwendige Recherche von der Questura bezahlen lassen, kein Problem. Zwei Fliegen mit einer Klappe.« Er grinste so breit, dass er aussah wie ein kleiner Junge, der zu Weihnachten eine elektrische Eisenbahn geschenkt bekommen hatte.

Und Anna wünschte sich nichts sehnlicher als ganz schnell noch eine von Fabias Pillen! Oder besser gleich zwei. Sie hatte das eindeutige Gefühl, dass sie dringend noch eine Betäubung brauchen würde, um das alles zu überstehen.

Im Nachhinein erinnerte sich Anna nur noch daran, dass plötzlich das Funkgerät in Rosarios Polizeiwagen nach seiner Aufmerksamkeit verlangte. Und sie die Gelegenheit nutzte, um so schnell wie möglich wegzukommen. Ob es jetzt schlau gewesen war, die Verabredung mit dem Commissario zu nutzen, um sich diese andere, unfreiwillige Verabredung mit ihrer neuen russischen Bekanntschaft vom Hals zu schaffen, würde sich noch früh genug zeigen. Aber der Commissario hatte es selber vorgegeben, als er etwas von »zwei Fliegen mit einer Klappe« faselte. Und nichts anderes hatte Anna geplant, ohne erst lange über mögliche Konsequenzen nachzudenken.

»Wann treffen wir uns?«, hatte Rosario ihr wild gestikulierend zugerufen, während er bereits das Funkgerät bediente.

»Um zehn, vorher kann ich nicht. Hier an der Mole? Vielleicht bei der Santa Maria?«

Und Rosario hatte sich noch nicht mal über die späte Uhrzeit gewundert, sondern nur den Daumen hochgereckt und so siegessicher gegrinst, dass es schon fast unverschämt war. Dann war er mit quietschenden Reifen und gellender Sirene davongefahren, entgegen der Einbahnstraße, Richtung Riesenrad. Rosario zeigte eindeutig narzisstische Tendenzen wie aus dem Lehrbuch, er war selbstverliebt und eingebildet, ohne Frage auch manipulativ, und doch musste Anna sich eingestehen, dass es da etwas an ihm gab, was ihr durchaus gefiel. Obwohl er mit seiner Mimik jede Commedia-dell'Arte-Figur locker in den Schatten stellte, verbarg sich hinter dem Macho-Gehabe ein gutmütiger Teddybär, der für seine Freunde alles tun würde, davon war Anna überzeugt. Ob er allerdings auch als Polizist etwas taugte, wagte sie stark zu bezweifeln.

Während Anna die Straße überquerte, versuchte sie, sich das Treffen vorzustellen, das sie gerade eingefädelt hatte. Um zehn würde es noch nicht vollständig dunkel sein, aber Anna ging davon aus, dass der Russe sie bereits vor der Zeit erwarten würde. Und sollte er tatsächlich auf dem Kutter sein, würde er in der Falle sitzen – sie war sich fast sicher, dass Rosario mit einer Flasche Prosecco erscheinen würde, um mit ihr vom Deck der Santa Maria aus den Sonnenuntergang zu bewundern. Der Polizist, der aufgrund der ihm verliehenen Amtsgewalt selbstverständlich auch ein »Betreten verboten«-Schild ignorieren und seine Auserwählte mit dem leichten Kitzel des Verbotenen locken konnte, das passte zu Rosario! Nur dass seine Herzensdame nicht da sein und Rosario stattdessen auf den Russen treffen würde.

Und der Russe würde natürlich versuchen abzuhauen, vielleicht würde er den Commissario sogar angreifen, aber die Chancen standen eher schlecht für ihn. Er würde also verhaftet. Und er würde den Teufel tun, etwas von dem Geld zu erzählen. Aber die Polizei würde nicht lange brauchen, um einen Zusammenhang zu der Leiche am Strand zu erkennen: ein Toter aus Deutschland, bei dem sich herausstellte, dass er ermordet worden war, ein Russe, der ebenfalls aus Deutschland, aus Berlin kam und in Rimini nichts zu suchen hatte – Fall gelöst. Polizeiarbeit konnte so einfach sein, wenn man sich nicht lange mit irgendwelchen Bedenken aufhielt.

Anna ärgerte sich jetzt, dass sie dem Russen den Mord an Willy Schmidt nicht auf den Kopf zugesagt hatte. Sie hätte ihn sofort beschuldigen sollen, statt wie mit den Freundinnen verabredet so zu tun, als wüsste sie von gar nichts. Es stand ja jetzt fest, wer hinter dem Geld her war. Und das hieß zwangsläufig, dass er es gewesen sein musste, der nicht nur den Volvo durchsucht, sondern ihr auch Willys Leiche in den Pool gelegt hatte. Als unmissverständliche Warnung, dass er zu allem bereit war, um sein Geld zurückzubekommen. Und danach hatte er die Leiche wieder abtransportiert und nach Rimini gebracht. Was zumindest halbwegs logisch war, wenn er genau wie sie vermeiden wollte, dass die Polizei zu viele Fragen stellte und dabei dem Geld auf die Spur kam. Nur dass er leider so dämlich gewesen war, den Toten in einen Liegestuhl zu setzen, statt ihn von der Mole zu werfen, sodass die Wellen ihn an den Strand gespült hätten.

»Tod durch Ertrinken« hatte der Commissario behauptet. Das würde bedeuten, dass der Russe ihren Nachbarn in ihrem Pool ertränkt haben musste. Während sie selber nach der Beerdigungsfeier oben in ihrem Zimmer lag und schlief! Die letzten Gäste waren gegen halb drei nach Hause gefahren, sie erinnerte sich, dass am Horizont bereits ein schwacher Lichtschein zu sehen war, der die Morgendämmerung ankündigte. Vielleicht war es auch schon drei gewesen. Dann hatte sie die Tasche mit dem Geld ins Haus geschleppt und die Scheine in die Pizzakartons gepackt. Hatte noch mehr Grappa getrunken und war schlafen gegangen. Und um neun hatte sie die Leiche gefunden. Irgendetwas schien dabei nicht zu passen, ohne dass sie sagen konnte, was ihr komisch vorkam.

War es eigentlich nicht wahrscheinlicher, dass Willy bereits tot gewesen war, als er in ihren Pool geworfen wurde? Das würde es für den Mörder auch einfacher gemacht haben, zumal es unwahrscheinlich war, dass Willy nicht schwimmen konnte. Die Frage war also, was für Möglichkeiten es noch gab, einen Mord nach Ertrinken aussehen zu lassen! Sie musste dringend mit den Freundinnen darüber reden, vage erinnerte sie sich an die Foltermethoden der CIA und anderer Geheimdienste, bei denen dem Opfer ein Handtuch über Mund und Nase gelegt und mit Wasser getränkt wurde. Sie hatten auch bei der Mordkommission mal einen ähnlichen Fall gehabt, der allerdings nie aufgeklärt worden war, Anna konnte sich auch nur noch daran erinnern, dass der Ehemann als Verdächtiger infrage kam. Und in dem Skandinavien-Thriller, den sie erst kürzlich gelesen hatte, war das bewusstlose Opfer in eine Regentonne gesteckt worden. Eine volle Regentonne natürlich. Im Hinterhof in Berlin gab es eine Regentonne, in der erst vor Kurzem ein Eichhörnchen ertrunken war, das sie den ganzen Winter über gefüttert hatte …

Anna merkte, wie ihre Gedanken immer weiter abdrifteten. Sie musste die Freundinnen treffen, so schnell wie möglich! Und sie musste das Wasser im Pool erneuern, aber das hatte noch Zeit. Wichtiger war, dass der dämliche Cowboystiefel schnellstens verschwand! Während der Volvo nicht verschwinden durfte, sondern wieder vor ihrem Haus stehen musste, wenn der Commissario das nächste Mal vorbeischaute. Er konnte ja nicht wissen, dass der Wagen dem Toten gehörte. Aber er hatte den Volvo bereits bei ihr gesehen, und wenn er auch nur ansatzweise etwas von seinem Beruf verstand, würde er sich fragen, warum der gerade in Italien so auffällige Schweden-Kombi plötzlich nicht mehr da war.

Aber viel wichtiger als alles andere war vielleicht, dass es den Freundinnen hoffentlich gelingen würde, ihr den Gedanken auszureden, der ihr unablässig durch den Kopf ging: dass sie es womöglich nicht nur mit diesem einen Russen von der Santa Maria zu tun hatten, sondern dass es mehrere waren! Die im Übrigen genau wussten, wo Anna wohnte. Genauso wie sie es sich ja auch bereits vorgestellt hatten, als sie alle gemeinsam auf den nächtlichen Besuch warteten. Nur dass das, was da für Anna noch wie ein Spiel aussah, dessen Regeln sie nicht verstand, ihr plötzlich verdammt realistisch vorkam. Mit anderen Worten: Sie brauchte mehr Xanax. Jetzt sofort! Außergewöhnliche Situationen erforderten nun mal außergewöhnliche Maßnahmen, das wusste sie als Psychologin am besten.

Mit ausreichend Xanax würde sie wahrscheinlich auch die Zeit hinter Gittern überstehen, dachte sie selbstironisch. Und sah sich im nächsten Moment schon auf der Pritsche in einer Zelle sitzen, weil Rosario eben doch gewiefter gewesen war, als sie erwartet hatte. Aber sie als Entschuldigung dafür, dass er sie eingebuchtet hatte, jetzt jeden Tag im Knast besuchte. Und jedes Mal einen Strauß roter Rosen mitbrachte. Sie würden ohne Zweifel ein sehenswertes Paar abgeben, trotzdem wäre es vielleicht besser, wenn es gar nicht erst so weit käme. Also musste der Volvo umgehend wieder vor ihrer Haustür stehen! Und alles Weitere würde sich mit der Hilfe ihrer Freundinnen schon finden. Im Übrigen halfen Freundinnen wahrscheinlich besser als jedes Xanax. Hoffentlich. Aber etwas anderes als diese Hoffnung hatte sie gerade nicht.

»Tits up«, sagte sie laut zu sich selbst und wollte gerade zum Handy greifen, als ihr klar wurde, dass sie schon eine ganze Weile vor dem Restaurant gestanden und auf die Fenster gestarrt haben musste, ohne es überhaupt zu merken! Aber jemand anderes hatte es bemerkt. Jedenfalls war es eindeutig Matteo, der sie da von einem der Tische im Gastraum aus beobachtete. Und Matteo war es auch, der dann den Studenten zu ihr schickte, um sie zu fragen, ob sie vorhatte, noch länger auf dem Gehsteig zu stehen. Und ob er ihr vielleicht einen Kaffee nach draußen bringen sollte? Wobei sie annahm, dass letztere Frage von dem Jüngling selber stammte. Nicht nur, weil er dabei knallrot anlief, sondern weil so viel Freundlichkeit nun mal nicht zu Matteo passte.

»Grazie, aber … ich komme mit rein.«

Noch während sie dem Aushilfskellner folgte, schrieb sie mit einer Hand eine Nachricht an Fabia.

Ich bin so weit. Wann kannst du mich abholen?

Dann rief sie erst Emilia und danach Tante Natti an, erreichte aber keine von beiden.

Und dann hatte sie noch kaum das Restaurant betreten, als sie von einer Sekunde zur nächsten mit den Tränen kämpfen musste. Die Tische waren bereits für die Mittagszeit eingedeckt, mit einer makellos weißen und zu einem Segelboot gefalteten Stoffserviette an jedem Platz, mit frischem Bauernbrot und einer Karaffe Landwein zur Begrüßung – exakt so, wie ihr Vater es über all die Jahre gehalten hatte. Und fast schien es Anna, als müsste er jeden Moment hinter der Theke mit der brodelnden und dampfenden Espressomaschine hervortreten, um sie in die Arme zu schließen …

Der Koch nickte ihr von der Küchentür aus lächelnd zu und deutete eine Verbeugung an, Matteo machte Anstalten, ihr einen Stuhl heranzuziehen, der Student trat unruhig von einem Fuß auf den anderen, während sein Blick zwischen Anna und Matteo hin- und herging.

»Ich habe nicht viel Zeit …«, setzte Anna an. Sie räusperte sich, als sie merkte, wie brüchig ihre Stimme klang. Matteo machte eine ungeduldige Handbewegung zur Theke hinüber. Der Student brachte ihr ein Glas Wasser. Endlich fiel Anna wieder ein, wie er hieß – Pietro. Und er kam aus Urbino und studierte irgendwas. Außerdem hatte er ihren toten Vater gefunden, womit er also praktisch zur Familie gehörte. Und demzufolge auch alles hören durfte, was es zu sagen gab.

»Danke, Pietro.« Anna trank einen langen Schluck. Dann wischte sie sich mit dem Handrücken über die Lippen und blickte Matteo direkt ins Gesicht. Er war derjenige, auf den es hier ankam, ihn musste sie für sich gewinnen.

»Ich brauche auch nicht viel Zeit für das, was ich euch sagen möchte. Matteo, Li, ihr wart immer bei meinem Vater, solange ich mich erinnern kann. Und ich denke, es ist viel mehr euer Restaurant als meins, auch wenn ich jetzt die Besitzerin bin, weil es kein Testament gab. Aber es wäre sicher Gennaros

Wunsch gewesen, dass … dass alles so bleibt, wie es immer war. Ich bitte euch also, ›Il Faro‹ nicht den Rücken zu kehren, sondern weiterzumachen. Und keine Angst, ich will nicht die Chefin spielen, ihr wisst besser als ich, was zu tun ist. Aber ich werde mich darum kümmern, dass wir die finanziellen Probleme, die es gibt, möglichst schnell lösen, damit ihr vernünftig arbeiten könnt. Ist das in Ordnung für euch?«

Für einen Moment sagte niemand etwas. Anna trank ihr Wasser aus, der letzte Schluck hinterließ einen metallischen Geschmack in ihrem Mund. Sie erinnerte sich, dass ihr Vater schon vor einiger Zeit etwas von einem Problem mit den alten Wasserrohren gesagt hatte. Allerdings auch, dass er eine Lösung gefunden hätte …

Verstohlen blickte sie auf die Uhr hinter der Theke. »Matteo? Li? Was sagt ihr? Kann ich mich auf euch verlassen?«

Diesmal war es Matteo, der sich räuspern musste. »Wir werden dich nicht enttäuschen«, sagte er, während er Annas Hand drückte. Sie sah, dass seine Unterlippe zitterte. Und als er sich abrupt wegdrehte und vorgab, ein Glas auf dem Tisch neben ihnen unbedingt nochmals polieren zu müssen, glänzten seine Augen verräterisch. Es gab also noch einen anderen Matteo, dachte Anna, einen, den sie jetzt erst kennenlernte, nach so vielen Jahren!

»Was ist los mit dir, Matteo?«, kam es jetzt von Li, der immer noch mit verschränkten Armen in der Küchentür lehnte. »Genau das hat Gennaro doch gesagt! Wenn ihm mal was passiert, hat er gesagt, wird sich Annina darum kümmern, und wir sollen uns keine Sorgen machen.«

Er stieß sich vom Türrahmen ab, um Anna ebenfalls die Hand zu schütteln. »Du kannst kommen, wann immer du willst, und ich mache dir ein Omelett nach altem Chinarezept von meiner Urgroßmutter! Habe ich auch für Gennaro manchmal gemacht, um die bösen Geister zu vertreiben.«

»Attenzione!«, warnte Matteo, ohne eine Miene zu verziehen. »Dieses Omelett von Lis Großmutter war auch die letzte Mahlzeit, die Gennaro hatte. Ich würde es nicht essen! Außerdem rührt er Fliegenbeine mit rein.«

»Urgroßmutter«, beschwerte sich Li. »Das Rezept ist von meiner Urgroßmutter, nicht Großmutter.«

Irritiert sah Anna, wie die beiden Männer sich zublinzelten, bevor Matteo sich zu Pietro drehte und ihm einen leichten Schlag zwischen die Schulterblätter verpasste. »La Padrona möchte jetzt vielleicht doch einen Espresso! Nicht fragen, einfach machen.«

»Subito.« Pietro eilte zur Espressomaschine. Sein Kopf war wieder so rot wie der Feuerlöscher neben der Tür zur Küche. Anna nahm sich jetzt vor, den jungen Mann bei nächster Gelegenheit wenigstens zu fragen, was er eigentlich studieren würde. Und sie würde mit Matteo darüber sprechen, ob sie Pietro nicht vielleicht ein bisschen anders einkleiden sollten, schwarze Jeans, weißes Hemd, vielleicht eine dunkelrote Weste aus leicht glänzender Seide.

Sie tranken alle zusammen noch einen Espresso. Im Stehen an der Theke. Weil Anna ja gesagt hatte, dass sie schnell weitermusste. Dann stellten sich die drei Männer in einer Reihe auf und verbeugten sich zum Abschied. »Padrona, beehren Sie uns bald wieder.«

Anna wusste, dass sie es ernst meinten. Wenn sie auch immer noch das Gefühl hatte, dass Matteo und Li irgendetwas vor ihr verbargen. Sie hoffte, dass es nicht mehr war als das offensichtlich ungelöste Problem mit den alten Wasserrohren.

Keine fünf Minuten später stieß Anna erneut die Tür zum Restaurant auf. Nachdem sie ein paar Meter in Richtung Leuchtturm gelaufen war, hatte sie Fabias Antwort auf ihre »Hol mich ab«-Nachricht aufgerufen:

Es tut mir leid, ich komme hier noch nicht weg. Sie haben jetzt eine Not-OP angesetzt, ich bin die einzige Anästhesistin.

Und nach wie vor hatte sie weder Emilia noch Tante Natti erreichen können, bei beiden war nur die Mailbox angesprungen. Anna hatte dringend um Rückruf gebeten. »Es geht um den Volvo«, hatte sie auf Band gesprochen. »Wir haben bei unserem Plan nicht richtig nachgedacht. Bitte meldet euch! Ich bin auf dem Weg nach Hause. Können wir uns treffen? Ich habe auch noch mehr Neuigkeiten.«

Sie hoffte nur, dass bei Emilia und Tante Natti nicht irgendetwas passiert war, was alles noch mehr durcheinanderbringen würde.

»Ich brauche ein Auto«, sagte sie zu Matteo. »Kann ich den Alfa von Papa nehmen? Habt ihr den Schlüssel irgendwo?«

»Naturalmente.« Matteo griff in das Fach unter der Theke und gab ihr die Schlüssel. »Aber pass auf, der Wagen ist sehr schnell. Genna hat jeden Tag, den er gefahren ist, einen Strafzettel bekommen.« Er griff erneut in das Fach und hielt einen beachtlichen Stapel an offiziell aussehenden Formularen in die Höhe.

»Aber er hatte das Auto doch gerade erst drei oder vier Wochen, bevor …«

»Manchmal auch zwei oder drei Zettel an einem Tag. Bei der Polizia Stradale sind nur Idioten.«

Anna hatte sich in dem Alfa kaum so weit orientiert, dass sie sich zutraute loszufahren, als sie verstand, wovon Matteo gesprochen hatte. Schon beim geringsten Druck auf das Gaspedal schoss der Wagen wie eine Rakete vorwärts, in letzter Sekunde konnte Anna einem Betonpfeiler ausweichen, bevor sie es schaffte, den Alfa halbwegs zivilisiert durch die schmalen Gassen der Altstadt zu steuern. Sorgsam achtete sie auf die Tachonadel, das Letzte, was sie jetzt gebrauchen konnte, war ein Polizist, der sie wegen zu hoher Geschwindigkeit anhielt.

Sie war gerade erst auf der Autobahn, als sie glaubte, auf der Gegenfahrbahn Gino zu sehen. Hinter dem Lenkrad eines Lasters! Aber sie musste sich irren, Gino besaß keinen Viehtransporter, wozu auch? Und genauso wenig konnten die beiden Frauen mit den Sonnenbrillen, die neben dem Fahrer hinter der Scheibe hockten, Emilia und Tante Natti gewesen sein.

Anna musste aufpassen, dass sie nicht anfing, sich irgendetwas einzubilden, was es gar nicht gab. Womöglich hatten Fabias Pillen doch mehr Nebenwirkungen, als sie erwartet hatte. Und dann stand die Tachonadel plötzlich auf über 150 km/h, ohne dass Anna überhaupt bemerkt hatte, wie der Wagen beschleunigte. Als sie einen Blick in den Rückspiegel warf, sah sie gerade noch, wie der Viehtransporter in die Ausfahrt nach Rimini einbog. Während sich hinter ihr auf der Überholspur ein Motorrad näherte. Ein Polizeimotorrad!

Hinterher war Anna selbst überrascht, wie leicht es gewesen war, den Streifenpolizisten davon zu überzeugen, dass sie unschuldig war. Eigentlich hatte sie noch nicht mal groß schauspielern müssen! Als er sie, kaum dass sie ausgestiegen war, besorgt fragte: »Ist alles in Ordnung mit Ihnen, Signora?«, wusste sie, dass sie genauso fertig aussah, wie sie sich auch fühlte. Und dass der Polizist noch nicht mal einen kurzen Blick über ihre Figur schweifen ließ, war ein klares Indiz dafür, dass sie dringend wieder mehr Wert auf ihr Äußeres legen musste! Oder der Polizist hatte ganz andere Präferenzen, das konnte natürlich durchaus der Fall sein, versuchte Anna sich zu ihrer eigenen Beruhigung einzureden – was die Cowboys aus *Brokeback Mountain* konnten, war ja wahrscheinlich auch für schmucke Motorradpolizisten aus Rimini vorstellbar.

Vielleicht wäre es noch nicht mal nötig gewesen, kurz zu erwähnen, dass sie Rosario persönlich kannte – »Es ist noch keine halbe Stunde her, dass ich mich mit Commissario Dalla Pozza unterhalten habe!« –, geschadet hatte es sicher trotzdem nicht. Und tatsächlich hatte der Streifenpolizist auch ihren Vater gekannt, wie offensichtlich jeder in Rimini. Aber der wirklich entscheidende Schachzug von Anna war zweifellos ihre Bitte gewesen, ob der Polizist sich mal eben die »Knöpfe« am Armaturenbrett ansehen könne. Sie müsse da aus Versehen irgendwo draufgedrückt haben, weshalb der Wagen plötzlich so verboten schnell wurde, ohne dass sie etwas dazu konnte …

Der Polizist deutete auf einen kleinen Schalter am Blinkerhebel und nickte. »Progressive Beschleunigungsfunktion«, erklärte er. »Wenn Sie versehentlich die zuletzt von Ihrem Herrn Papa gewählte Geschwindigkeit wieder aufgerufen haben, dann …«

»Und mein Vater ist tatsächlich hundertfünfzig gefahren? Das hätte ich nicht gedacht, er war doch sonst eher nicht so … ein Angeber.«

Der Polizist hatte die Arme ausgebreitet, als wollte er andeuten, dass es Dinge zwischen Himmel und Erde gab, die auch der Papst nicht erklären konnte. »Wir haben ihn auch schon mit noch mehr erwischt!« Dann hatte er Anna die Tür aufgehalten und ihr eine gute Fahrt gewünscht: »Buon viaggio, Signora! Und tun Sie am besten einfach so, als gäbe es die ganzen Knöpfchen da gar nicht. Blinker, Bremse und Hupe, mehr brauchen Sie nicht, um in bella Italia ans Ziel zu kommen.«

Anna war hinter ihm hergefahren, bis er sich mit einem Winken der erhobenen Hand im weißen Stulpenleder verabschiedete und das Motorrad in die nächste Ausfahrt lenkte. Als sie sich sicher war, dass er sie nicht mehr sehen konnte, hatte sie den Schalter für die »progressive Beschleunigung« angeklickt. Der Effekt war umwerfend gewesen! Erst bei knapp 190 km/h hatte sich Anna gezwungen, den Fuß energisch auf die Bremse zu drücken.

Als sie jetzt über die Zufahrt auf ihr Haus zurollte, klingelte ihr Handy. Emilia!

»Ich versuche schon die ganze Zeit, euch zu erreichen«, setzte Anna an. »Wieso geht ihr nicht ans Handy?«

»Wo bist du gerade?«, fragte Emilia anstelle einer Antwort zurück. »Wir haben eine Überraschung für dich!«

»Was? Wie … Ich halte eben vor meinem Haus.«

»Das ist gut, dann sehen wir uns gleich, Tante Natti ist auch hier, wir sind schon auf der Rückfahrt. Gino muss nur erst noch diesen dämlichen Laster wieder bei Giuseppe abgeben. Mann, bin ich froh, wenn wir aus dem Ding raus sind, du hast ja keine Ahnung, wie so ein Viehtransporter stinkt! Das ist unbeschreiblich, wirklich, als ob du mit einem Misthaufen unterwegs wärst …«

»Sag das noch mal!«

»Was? Misthaufen? Aber es stimmt, glaub mir, das Ding stinkt wie …«

»Welche Farbe hat Giuseppes Laster?«, unterbrach Anna ihre Freundin.

»Rot, wieso? Was ist denn los mit dir, wieso interessiert dich die Farbe von dem Laster? Es ist doch völlig egal, ob er rot oder blau oder grün ist, wichtig war nur, dass er groß genug ist!«

Anna merkte, wie ihr der Schweiß ausbrach. Sie hatte sich also vorhin nicht getäuscht, als sie glaubte, Gino erkannt zu haben. Und auch ohne dass sie wusste, was Gino und ihre beiden Freundinnen mit einem Viehtransporter in Rimini gewollt hatten, war ihr klar, dass irgendetwas verdammt schiefgelaufen war! Fast meinte sie Fabias Stimme zu hören: »Es sind immer die Imponderabilien, die den besten Plan zunichtemachen …«

Anna musste sich zwingen, Emilia nicht anzubrüllen. »Was ist mit dem Volvo? Habt ihr meine Nachricht noch gelesen, bevor Gino …«

»Das will ich dir doch gerade erzählen, aber du lässt mich ja nie ausreden!«, beschwerte sich Emilia, während Anna ganz deutlich hörte, wie Tante Natti im Hintergrund sagte: »Einleitung, Hauptteil, Schluss, denk daran, Emilia. Nicht immer alles wild durcheinander! Fang noch mal an, sonst kann Anna nicht verstehen, wovon du überhaupt redest.«

»Ist ja gut, telefoniere ich oder du? – Anna? Hörst du mich noch?«

»Ja, natürlich höre ich dich. Und jetzt sag mir endlich, was das alles soll! Wo ist der Volvo? Und wieso wart ihr in Rimini? Ich habe euch nämlich auf der Autobahn gesehen …«

Aber noch bevor Emilia es schaffte, ihre Geschichte zu erzählen, ahnte Anna, was passiert war. Immer noch mit dem Handy in der Hand und mit zittrigen Knien, stieg sie aus dem Alfa, sie brauchte dringend frische Luft, das Auto kam ihr plötzlich vor wie ein Käfig. Mit der freien Hand drehte sie den Hahn an der Hauswand auf und klatschte sich das Wasser ins Gesicht, auf den Hals, in den Ausschnitt ihres T-Shirts.

Emilias Stimme war trotz des Motorengeräuschs im Hintergrund klar und deutlich zu verstehen, ab und zu warf Tante Natti eine kurze Erläuterung ein, wenn sie meinte, dass etwas unklar war …

Während Gino gerade noch darüber gegrübelt hatte, ob es besser wäre, den Volvo in der Schlucht bei Torbolone in den Abgrund stürzen zu lassen oder ihn lieber auf irgendeinem einsamen Feld abzufackeln, hatten Emilia und Tante Natti im Radio von der Leiche gehört, die am Strand von Rimini gefunden worden war. Und damit war für sie klar gewesen, dass der Volvo gar nicht verschwinden musste, sondern im Gegenteil sogar möglichst schnell gefunden werden sollte! Und zwar da, wo auch die Leiche war. Was für die Polizei nur logisch sein würde, wenn sie den Toten dann als Besitzer des Autos identifizierte.

»Meine Idee!«, meldete Emilia mit deutlich hörbarem Stolz. »Und mein kleiner Gino war super, fantastico, er hat nicht eine Frage zu viel gestellt, sondern getan, was getan werden musste!«

Jetzt haben wir also auch für die Leiche noch einen Mitwisser, dachte Anna, während Emilia schon weiterredete. Dass der zahnlose Giuseppe ihrem fantastischem Gino noch einen Gefallen schuldete und der Viehtransporter genau das richtige Fahrzeug war, um den Volvo damit nach Rimini zu bringen. Ohne das Risiko, dass sich später jemand daran erinnern würde, den Wagen mit dem deutschen Kennzeichen noch auf der Straße gesehen zu haben, *nachdem* die Leiche bereits gefunden worden war.

»Tante Nattis Idee! Gut, oder? Und Gino kannte eine enge Durchfahrt, zwischen zwei Apartmenthäusern direkt am Lido, von beiden Seiten nur Betonwände mit Feuertreppen, ohne ein einziges Fenster. Aber das Beste ist, dass es von da nur hundert Meter bis zu den Liegestühlen sind, wo sie den Toten gefunden haben. Deshalb haben wir den Volvo genau da abgestellt. Perfetto, ottimo! – Warum sagst du nichts, mein Engelchen? Ich meine, ›grazie‹ oder so was wäre vielleicht angebracht. Oder auch: ›Ihr seid absolut großartig! Und wenn du ein Mann wärst, Emilia, würde ich unbedingt ein Kind von dir haben wollen!‹«

Anna hörte, wie Emilia kicherte. Gino rief etwas dazwischen, was sie nicht richtig verstand, aber es ging um irgendeinen ganz besonderen Grappa – wahrscheinlich meinte er, dass sie auf ihr gelungenes Täuschungsmanöver anstoßen müssten.

Im selben Moment fing Tante Natti an, so laut zu fluchen, dass jedes Wort bis zu Anna drang. »Porco mio, puttana santa di Lido, wir sind doch nichts als drei gottverdammte Idioten, und ich bin der größte Idiot von allen! Gib mir das Handy, Emilia, ich muss sofort mit Anna reden! – Anna?«

»Ja?«

»Ist es das, was ich denke? Wolltest du uns das sagen, sollten wir dich deshalb anrufen? Aber jetzt ist es zu spät, und wir haben gerade einen Fehler gemacht, richtig?«

»Ich fürchte, ja. Wenn der Commissario nicht vollkommen unfähig ist, dann wird er sich daran erinnern, dass ich mit diesem Volvo … oder zumindest mit irgendeinem Volvo, was es nicht wirklich besser macht …«

»Natürlich wird er sich erinnern«, stimmte ihr Tante Natti zu. »Warum sind wir nur selber nicht darauf gekommen? So dämlich kann man doch gar nicht sein!«

»Warum hattet ihr eure Handys ausgeschaltet? Das kapiere ich nicht. Ich habe es mehrmals versucht …«

»Wir wollten nicht, dass du mitkriegst, was wir vorhaben. Es sollte eine Überraschung sein.«

»Das ist euch allerdings gelungen«, stellte Anna trocken fest. Dann unterbrach sie die Verbindung, noch bevor Tante Natti etwas erwidern konnte. Aber keine zehn Sekunden später fing sie an zu lachen. Es war wie eine Erlösung nach dem Schrecken, den Emilias Geschichte bei ihr ausgelöst hatte. Die Tränen liefen Anna über die Wangen, während sie laut losprustete. Es war egal, *alles* war egal, es war sowieso nicht zu ändern, es passierte einfach, wie in einer rabenschwarzen Komödie, für die jemand das Drehbuch geschrieben hatte, der es witzig fand, sich immer wieder eine neue Wendung einfallen zu lassen. Selbst wenn es eigentlich unmöglich war, das Ganze noch mal zu toppen – der Witzbold, der da die Fäden in der Hand hielt, schaffte es. Und wenn Anna nicht vollends durchdrehen wollte, blieb ihr nur, so zu tun, als würde sie … sich köstlich amüsieren!

Was natürlich Quatsch war. Weil es alles andere als witzig war, erst eine Leiche in den Pool gelegt zu bekommen, die kurz darauf schon wieder verschwunden war, nur um dann am

Strand von Rimini erneut aufzutauchen. Und davon mal ganz abgesehen, kam irgendwie erschwerend hinzu, dass es da ja auch noch eine … gewisse Verbindung zwischen Anna und dem Toten gab. Und es sicher nach wie vor besser wäre, wenn die Polizei gar nicht erst etwas davon erfuhr. Ebenso wenig wie von dem Geld. Und von dem Russen, der hinter dem Geld her war.

Wobei sie sich gerade nicht sicher war, ob der Plan, den Russen mithilfe des Commissario in eine Falle zu locken, wirklich so überzeugend war, wie sie erst gedacht hatte. Und vielleicht sowieso nicht funktionieren würde, es war ja fast sicher, dass der Commissario sich an das Auto erinnerte, mit dem sie vor seinen Augen davongebraust war …

Als Emilia und Tante Natti hinter dem roten Alfa hielten, hatte sich Anna immerhin so weit beruhigt, dass sie ihre Überlegungen in einem Satz zusammenfassen konnte. »Wir brauchen einen Plan B!«

»Wir brauchen überhaupt mal einen Plan«, erklärte Emilia. »Sonst sind wir nämlich ganz gewaltig am Arsch.«

Die Stimmung zwischen ihnen war anders als sonst, ohne dass Anna hätte sagen können, was genau den Unterschied machte. Vielleicht waren sie alle leicht gereizt, weil keine von ihnen zugeben wollte, dass sie sich bislang in immer nur neue Sackgassen manövriert hatten. Vielleicht hatten sie auch Angst, dass ihnen die ganze Sache vollständig aus dem Ruder laufen könnte. Oder dass sie längst schon einen Fehler gemacht hatten, der sich nicht mehr korrigieren ließ.

Vielleicht fehlte auch einfach nur Fabia in ihrer Runde, die immer noch im OP-Saal stand. Zumindest, was Anna anging, war das ein ganz entscheidender Punkt: Ohne Fabia gab es noch nicht mal die Aussicht auf eine neue Pille!

Immerhin aber schafften sie es in den folgenden zwei Stunden, sich zumindest auf vier wesentliche Punkte zu einigen:

Erstens: Sie hatten keine Ahnung, was eigentlich lief. Es war, als hätten sie ein Puzzle vor sich, bei dem irgendjemand ein paar Teile entfernt hatte. Oder schlimmer noch, als hätte jemand Teile aus einem anderen Puzzle dazwischen gemogelt! Mit anderen Worten: In den Krimis, die sie in ihrem Leseclub lasen, war es bedeutend einfacher.

Zweitens: Sie würden das Geld trotz allem nicht wieder hergeben. Auch wenn es noch so verlockend war, sich auf diese Weise zumindest einen Teil ihrer Probleme vom Hals zu schaffen. Aber das wäre »unter ihrer Würde«, wie Emilia es formulierte: »Jetzt erst recht nicht, das sind wir uns und deinem Willy schuldig.« So wie sie es sagte, klang »dein Willy« ein wenig anrüchig. Und überhaupt ergab das für Anna noch keinen Sinn, aber Tante Natti dachte schon einen Schritt weiter: »Als Hausaufgabe schreibt jede von uns eine konkrete Liste, was sie mit ihrem Anteil des Geldes anfangen will, damit wir das gemeinsam besprechen können.«

Drittens – und das war im Moment vielleicht der wichtigste Punkt: Sie mussten den Russen loswerden. Oder die Russen, falls es noch andere gab. Sie mussten verhindern, dass der oder die Typen an Anna herankamen und ihr etwas antun konnten. Ermorden würden sie Anna nicht, so viel war sicher. Jedenfalls nicht, solange sie davon ausgehen würden, dass Anna wusste, wo das Geld war. Genau das mussten sich die Freundinnen zunutze machen – und dazu musste ihnen etwas einfallen, was ungefähr und mindestens dem unerwarteten Happy End in einem ihrer Krimis entsprach.

»Wir müssen die Initiative ergreifen«, erklärte Emilia. »Wir müssen die einen gegen die anderen ausspielen. Und am Schluss müssen wir dann diejenigen sein, die sich klammheimlich ins Fäustchen lachen.«

Das Problem dabei war, dass sie noch nicht mal wussten, wer »die anderen« sein könnten, die sie für ihren Coup brauchen würden.

Viertens: Sie entschieden, die offenen Punkte Fabia vorzutragen, die sich gefälligst auch mal anstrengen sollte, eine Lösung zu finden.

Fabia kam, kurz nachdem Emilia begonnen hatte, eine Minestrone für alle zu kochen. Unter Aufsicht von Tante Natti, die streng darauf achtete, dass Emilia genau die Gewürze dazugab, die auch Gennaro genommen hätte. Und die auf dem Hochbeet wuchsen, das Gennaro im Halbschatten links vom Swimmingpool angelegt hatte. Weshalb Fabia auch einen Schreckensruf ausstieß, als sie Anna von dort kommen sah: »Sag jetzt bitte nicht, er ist wieder hier!«

Und dann hatte Anna die Ärztin gerade in die wesentlichen Neuigkeiten eingeweiht, als schon wieder ein Auto vorfuhr. Diesmal ein Polizeiwagen, den Anna mittlerweile nur allzu gut kannte.

Rosario schien nicht gewillt, sich erst lange mit ein paar freundlichen Sätzen zur Begrüßung aufzuhalten. Oder mit seinen üblichen Flirtversuchen. Er hatte auch keine Rosen im Kofferraum, um sie mit filmreifem Charme zu verteilen. Und – und das war zweifellos der größte Affront, den er sich leisten konnte – er lehnte Tante Nattis Einladung auf einen Teller Minestrone mit den Worten ab: »Danke, aber ich bin rein dienstlich hier.«

Als Rosario sah, dass er jetzt die ungeteilte Aufmerksamkeit aller vier Frauen hatte, fixierte er Anna mit gerunzelter Stirn und sagte: »Der Tote ist nicht im Meer ertrunken.«

»Interessant«, meinte Tante Natti. »Und was will der Commissario uns damit sagen?«

»Der Gerichtsmediziner hat ausschließlich Süßwasser in der Lunge gefunden, mit einem hohen Chlorgehalt. So wie man es zum Beispiel in Swimmingpools findet.«

»Ich wusste es«, reagierte Emilia prompt. »Die Sache ist klar: Anna hat ihn in ihrem Pool ertränkt und dann in Rimini an den Strand gelegt.«

»Das ist nicht witzig«, wies Tante Natti sie zurecht. »Nachher glaubt der Commissario womöglich noch, dass es tatsächlich so war.«

»Na, so beschränkt ist er ja nun ganz bestimmt nicht«, warf Fabia ein.

»Danke.« Rosario holte tief Luft, als würde es ihm schwerfallen, den nächsten Satz zu formulieren. »Aber damit ist sicher, dass es hier um Mord geht. Und da es sich bei dem Toten um einen Deutschen handelt, habe ich bereits die Kollegen in Berlin informiert. Ich gehe davon aus, dass sie jemanden hierherschicken werden.« Sein Blick ließ Anna nicht los. Als wollte er testen, wie sie auf die Mitteilung reagierte.

Und Anna war selber überrascht, wie gut ihr ein Schulterzucken gelang, bevor sie sagte: »Klar. Vielleicht kenne ich den Kollegen oder die Kollegin sogar, ich habe ja fast drei Jahre bei der Mordkommission gearbeitet.«

Aber bitte lass es nicht Lepke sein, dachte sie im Stillen. Wer immer auch hier auftauchen wird, Lepke wäre die schlechteste Wahl. Dann sogar lieber noch der Obermacho Marcel, den würden wir mit vereinten Kräften schon butterweich klopfen, rein bildlich gesprochen. Aber zwischen Lepke und mir spielt zu viel mit, was nicht geklärt ist. Und das kann ganz schnell zu einer Situation führen, in der die offensichtliche Sympathie, die er für mich hegt, ins Gegenteil umschlägt. Männer sind so. Wenn sie sich zurückgesetzt fühlen, dann …

»Hörst du mir eigentlich noch zu?« Rosario schnippte mit den Fingern dicht vor Annas Gesicht.

»Hallo!«, mischte sich Emilia ein. »Sind wir hier im Zirkus, oder was?«

»Entschuldigung«, sagte Anna gleichzeitig. »Was hast du noch wissen wollen?«

»Ich habe nach deinem Auto gefragt, das hier stand, als ich zum ersten Mal da war. Das war doch auch ein Volvo, oder irre ich mich?«

Aha, dachte Anna, es ist also so gekommen, wie es ja kommen musste. Die Polizei hat den Volvo gefunden! Und Rosario erinnert sich, was gar nicht gut ist.

»Was?«, spielte sie die Ahnungslose. »Wieso *auch?* Das verstehe ich nicht …«

»Wir haben den Wagen des Toten, stand nicht weit vom Fundort der Leiche entfernt geparkt. Ein Volvo V70, silbergrau, Berliner Kennzeichen natürlich. Und ich meine mich zu erinnern, dass du …«

»Dummes Zeug!«, mischte sich Tante Natti so vehement ein, wie es nur eine ehemalige Lehrerin vermochte. »Weißt du nicht mehr, was ich euch in der Schule versucht habe beizubringen?«

»N… n… nein …«

»Erst denken, dann reden! Annas Auto ist silbergrau, na und? Alle Deutschen fahren silbergraue Autos, das sollte dir schon mal aufgefallen sein. Weiß oder silbergrau oder schwarz. Nur die Italiener lieben rote Wagen, das ist für Deutsche viel zu auffällig.«

»Aber es war ein Volvo!«, beharrte Rosario.

»Anna!«, rief Tante Natti, als wären sie im Unterricht und Anna sollte die richtige Antwort geben. »Ist dein Auto ein Volvo, weißt du das?«

Es war klar, was Tante Natti beabsichtigte.

»Kann sein«, erwiderte Anna zögernd. »Ich weiß gar nicht genau. Ich habe ihn noch nicht lange gehabt …« Fabia verpasste ihr einen Stoß mit dem Ellbogen. »Also, ich meine, er ist noch neu für mich, und es ist kein VW, das weiß ich, weil ich vorher einen Passat hatte.«

Emilia wies mit dem Kopf auf den roten Alfa. »Das Auto von deinem Vater, weißt du, was das ist?«

Anna machte einen langen Hals, als wollte sie das Markenschild an der Kühlerhaube zu erkennen versuchen. Dann sagte sie: »Keine Ahnung, irgendwas Schnelles. Ein Porsche? Nein, oder?«

»Übertreib es nicht«, flüsterte Fabia ihr zu, während Rosario die Augen verdrehte und murmelte: »Wollt ihr mich veralbern? Das kann doch gar nicht sein.«

»Ist aber so!«, behauptete Emilia und öffnete wie zufällig einen Blusenknopf. »Frauen eben! Gino regt sich auch immer auf, dass ich alle Automarken verwechsle.«

»Und wo ist dein Auto jetzt?«, kam zwangsläufig die nächste Frage von Rosario.

»Irgendwo an der Amalfi-Küste«, antwortete Tante Natti anstelle von Anna. »Mein Neffe hat es sich von Anna geliehen. Es war wirklich nett von ihr, dass sie ihm den Wagen gegeben hat. Sonst hätte er mit seiner Vespa in Urlaub fahren müssen, aber Mario hat gerade eine neue Freundin und …«

»Und das ist natürlich bequemer mit meinem Auto«, ergänzte Anna schnell.

»Aha«, sagte Rosario.

»Ist so«, nickte Emilia. »Wenn sie die Rückbank umklappen, können sie hinten sogar das tun, was junge Leute die meiste Zeit tun, wenn sie in die Ferien fahren. Obwohl, also ganz ehrlich, mein Ding ist das nicht, weil du in so einem Auto ja doch sehr eingeschränkt bist. Manche Stellungen verbieten sich da ganz von selbst, falls du weißt, was ich meine.«

»Verstehe.« Rosario sah aus, als würde er jeden Moment kollabieren. Der Blick, den er Anna jetzt zuwarf, wirkte fast hilflos.

»Es tut mir leid, ich hatte nur …« Er schluckte. »Ich bin Polizist, ich muss jedem Verdacht nachgehen, auch wenn ich überzeugt davon bin, dass es eine Fehlfährte ist.«

»Schon klar«, sagte Anna. »Da kann man nichts machen.«

»Precisamente!« Rosario schleuderte sich die Locke aus der Stirn. Um seine Lippen spielte ein Lächeln, aber die Freundinnen hatten ihn unterschätzt. Er war nicht nur der Charmeur, den er so gerne gab, sondern doch viel mehr Polizist, als sie erwartet hatten. »Ich glaube euch trotzdem nicht«, stellte er ganz sachlich fest, um mit einem amüsierten Blick auf Emilias Ausschnitt hinzuzusetzen: »Auch nicht, wenn du noch mehr Knöpfe an deiner Bluse öffnest, sosehr ich den Anblick unter anderen Umständen zu schätzen wüsste, aber ihr verheimlicht mir etwas! Irgendwas stimmt hier nicht! Das sagt mir meine Nase.«

Emilias Retourkutsche für seine indirekte Abfuhr kam prompt: »Ich habe Männer noch nie gemocht, die nur mit der Nase denken. Pah, das habe ich gar nicht nötig!« Sie drehte sich um und stolzierte hüftenschwenkend zur Haustür, um sie mit aller Kraft hinter sich zuzuwerfen.

»Ich werde herausfinden, was hier los ist«, erklärte Rosario unbeeindruckt. »Meine Damen, a presto, ihr hört von mir.«

Als er sich zu seinem Auto wandte, trat Anna zwei Schritte auf ihn zu und legte ihm flüchtig die Hand auf den Arm. »Und unsere Verabredung heute Abend? Kommst du?«

»Scusa, es tut mir leid, aber es geht nicht. Du bist eine … Verdächtige in einer laufenden Ermittlung, das wäre gegen die Vorschriften. Ein anderes Mal vielleicht.«

Ohne ein weiteres Wort stieg er ein und ließ den Motor an. Als er rückwärts aus der Einfahrt manövrierte, sagte Tante Natti laut: »Idiot!«

»Und jetzt?«, fragte Anna ratlos.

»Jetzt nehmen wir das selber in die Hand«, erklärte Fabia. »Oder wie eine gerade in ihrer Eitelkeit tief getroffene Freundin von uns wahrscheinlich sagen würde: Jetzt packen wir höchstpersönlich den Russen an seinen edlen Teilen.«

Es war genau 21.45 Uhr, als Anna sich auf die Bank vor der Santa Maria setzte. Sie trug eine enge Jeans und flache Sneaker, die sie beim Laufen nicht behindern würden. Die rechte Hand hatte sie in der Jackentasche, in der sich auch der Revolver ihres Vaters befand. Der Revolver, der nur eine Taschenlampe war.

Im Lichtschein der Laterne an der Straßenkreuzung lehnte Tante Natti an einer Hausmauer und rauchte ein Zigarillo, je eine präparierte Stricknadel steckte gut verborgen in den beiden Schäften ihrer Stiefel.

Emilia knutschte mit Gino auf einer der Bänke am Leuchtturm, dass sie dabei rittlings auf seinem Schoß saß, ließ ein älteres deutsches Ehepaar empört die Straßenseite wechseln.

Fabia war im Schatten des Ruderhauses der Santa Maria und mit einem schwarzen Strumpf über dem Gesicht nicht zu sehen. Aber Anna wusste, dass sie da war und nur darauf wartete, mit einem Sprung über die Bordwand auf die Mole zu setzen, um ihre Betäubungsspritze in den Hals des Russen zu rammen, falls es nötig sein sollte.

Das Ristorante »Il Faro« hatte bereits vor einer halben Stunde die letzten Gäste verabschiedet und das »Chiuso«-Schild in die Tür gehängt. Geschlossen. Allerdings waren die Rollläden nicht herabgelassen, sodass Matteo und Li aus dem dunklen Innenraum heraus den gesamten Platz überblicken konnten. Matteo hatte noch nicht mal gefragt, was eigentlich los war, sondern nur gesagt: »Wenn es für die Chefin ist, machen wir alles.« Und dann den Studenten aus Urbino nach draußen geschickt. Jetzt stand Pietro rauchend neben seiner Vespa, mit der Hand am

Gasgriff, bereit, sie jederzeit für eine Verfolgungsjagd zu starten.

Mehrmals zogen lautstark redende Touristen vorüber, einmal auch eine ganze Gruppe Jugendlicher mit einer Bluetooth-Box, aus der hämmernde Beats dröhnten. Und einmal musste Tante Natti einen zu aufdringlichen Freier darauf hinweisen, dass immer noch sie ihre Kunden aussuchen würde.

Dann wurde es langsam stiller an der Mole, die meisten Nachtschwärmer waren jetzt zu den Clubs am Strand unterwegs. Der Mond kroch wie von Geisterhand gezogen über dem Meer empor. Als er seine silberne Bahn auf das Wasser warf, dachte Anna, dass der Russe vielleicht mit einem Boot über den Hafenkanal kommen würde. Diese Möglichkeit hatten sie außer Acht gelassen, aber jetzt war es zu spät, um noch etwas zu verändern.

Als plötzlich eine Möwe laut kreischend von dem Kutter neben der Santa Maria aufflog, spannte Anna alle Muskeln an. Es war so weit! Jetzt würde sie jeden Moment dem Russen gegenüberstehen. Aber dann war es nur eine Ratte, die die Möwe aufgeschreckt hatte, als sie über das Schiffstau an Deck gelaufen war.

Eine Stunde später war der Russe immer noch nicht aufgetaucht. Nacheinander fanden sie sich an der Hintertür des Restaurants ein, um die Enttäuschung über ihren Misserfolg mit dem Grappa runterzuspülen, den Matteo höchstpersönlich einschenkte.

»Cazzo!«, sagte Emilia. »Und dabei waren wir so kurz davor, den Russen an den Eiern zu kriegen.«

Zweites Buch

Chi dorme non piglia pesci
Wer schläft, fängt keine Fische

1. Kapitel

Anna hatte das Küchenfenster weit geöffnet, der Kaffeebecher stand auf dem Fensterbrett, gleich daneben der Aschenbecher. Sie hatte wieder angefangen zu rauchen, wenn auch nur heimlich, ohne das Wissen der anderen. Und nicht mehr als zwei Zigaretten am Tag. Irgendwie erschien ihr das ein durchaus kalkulierbares Risiko, zumindest verglichen mit gewissen Leuten, die keine Bedenken hatten, jemanden zu ermorden, der ihnen im Weg stand. Oder sich etwas genommen hatte, was ihnen gehörte. Und was sie zurückhaben wollten …

In der Kastanie auf dem Vorplatz sang eine Amsel, aus den Büschen an der Zufahrt kam in unregelmäßigen Abständen eine Antwort. Die Aussicht über die sanft geschwungenen Hügel mit den schnurgeraden Reihen der Weinstöcke war ohne Frage idyllisch, aber Anna vermisste den Blick über das Tal bis nach Isola di Fano hinunter, den Duft der Gewürze an der brüchigen Steinmauer, das leise Rascheln der Blätter in den Zweigen des Olivenbaumes …

Vier Tage war sie jetzt schon hier! Und es kam ihr vor wie eine Ewigkeit, dass der Russe nicht zum verabredeten Zeitpunkt an der Mole in Rimini erschienen war. Dass sie zu schnell zu viel Grappa getrunken hatte. Dass nicht viel gefehlt hatte und sie im Gang hinter der Küche mit dem jungen Aushilfskellner geknutscht hätte. Wenn nicht im letzten Moment Fabia aufgetaucht wäre und das Licht angemacht hätte. Dass die Freundinnen entschieden hatten, sie ab sofort in Tante Nattis Agriturismo unterzubringen. In der »Villa d'Amore«, wie Emilia das Haus nannte, wenn Tante Natti nicht dabei war. Tatsächlich sprach einiges dafür, dass Anna sich für eine Weile nicht blicken ließ. Und vor allem nicht auffindbar war! Aus welchem Grund auch immer der Russe nicht aufgetaucht war, die Sache war damit ganz sicher noch nicht ausgestanden.

Sie hatten Anna noch nachts in das Versteck gebracht. Außer den Freundinnen wusste niemand, wo sie jetzt war. Der rote Alfa stand in der sorgfältig verschlossenen Garage, Anna hatte das strikte Verbot, sich auf der Straße blicken zu lassen, die Freundinnen versorgten sie reihum mit allem Lebensnotwendigen: in Öl eingelegten getrockneten Tomaten, scharf gewürzten Sardellen, Oliven, Provolone und Salami in dünnen Scheiben, frisch gebackenem Ciabatta. Und mit Rotwein und neuen Krimis. Vor allem mit skandinavischen und englischen Thrillern, »weil da nicht viel Sex drin vorkommt«, wie Fabia erklärte, »und das ist in der jetzigen Situation besser für dich«.

»Nicht dass du noch auf die Idee kommst, dir womöglich meinen Liebhaber zu schnappen«, hatte Emilia es deutlicher formuliert. »Ich bin ja bereit, vieles mit dir zu teilen, aber nicht alles. Zumindest nicht, solange ich selber noch an Giovanni interessiert bin. Danach können wir gerne darüber reden.«

Allerdings hatte Emilia ihre heimlichen Treffen mit Giovanni auch an einen anderen Ort verlegt, nicht nur, damit Anna oder ganz und gar der Gärtner nicht auf dumme Gedanken kamen, sondern damit so wenig Leute wie möglich wussten, wo Anna sich befand.

Jetzt hatte sie bereits zwei der neuen Krimis gelesen, *Lo strano caso della bambina in fondo al mare* hatte ihr ausnehmend gut gefallen, das war ein Krimi, den sie unbedingt auch den Freundinnen empfehlen musste. Und sie hatte ihre Liste fertig, was sie mit ihrem Anteil des Geldes machen wollte – nachdem das Restaurant finanziell abgesichert wäre. Und nachdem sie sich eine relativ großzügige Summe für die Zeit genehmigt hatte, bis sie einen neuen Job hätte. Jetzt wartete der aufgeschlagene Laptop auf dem Tisch darauf, dass sie das Profil des Russen fertigstellte. Weit gekommen war sie noch nicht, und sie war unzufrieden mit sich: *Männlich, weiß, Mitte dreißig bis Mitte vierzig, deutlich russischer Akzent. Aggressiv. Handelt spontan, ohne Planung – siehe seine Flucht mit der Hafenfähre, die vom Zufall abhängig war. Eher nur ein Handlanger, nicht der, der die Fäden in der Hand hält. Steht also womöglich unter Druck, weil er einen Auftrag erledigen soll und überfordert ist?*

Wenn er der Mörder von Willy ist, überlegte Anna, warum hat er mich dann nicht auch bereits in der Nacht attackiert, in der ich allein im Haus war? Und warum hat er mir erst Willy in den Pool gelegt, ihn dann aber wieder abgeholt? Sollte das tatsächlich eine Warnung sein? Aber warum hat er sich dann nicht gleich danach gemeldet? Sondern mir erst zwei Tage später in Rimini aufgelauert?

Vielleicht war sein Plan ganz anders gewesen, überlegte sie weiter, während sie sich die zweite Zigarette anzündete. Vielleicht hatte die Polizei die Leiche finden sollen. Wenn ich dann verhaftet worden wäre, hätte er genug Zeit gehabt, um nach dem Geld zu suchen. Warum also diese Idee, die Leiche an den Strand zu bringen? Und sie dann auch noch in einen Liegestuhl zu legen!

»Es passt nicht«, murmelte Anna. Energisch drückte sie die Zigarette aus und setzte sich an den Laptop.

Dissoziative Störung? Funktional beschränkt?, fing sie wieder an zu tippen. Als das Handy neben ihr auf dem Tisch klingelte, zuckte sie unwillkürlich zusammen.

Das Display zeigte »Gino«.

»Ja, Gino, was gibt's?«

»Emilia will mir nicht sagen, wo du bist. Und sie wollte auch nicht, dass ich dich anrufe. Aber du musst kommen! Jetzt, sofort. Es kann nicht mehr lange dauern, bis sie anfangen, sich zu prügeln. Und das will ich nicht. Nicht in meinem Bistro!«

»Wer, Gino? Wer will sich prügeln?«

»Dieser Commissario aus Rimini und der andere, der deutsche Commissario.«

Es ist so weit, dachte Anna, während sie merkte, wie ihr Herzschlag für eine Sekunde aussetzte. »Aber … warum wollen die beiden sich prügeln, das verstehe ich nicht«, bemühte sie sich, so ruhig wie möglich zu reagieren.

»Es hat mit dir zu tun.« Gino senkte die Stimme, als würde er ihr etwas mitteilen, was nicht für fremde Ohren bestimmt war. »Commissario Dalla Pozza hat gesagt, er würde dich sehr gut kennen und möchte dabei sein, wenn du verhört wirst. Und der Deutsche, der aussieht wie ein … spaccone und die ganze Zeit raucht, hat behauptet, er würde dich noch viel besser kennen und will deshalb alleine mit dir reden. – Stimmt das, Anna?« Ginos Stimme war nur noch ein Flüstern. »Kennen diese Typen dich wirklich so … gut?«

»Hör auf, dir etwas auszumalen, was nicht stimmt, Gino!«, fauchte Anna ihn ungewollt an. »Außerdem geht es dich nichts an, klar?«

»Vero, du hast recht, entschuldige.« Von einer Sekunde auf die andere war Gino tödlich beleidigt, dass sie ihm nicht vertraute. Fast rechnete Anna damit, dass er die Verbindung ohne ein weiteres Wort beenden würde.

»Es tut mir leid, Gino«, sagte sie schnell, »es war nicht so gemeint, aber ich bin ein bisschen … nervös. Tu mir den Gefallen und beruhige Commissario Dalla Pozza und den anderen! Und nur damit du es weißt, es ist ein Kollege von mir aus Berlin. Du hast schon recht, er wirkt ein bisschen wie ein Angeber, aber er ist okay. Und ich hatte trotzdem nichts mit ihm, also musst du ihm auch nicht die Füße in Zement eingießen und ihn in den Fluss werfen, versprichst du das?«

Anna hörte, wie Gino bei ihrem letzten Satz lachte. So einfach geht das, dachte sie. Irgendwie funktionieren Männer wie elektrische Eisenbahnen, man muss nur die richtigen Knöpfe drücken, dann bleiben sie brav in der Spur.

»Ich bin gleich da, Gino, ich beeile mich. Gib den beiden was zu trinken und erzähl ihnen irgendwas, um sie abzulenken. Du machst das schon, ich verlass mich auf dich!«

Lepke war also tatsächlich selber gekommen. Nicht der Hilfsmacho Marcel, nicht Wagner als dienstältester Kommissar, sondern ausgerechnet Lepke. Und es war kein gutes Zeichen, dass er sich vorher nicht bei ihr gemeldet hatte. Eigentlich wäre es ja nur selbstverständlich gewesen, sie anzurufen. Dass er es nicht getan hatte, konnte nur eins bedeuten: Er war sich nicht sicher, inwieweit er ihr trauen konnte. Lepke war ein guter Polizist, natürlich musste er darüber gestolpert sein, dass der Tote dieselbe Adresse gehabt hatte wie Anna. Und er wusste, wo sie war. Er hatte sie an ihrem zweiten oder dritten Tag in Italien angerufen, weil er Konzertkarten für sie beide besorgt hatte: U2, in der Waldbühne. Sie wusste, dass Lepke U2 gar nicht besonders mochte. Aber er hatte sich offensichtlich gemerkt, dass sie ihm mal von einem Song vorgeschwärmt hatte, in dem Bono die Zeilen sang: »Walk on, walk on, what you got they can't steal it, no they can't even feel it …« Vielleicht war es nur dieses »walk on, walk on« gewesen, das Anna wie eine positive Botschaft vorkam, nicht aufzugeben. Und vielleicht hatte Lepke es auch genau so verstanden.

»Es geht nicht«, hatte sie ihm erklärt, verblüfft, dass er sich so schnell gemeldet hatte, und ein wenig amüsiert, wie leicht durchschaubar seine eigentliche Absicht war, die sich hinter der

Konzerteinladung verbarg. »Beim besten Willen nicht, ich bin in Italien, mein Vater ist überraschend gestorben, übermorgen ist die Beerdigung in Rimini.« Womit sich der Kreis auch für einen weniger guten Ermittler geschlossen haben würde, als nun die Anfrage um Amtshilfe ausgerechnet aus der Questura in Rimini kam!

Anna konnte nur hoffen, dass Lepke sich noch aus einem ganz anderen Grund in diese Ermittlung eingeschaltet hatte: dass er sie vor irgendeinem übereifrigen Kollegen schützen und sich persönlich ein Bild davon machen wollte, was passiert war. Womit da jetzt im Bistro schon drei Typen versammelt waren, die ihr helfen wollten. Und zwar aus Motiven, die sich durchaus ähnlich waren, darüber gab sich Anna keinen Illusionen hin. Grande, dachte sie, besser hätte es kaum kommen können. Das Ganze entsprach ungefähr ihrer Vorstellung von einem Super-GAU, vom größten anzunehmenden Unfall in Sachen Liebe – drei mehr oder weniger verliebte Gockel, die jederzeit aufeinander losgehen konnten. Es fiel ihr schwer, das als Kompliment zu nehmen, sosehr sie es sich auch gewünscht hätte.

Als sie den Alfa aus der Garage fuhr, musste sie an ihren letzten Ausflug denken. Von dem niemand etwas wusste außer ihr und Rosario. Was die Sache nicht unbedingt besser machen würde, wenn sie ihn jetzt gleich traf …

Es war gerade erst am Tag zuvor passiert, ungefähr um dieselbe Uhrzeit. Mittags. Bis dahin hatte sie nichts mehr von Rosario gehört. Bis er sie anrief, um sich zu entschuldigen. Weil er ihr und den Freundinnen die Geschichte mit dem Volvo nicht geglaubt hatte.

»Ich war ein Idiot! Und wenn ich wüsste, dass du das nicht falsch verstehen würdest, dürftest du mich dafür nach Kräften versohlen. Du müsstest es sogar, ich habe eine Strafe verdient!

Ich weiß nicht, was in mich gefahren war, dir nicht zu vertrauen …«

Und so war es immer weitergegangen, bis Anna es endlich schaffte, ihm zu entlocken, was der Grund für seinen Sinneswandel gewesen war.

Und auch jetzt noch, während sie den Alfa über die Feldwege zwischen den Weinstöcken jagte und hoffte, dass ihr niemand begegnen würde, musste sie lauthals lachen. Wer sie und ihre Freundinnen unterschätzte, hatte jedenfalls schlechte Karten, und Rosario war wie eine hektische Stubenfliege direkt in ihr Netz gebrummt.

Natürlich war Tante Nattis spontane Erfindung eines Neffen, der Annas Auto geliehen hatte, mehr als unglaubwürdig gewesen. Zumal es diesen Neffen gar nicht gab! Aber wer brauchte schon einen Neffen, wenn er den einarmigen Gustavo aus der Universitätsbuchhandlung in Urbino kannte? Der nicht nur wusste, wie man mit einem Buchladen auch in schlechten Zeiten erstaunlich gut über die Runden kam, sondern mit sicherem Griff eine Ansichtskarte aus Neapel aus einer der vielen Schubladen hervorzaubern konnte. Genau die Karte, die ein gewisser Commissario dann – mit Briefmarke und leicht verschmiertem Stempel versehen – ganz zufällig auf dem Tresen im Ristorante »Il Faro« entdeckte, als er früh am Morgen auf einen schnellen Espresso bei Matteo vorbeischaute.

»Von Tante Nattis Neffen«, hatte Matteo ungefragt erklärt. »Weil er Annas Adresse nicht kennt, hat er die Karte hierher geschickt, ist nach dem Tod von Gennaro ja jetzt auch Annas Restaurant. Sie wird sich freuen zu hören, dass er mit ihrem Wagen noch nicht aus irgendeiner Kurve geflogen ist. Ich hätte ihm mein Auto ganz bestimmt nicht geliehen, man weiß ja, wie diese Ragazzi fahren, noch dazu, wenn ein Mädchen mit im Spiel ist.«

Matteo hatte die Karte umgedreht und über den Tresen geschoben. Und Rosario hatte gar nicht anders gekonnt, als die Zeilen auf der Rückseite zu lesen: *Dein Volvo ist super, Anna! Nochmals vielen Dank. Grüß bitte Tante Natti von mir, wenn du sie siehst. Laetitia lässt auch grüßen! Mario.*

»Laetitia ist die Freundin von dem Neffen«, setzte Matteo noch unnötigerweise hinzu.

Und der Commissario hatte erwidert: »Ich wusste doch, dass es ein Volvo war!« Dann hatte er auf die Uhr geblickt und gesagt: »Hoffentlich kriege ich das jetzt wieder hingebogen.«

Als er aus der Tür stürmte, hatte er nach Matteos Bericht bereits das Handy in der Hand, um Anna anzurufen. Und sich dann endlos für sein Misstrauen zu entschuldigen. Und schließlich rundheraus zu erklären, dass er in einer halben Stunde bei ihr auftauchen würde, um seiner Entschuldigung »Nachdruck« zu verleihen.

Er wusste ja nicht, dass Anna sich versteckte. Aber ihr war klar, dass er sich nicht abwimmeln lassen würde. Und es war besser, wenn er weiterhin glaubte, dass sie natürlich im Haus ihres Vaters wohnte. Damit er nicht etwa noch auf die Idee kam, sie zu suchen.

Also hatte sie nur behauptet, gerade noch zum Einkaufen in Fossombrone zu sein. Aber sie würde sich beeilen, die Hintertür an der Terrasse wäre offen, er solle sich bitte schon mal einen Kaffee machen, wenn er vor ihr da wäre.

Und er war vor ihr da! Sein Auto hatte in der Zufahrt gestanden. Aber Rosario hatte weder auf der Terrasse gesessen, noch war er in der Küche gewesen. Als sie seinen Namen rief, kam seine Antwort von oben, aus ihrem Zimmer unter dem Dach: »Ecco! Hier bin ich! Beeil dich, ich warte schon auf dich!«

Und dann entdeckte Anna seine Uniform, ordentlich zusammengelegt über dem Treppengeländer. Mit den akkurat ausgerichteten Schuhen auf dem Boden.

Ähnlich akkurat hatte sich dann auch Rosario selber präsentiert. Mitten auf ihrem Bett und so nackt, wie Gott ihn geschaffen hatte. Allerdings in einem Zustand, den der Pfarrer wohl kaum als »gottgefällig« bezeichnet hätte.

Es war nicht ganz leicht für Anna gewesen, ihn davon zu überzeugen, dass sie in der Küche warten würde, bis er kalt geduscht und wieder in seine Uniform gestiegen wäre. Und er war, ohne zu duschen, verschwunden. Zweifellos war das Ganze für Rosario ebenso peinlich geworden, wie es für Anna von Anfang an gewesen war. Aber das hatte er sich selbst zuzuschreiben. Anna hatte nur noch gehört, wie er mit aufheulendem Motor davongefahren war …

Jetzt würde es also das erste Mal nach diesem kleinen Intermezzo sein, dass sie sich wieder gegenüberstanden. Und wahrscheinlich war es auch die denkbar schlechteste Gelegenheit für einen Neustart.

Die drei Krähen, die die Hügelkuppe krächzend umkreisten, schienen Anna ebenfalls kein gutes Vorzeichen. Worum sich die Vögel stritten, wollte sie lieber gar nicht erst wissen.

Vor dem Bistro hatte sich eine beachtliche Menge von Dorfbewohnern eingefunden – Anna schien es, als wäre mehr oder weniger alles versammelt, was Beine hatte. Fehlte nur noch, dass die Lehrerin mit ihrer Grundschulklasse auftauchen würde. Oder die Kindergärtnerin: »Seht euch das gut an, was die bösen Männer da machen! Und macht so etwas nie, weder im Sandkasten noch nachmittags unten am Fluss. Habt ihr mich verstanden, cari bambini?«

Anna schob sich durch das Gedränge vor der Scheibe bis zur Tür, an der das Schild »*Chiuso*« hing. Die Kommentare der Zuschauer schwirrten um sie herum wie Wespen um eine Schüssel mit gezuckerten Feigen: »Ja, Rosario, zeig ihm den Finger!« – »Was? Habt ihr das gesehen? Hat der Deutsche gerade tatsächlich ›a casa‹ zum Commissario gesagt? Er soll gefälligst selber abhauen, nicht Dalla Pozza, der gehört hierher, aber der Tedesco hat hier nichts verloren!« – »Esatto! Gino soll ihn auf die Straße setzen!« – »Ja, sieh nur, sehr gut, Rosario, gib es ihm! Der Halsabschneider ist doch das Einzige, was er versteht …«

Die Glocke bimmelte leise, als Anna die Tür gerade so weit öffnete, dass sie ins Bistro hineinhuschen konnte. Jetzt erst hatte sie einen freien Blick auf die Szene gleich hinter dem Fenster, mit Lepke auf dem Stuhl an der Wand und Rosario ihm gegenüber auf der anderen Seite des Raumes, mit dem Rücken zur Theke, hinter der mit finsterem Blick Gino lauerte.

Lepke trug wie üblich seine Designerjeans und ein T-Shirt mit einem aufgedruckten Foto von Led Zeppelin, zusammen mit dem langen Staubmantel und den handgenähten Schuhen ergab das eine merkwürdige Kombination, wie ein Dandy, der zeigen wollte, dass er auch »locker« sein konnte. Die Ray-Ban-Sonnenbrille, die er sich in die Stirn geschoben hatte, machte die Sache nicht besser.

Rosario wirkte trotz seines blütenweißen Uniformhemdes mit den goldenen Knöpfen auf den Achselstreifen fast lässig, allerdings schwitzte er so stark, dass ihm das Hemd am Rücken klebte und ihm der Schweiß von der Stirn troff. Seine Augen waren gerötet und traten weit hervor, fast als könnte er jeden Moment einen Herzinfarkt bekommen.

Und Gino glich mehr denn je einem … Outlaw aus irgendeinem Italo-Western, der aus Versehen auf der falschen Seite der Theke gelandet ist, dachte Anna, um sich gleich darauf zu korrigieren: nein, eher dem typischen Hollywood-Gangster in einen Mafiafilm, der noch nicht entschieden hatte, welchen der beiden unbequemen Gäste er mit der abgesägten Flinte unter der Theke zuerst abknallen sollte. Oder ob es besser wäre, gleich reinen Tisch zu machen und sie beide zu erledigen.

Aber Anna musste auch zugeben, dass Gino irgendwie etwas ausstrahlte, was den zwei anderen Männern gerade vollkommen fehlte: Gino war cool!

Mit den bläulichen Bartschatten am Kinn und auf den Wangen, den zurückgegelten Haaren und dem schwarzen ripped shirt, das deutlich die Tattoos und die Muskeln auf seinen Oberarmen zeigte, war völlig klar, warum Emilia ihn sich ausgesucht hatte. Was immer es sein mochte, was ihr dann auf die Dauer nicht genügte …

Alle drei Männer rauchten, der Qualm hing in bläulichen Schlieren in der Luft und verpasste dem Ganzen etwas Unwirkliches, wie Trockeneisnebel auf einer Theaterbühne in einem Stück mit Boris Karloff als Frankensteins Monster. Fehlten nur noch die Lichtblitze und das Knistern der sprühenden Funken, wobei die aufgeladene Stimmung im Raum auch ohne Frankenstein schon genug Elektrizität versprühte – was vor allem mit einer gewissen Person zu tun hatte, die da offensichtlich die Funktion eines Schiedsrichters innehatte. Und deren Lippen rot geschminkt waren, deren Minirock zu kurz und deren Bluse zu weit geöffnet war …

»Stopp!«, befahl Emilia gerade, ohne Anna auch nur zu beachten. »Rosario, du bist dran!«

Rosario warf einen wütenden Blick zu Lepke hinüber, dann machte er mit Zeige- und Mittelfinger die altbekannte Geste: Ich beobachte dich, pass besser auf!

»Mehr hast du nicht drauf?«, lachte Lepke höhnisch und schüttelte gleichzeitig mitleidig den Kopf. Was Rosario augenblicklich noch röter anlaufen ließ, als er ohnehin schon war.

»Lepke!«, kam es jetzt von Emilia. Sie nannte ihn mit einer Selbstverständlichkeit beim Nachnamen, als gäbe es gar keinen Zweifel daran, dass das alle so taten. Woher weiß sie das?, schoss es Anna durch den Kopf. Und woher kennt sie überhaupt seinen Namen?

Im selben Moment sah sie, wie Lepke sich grinsend die rechte Hand auf den linken Oberarm hieb und die Faust hochschnellen ließ: »Leck mich!«

Rosario klappte die Kinnlade herunter. »Che? Mach das nicht noch mal, du … du …«

Emilia stieß einen leisen Pfiff aus, bei dem nicht ganz klar war, ob er Anerkennung bedeutete oder ob Lepke mit seiner Geste den Bogen überspannt hatte.

Anna tippte auf Letzteres, als jetzt Gino hinter seiner Theke hervorkam, ganz langsam, mit locker herabhängenden Armen, bis er genau zwischen Lepke und Rosario stand – und ohne Eile erst dem einen, dann dem anderen den ausgestreckten Mittelfinger zeigte.

»Bene!« Emilia klatschte in die Hände. »Besser hätte ich es auch nicht sagen können. Schluss jetzt, basta! Ich mache jetzt den Laden wieder auf, die erste Runde geht aufs Haus. Aber nimm nicht den guten Grappa, Gino, der billige vom Großhandel reicht vollkommen.« Sie erhob sich mit der geschmeidigen Anmut eines Raubtieres und drückte das Kreuz durch, um ihren Busen besser zur Geltung zu bringen. Dann hauchte sie Gino einen Kuss auf die Wange. Bevor sie sich zur Tür drehte, wies sie auf Anna und Lepke: »Ihr beiden Turteltäubchen verschwindet am besten mal ganz schnell zur Hintertür raus. Und dann klärt erst mal unter euch, wie das hier weitergehen soll, ohne dass es zu Mord und Totschlag kommt – Nein, halt, Rosario! Du nicht. Hast du nicht gehört, was ich gesagt habe? Du bleibst schön hier und lässt die beiden alleine, fatto!«

Während sie Rosario am Arm festhielt, zwinkerte sie Anna kurz zu.

Gino hielt ihnen die Tür zur Küche und dem Hintereingang auf. Der Blick, den er Lepke zuwarf, ließ Emilias Befürchtung von Mord und Totschlag durchaus realistisch erscheinen.

Lepke folgte Anna, ohne ein Wort zu sagen. Erst als sie im grellen Sonnenlicht über die Straße auf den Alfa zuliefen, murmelte er etwas davon, dass Anna hier ja offensichtlich »einige Eisen im Feuer« hätte.

»Du hättest Bescheid sagen können, dass du kommst. Dann hätte ich meine Liebhaber rechtzeitig weggeschickt.«

Ihr Ton war schärfer als beabsichtigt, obwohl sie sich keine Illusionen darüber machte, dass jeder Streit die denkbar ungünstige Voraussetzung für ein Gespräch mit Lepke war. Aber sie ärgerte sich! Was bildete er sich eigentlich ein? Wenn ihm wirklich etwas an ihr lag und er hier war, um sie vor vorschnellen Anschuldigungen durch irgendeinen anderen Kollegen zu schützen, dann … »Dann behandel mich gefälligst auch wie eine Freundin und nicht wie eine Tatverdächtige!«

Sie hatte den letzten Satz laut ausgesprochen. Obwohl der Zusammenhang fehlte, erwiderte Lepke, ohne zu zögern: »Das geht nicht so einfach. Wir müssen reden. Ich habe ein paar Fragen an dich. Und vor allen Dingen muss ich dir etwas zeigen! An deinem Haus, oder jedenfalls nicht weit davon entfernt!«

»Du warst … an meinem Haus?«, stammelte Anna. Es konnte sich nur um das Haus auf dem Hügel handeln, das Haus ihres Vaters, mit dem Pool, in dem … »Aber wieso? Was hast du da gemacht?«

»Mich umgesehen. Das macht man so als Ermittler.« Er hob die Hände. »Nein, reg dich nicht auf, das stimmt natürlich nicht. Oder jedenfalls nicht ganz. Ich wollte mit dir alleine reden, ohne Marcello Mastroianni, der mir am liebsten noch bis aufs Klo gefolgt wäre …«

Mit einem billigen Trick hatte Lepke dann Rosario die Adresse von Annas Haus abgeluchst: »Ich habe ihn gefragt, ob du immer noch in dem Haus am Meer wohnen würdest, wo ich dich vor ein paar Jahren mal besucht hätte. Da hat er mir beweisen wollen, dass ich keine Ahnung habe, aber er dich dafür umso besser kennt, und hat mit deiner Adresse aufgetrumpft.«

Dann hatte sich Lepke einen Mietwagen genommen und war nach Isola di Fano gefahren. In der Hoffnung, Anna in ihrem Haus anzutreffen. Als sie nicht da war, hatte er sich ein wenig umgesehen – »dazu komme ich noch genauer« –, und kurze Zeit später war dann auch schon Rosario aufgetaucht, der inzwischen eins und eins zusammengezählt hatte und sich denken konnte, wo er den ungeliebten Kollegen aus Deutschland finden würde.

»Aber er weiß nicht, dass ich das Auto entdeckt habe. – Nehmen wir deinen Wagen, um hochzufahren?«

»Was? Warte mal, was hast du da gerade gesagt?«

»Nehmen wir deinen Wagen?«

»Nein, das andere, mit dem Auto, das du angeblich … Ich habe keine Ahnung, wovon du redest.«

»Ich zeige es dir.« Lepkes Stimme klang jetzt wieder ungehalten, als würde Anna versuchen, ihn vorzuführen.

Ihre Gedanken überschlugen sich. Sie hatte tatsächlich keine Ahnung, was er meinte. Offensichtlich wollte er sie bluffen, es war ein Schuss ins Blaue, ohne den geringsten Anhaltspunkt, nur in der Hoffnung, dass sie etwas sagen würde, was sie besser nicht gesagt hätte. Sie hatte Lepke ein paarmal bei der Vernehmung von Zeugen oder Verdächtigen erlebt – und es waren immer diese scheinbar nebensächlichen Bemerkungen gewesen, die sein Gegenüber zu irgendeiner unbedachten Reaktion verführt hatten: »Er weiß nicht, dass ich das Auto entdeckt habe« war genau einer dieser Sätze, die einfach selbstverständlich etwas behaupteten, was schlichtweg erfunden war. Es gab kein anderes Auto auf ihrem Grundstück, das er »entdeckt« haben konnte. Aber eventuell hatte er etwas über den Volvo herausgefunden! Lepke war penibel in seiner Arbeit, das wusste sie, und er hatte vier Tage Zeit gehabt, seit die italienische Polizei einen ermordeten Deutschen aus Berlin-Kreuzberg gemeldet und um Unterstützung bei der Ermittlung nachgesucht hatte. Vier Tage, in denen Lepke über alles Mögliche gestolpert sein konnte …

Als er jetzt ungeduldig mit der Hand auf das Dach des Alfas klopfte, sagte sie: »Wir fahren mit deinem Auto. Ich hab kaum noch Benzin.«

Es war besser, wenn möglichst niemand den Alfa auf der Straße zum Hügel sah. Umso weniger Leute würden auf die Idee kommen, dem roten Flitzer später womöglich zum Agriturismo zu folgen. Umso weniger Russen!

Auf der kurzen Fahrt vom Dorf zum Hügel hinauf fragte Anna nicht noch mal, was Lepke mit dem »anderen Wagen« gemeint hatte, er selber sagte auch nichts. Er blickte nur mit zusammengekniffenen Lippen starr auf die Straße, als würden die drei oder vier Kurven seine ganze Aufmerksamkeit erfordern.

Als er dann, ohne den Fuß vom Gas zu nehmen, an dem Feldweg vorüberfuhr, der zu Annas Haus führte, fragte sie irritiert: »Was ist los? Ich denke, du weißt, wo ich wohne? Du bist gerade an der Zufahrt vorbei, du musst da vorne wenden!«

Lepke nickte nur und bremste, um in den nächsten Weg einzubiegen. Als er dann nicht zurücksetzte, sondern durch die Schlaglöcher weiterrumpelte und das hochstehende Unkraut und die Disteln über den Fahrzeugboden kratzten, sagte Anna: »Hallo? Was wird das jetzt? Von hier kommen wir nicht zum Haus! Nur zu der Ruine auf dem Nachbargrundstück.«

»Genau da will ich auch hin.«

»Was?«

»Vielleicht solltest du mal aufhören, mich verarschen zu wollen. Entschuldige die Wortwahl, aber wenn das mit deinem Italiener hier klappt, weil er seinen Job nicht richtig macht, heißt das noch lange nicht …«

»Es reicht, Lepke!« Anna merkte, wie sie kurz davor war, ihn anzubrüllen. »Niemand will dich hier verarschen, und es ist auch nicht *mein* Italiener, merk dir das gefälligst und schenk dir deine blöden Sprüche, ja? – Wenn du etwas wissen willst, dann frag mich. Ansonsten wäre es mir lieber, wenn …«

Diesmal wurde sie von Lepke unterbrochen. »Nicht schlecht, man könnte fast denken, dass du es ernst meinst. Aber ich glaube dir nicht! Ich bin gespannt, was du dir dazu einfallen lässt, um mich von der Idee abzubringen, dass du ganz genau weißt, weshalb wir hier sind. Aber gib dir ein bisschen mehr Mühe als bisher, ja?«

Lepke zeigte auf die halb eingestürzte Scheune vor ihnen. Im selben Moment, in dem der Wagen hielt, sah Anna das niedergetretene Gras der Fußspur, die von der Scheune in gerader Linie zu dem verwilderten Artischocken-Feld oberhalb ihres eigenen Grundstücks führte. Beziehungsweise von ihrem Grundstück zur Scheune. Ohne Frage war das Lepkes Spur, als er sich hier »umgesehen« hatte. Sie selbst war seit Ewigkeiten nicht hier gewesen, ihr Vater hatte mal erzählt, dass das schon lange hoffnungslos verfallene Haus der früheren Nachbarn zum Verkauf stand, samt Scheune und dem Artischockenfeld. Und dass er sich nach irgendeinem Sturm vom Dach des Wohnhauses ein paar Ziegel »ausgeliehen« hatte, um die Schäden an seinem eigenen Haus zu flicken …

Lepke stieg aus und lief vor ihr her auf das Tor zu, um es so weit aufzuschieben, dass das schräg einfallende Sonnenlicht gerade so eben das Heck eines Autos erreichte. Ein Mercedes, der Stern auf der Haube war deutlich zu erkennen. Ebenso wie das Nummernschild über der Stoßstange. Eine Berliner Nummer!

»Und?«, fragte Lepke. »Wie lautet deine Antwort? Was ist das für ein Scheißwagen? Wieso steht ein Mercedes mit einem Berliner Kennzeichen ausgerechnet in der verfallenen Scheune auf dem Grundstück neben deinem Haus? Warte!« Er hob die Hand, bevor Anna noch überhaupt was erwidern konnte. »Ich kann meine Frage auch noch präzisieren, das macht es vielleicht deutlicher, worauf ich hinauswill: Was macht ein Mercedes in dieser Scheune, der auf einen gewissen Willy Schmidt zugelassen ist?«

»W… was?« Anna schüttelte verständnislos den Kopf. Tatsächlich kapierte sie im Moment gar nichts mehr.

»Ich bin nicht doof, Anna! Als ich den Wagen heute Morgen entdeckt habe, habe ich mir aus Berlin den Namen des Halters sagen lassen. Willy Schmidt. Der die gleiche Adresse hatte wie du. Und der jetzt tot in der Gerichtsmedizin in Rimini liegt. Dieser Commissario hier geht davon aus, dass der tote Schmidt mit dem Volvo nach Italien gekommen ist, den sie in der Nähe vom Strand gefunden haben. Und in diesem einen Punkt folge ich ihm, auch wenn ich glaube, dass Dalla Pozza den Fall komplett an die Wand fahren wird, aber nehmen wir doch mal als gegeben an: Schmidt ist mit dem Volvo gefahren, passt. Bleibt jetzt nur die Frage, aus welchem Grund der Mercedes, der ebenfalls ihm gehört, bei dir in der Scheune steht. Nein, stimmt ja gar nicht, es ist ja die Scheune auf dem Nachbargrundstück, das zufällig leer steht und sich deshalb als Versteck bestens eignet…«

Lepke redete ohne Unterbrechung, fast schon hektisch, als wollte er unbedingt vermeiden, dass Anna etwas erwidern würde. Oder ganz und gar den Verdacht bekommen könnte, er hätte vielleicht doch Zweifel an dem, was er da mit zunehmender Verbissenheit formulierte: »Mit anderen Worten, Anna, ihr habt in Berlin im selben Haus gewohnt, du bist offensichtlich mit seinem Mercedes hierhergefahren, er ist ebenfalls hier gewesen, und zwar zur gleichen Zeit wie du, jetzt ist er tot, und du hast sein Auto versteckt und tust so, als wüsstest du von nichts – Entschuldigung, aber du wirst mir ja wohl zustimmen, dass die Zusammenhänge zu offensichtlich sind, um nicht zumindest auf den Verdacht zu kommen, dass du … bis zum Hals in der Scheiße steckst.«

»In der Fischsuppe, sagen wir hier«, erwiderte Anna. »Bis zum Hals in der Fischsuppe.« Sie fühlte sich kaum anders als an dem Morgen, an dem sie Willys Leiche im Pool gefunden hatte. Es war, als würden immer wieder Dinge geschehen, für die es keine Erklärung gab. Und die ganz einfach zu … kompliziert für sie waren! Dieser verdammte Mercedes jetzt, wie kam der überhaupt in die Scheune? Seit wann stand er da? Wer hatte ihn dort versteckt? Willy selber? War er mit diesem Wagen hinter ihr hergefahren? Bislang war sie mehr oder weniger davon ausgegangen, dass er erst in ihrem Pool gelandet war, als er bereits tot war. Dass der Russe oder seine Kompagnons ihn als Leiche hier abgeliefert hatten. Aber eine Leiche fuhr nun mal nicht im Mercedes vor …

Als Lepke ihr einen Vogel zeigte, dachte sie für eine Sekunde, sie hätte laut geredet. Dann wurde ihr klar, dass sich seine Handbewegung auf ihren Satz mit der »Fischsuppe« bezog.

»Pass auf, Lepke«, sagte sie und schluckte. »Lass uns zu meinem Haus fahren und da miteinander reden. Ich brauche Kaffee und … Bitte, ja?«

Lepke schüttelte den Kopf. »Erst will ich eine Antwort. Du kanntest ihn, richtig? Und zwar immerhin so gut, dass er dir sein Auto geliehen hat.« Er zeigte auf den Mercedes, dessen verchromte Stoßstange im Sonnenlicht glänzte.

»Ich kannte ihn, ja. Aber das letzte Mal, dass ich mit ihm gesprochen habe, war in Berlin. Als er mir sein Auto geliehen hat, wie du richtig annimmst. Nur dass es nicht der Mercedes hier war, sondern der Volvo, den sie am Strand gefunden haben.«

»Was?«

»Du hast schon richtig gehört. Ich bin mit dem Volvo hierhergefahren. Von dem Mercedes in der Scheune habe ich bis vor fünf Minuten nichts gewusst, das schwöre ich. – Kaffee?«

Diesmal nickte er. Noch während er auf den Mietwagen zuging, zündete er sich eine Zigarette an. Als sie zurück über den Feldweg rumpelten, zitterte seine Hand so stark, dass er Mühe hatte, den Aschenbecher zu treffen.

In den paar Tagen, in denen Anna nicht am Haus auf dem Hügel gewesen war, hatten die Bougainvilleen an dem Rankgerüst auf der Giebelseite zu blühen begonnen, ebenso die Stauden in den Pflanzkübeln neben dem Eingang, langstieliger Mohn und Oleander. Das ganze Haus schien in einem Meer aus roten, pinkfarbenen und weißen Blüten zu versinken, der Duft, der über dem Vorplatz lag, war unbeschreiblich, Bienen und Schmetterlinge torkelten wie berauscht von einer Pflanze zur nächsten.

Es war nicht schwer zu erraten, wer sich darum gekümmert hatte, die Erde ausreichend zu wässern, auch die Gewürzbeete oben am Pool waren feucht, wahrscheinlich fuhr Gino jeden Morgen hierher, um nach dem Rechten zu sehen, bevor die Hitze zu groß wurde. Wenn Anna sich nicht täuschte, waren es auch seine Gummistiefel, die neben dem Rasenmäher an der Hauswand standen.

Trotz aller Nervosität fühlte sich Anna für einen kurzen Augenblick geborgen, als könnte ihr nichts geschehen, solange die Bienen summten und die Sonne so hoch stand, dass es keine bedrohlichen Schatten gab und alle Konturen scharf umrissen waren.

Lepke äußerte sich mit keinem Wort zu der Idylle, Anna war klar, dass er nur ihre letzten Sätze im Kopf hatte und auf eine Erklärung wartete.

Allerdings sah sie deutlich seinen Blick zu den Gummistiefeln, wahrscheinlich versuchte er einzuschätzen, ob die Größe eher zu Gino oder Rosario passen könnte. Oder zu irgendeinem weiteren Liebhaber von Anna, der noch nicht in Erscheinung getreten war.

Noch während sie dann Kaffee kochte, überlegte sie fieberhaft, was und vor allem wie viel sie Lepke erzählen sollte. Die besten Lügen waren immer die, die möglichst dicht an der Wahrheit blieben, erinnerte sie sich an einen Satz aus einem der Krimis, die sie mit den Freundinnen gelesen hatte. »Merkt es euch gut«, hatte Emilia sie beschworen, »frau weiß schließlich nie, wann sie mal in die Situation kommt, dass eine kleine Lüge ihre letzte Rettung vorm ewigen Höllenfeuer ist.«

Und als würde Emilia direkt neben ihr stehen und ihr »Tits up!« zuflüstern, drehte sie sich jetzt zu Lepke und sagte: »Noch mal von vorne, Lepke: Ich brauchte ein Auto, und es musste schnell gehen. Es war … eigentlich nur ein Zufall, ich kam gerade nach Hause, als Willy Schmidt dabei war einzuparken. Wir haben ein paar Worte miteinander gewechselt, er hat erzählt, dass er als Nebenverdienst mit Gebrauchtwagen dealt. Es war das erste Mal, dass ich mich überhaupt mit ihm unterhalten habe! Ich bin mir auch nicht sicher, ob er es wirklich ernst meinte, als er zum Abschied gesagt hat, wenn ich mal ein Auto brauchen würde, sollte ich ihm Bescheid sagen. Aber als ich wusste, dass ich so schnell wie möglich nach Italien muss, habe ich ihn einfach gefragt. Es war seine Idee, mir den Volvo zu leihen, damit ich gleich am nächsten Morgen fahren konnte. Und es war der Volvo, wirklich, du kannst meine Freundinnen fragen!«

Lepke rieb sich über die Wangen, als würde er noch zögern, die Frage zu stellen, die jetzt unweigerlich kommen musste.

Für einen Moment geriet Anna ins Schwimmen – was genau hatten sie Rosario noch mal erzählt? Dass der Volvo, den er bei ihr vorm Haus gesehen hatte, nicht der Volvo vom Strand in Rimini war. Und dass Tante Nattis Neffe mit Annas Volvo in Neapel war … Aber das würde für Lepke nicht funktionieren, nicht mehr, weil sie ja bereits zugegeben hatte, mit dem Wagen nach Rimini gefahren zu sein! Mit dem Wagen, der auf Willy Schmidt zugelassen war.

Die brodelnde Espressokanne erlöste sie für ein paar Sekunden aus ihrer Zwickmühle, und als sie Lepke die dampfende Tasse in die Hand drückte und vor ihm her auf die Terrasse ging, gab sie die erstbeste Erklärung, die ihr einfiel: »Und er ist mir gestohlen worden. Der dämliche Volvo, meine ich. Hier, vorm Haus. Oder nein, eigentlich eher vorne auf der Wiese mit den Olivenbäumen. Da hatte ich ihn nämlich abgestellt. Und dann war er weg. Klingt unglaubwürdig, ich weiß, aber … Du hast selber mal gesagt, es würde Erklärungen geben, die so idiotisch sind, dass sie kein Mensch glaubt. Und gerade deshalb wären sie wahr!«

Lepke nickte, ohne etwas zu erwidern.

»Und nein«, machte Anna weiter, »ich habe den Diebstahl nicht angezeigt, du brauchst gar nicht erst zu fragen. Ich wollte, klar, aber genau da kam die Nachricht von der Leiche im Liegestuhl, die sie bereits identifiziert hatten. Und es wäre ja wohl mehr als dämlich von mir gewesen, ihnen jetzt auf die Nase zu binden, dass ich den Toten nicht nur kannte, sondern auch noch mit seinem Auto unterwegs gewesen war, aber keine Ahnung davon hatte, dass er selber ebenfalls hier war. Wer um alles in der Welt hätte mir das glauben sollen? Und als sie dann Willy Schmidts Volvo in der Nähe vom Strand gefunden haben, musste es ohnehin niemanden mehr interessieren, dass er mir vorher gestohlen worden war!«

»Von der Wiese mit den Olivenbäumen?«

»Ja, habe ich doch gesagt. Ist doch irre, oder? Und ich habe keine Ahnung, wie das alles zusammenhängt! Der Mercedes in der Scheune drüben macht es jetzt nur noch verrückter. Wobei es natürlich sein könnte, dass das der Wagen ist, mit dem Willy Schmidt hierhergefahren ist. Ich weiß nur beim besten Willen nicht, warum er mir gefolgt sein sollte! Oder woher er überhaupt die Adresse kannte, ich hatte nur gesagt, dass ich nach Rimini muss.«

Lepke zündete sich eine neue Zigarette an, obwohl er die letzte gerade erst zwischen den Fugen der Steinplatten auf der Terrasse ausgedrückt hatte. Ich rede zu viel, dachte Anna, ich muss ihm die Rückschlüsse überlassen. Egal wie fähig er als Ermittler ist, er ist immer noch ein Mann, und das heißt, dass er nur das glaubt, worauf er selber gekommen ist. Oder wovon er zumindest denkt, dass es auf seinem eigenen Mist gewachsen wäre.

»Gut«, sagte Lepke wie aufs Stichwort. »Er ist dir also gefolgt. Und zwar ohne dein Wissen, er wollte nicht, dass du etwas davon mitbekommst. Er hat den Mercedes versteckt und sich deinen Volvo genommen. *Seinen* Volvo. Damit ergibt zumindest die Tatsache einen Sinn, dass das Auto nicht weit vom Strand gefunden wurde. Neben dem Apartmenthaus, zu dem ein Swimmingpool gehört, der zwar von einer Mauer umgeben ist, aber es gibt eine Tür – und das Schloss an der Tür ist kaputt! Wer das weiß, kommt problemlos aufs Grundstück. Die Untersuchung in der Gerichtsmedizin wird noch zeigen, ob das Wasser in Schmidts Lunge aus diesem Pool stammt, aber ich bin fast davon überzeugt. Das könnte jedenfalls alles passen. Uns fehlt nur das Motiv, weshalb ihn jemand umgebracht hat! Und das bringt mich zurück zu der Frage, warum er dir heimlich hierher gefolgt ist … Hattet ihr was miteinander? Also, ich meine …«

»Ich weiß, was du meinst, deine Frage war eindeutig. – Nein, hatten wir nicht.«

Lepke nickte wieder, ganz kurz machte sein Gesicht den Eindruck, als hätte er darauf gehofft, dass sie diese Antwort geben würde. Nein, dachte Anna gleich darauf, diesmal habe ich mich geirrt, er hat meine Antwort erwartet, er weiß noch etwas, wovon er bislang nicht gesagt hat …

»Wir haben uns ein bisschen in Schmidts Wohnung umgesehen, in Berlin, die Adresse kennst du ja. Dabei habe ich die Kaufverträge für diverse Autos gefunden, das deckt sich mit deiner Aussage, dass er da einen kleinen Nebenerwerb hatte. Die meisten Wagen waren von privat gekauft, eBay-Anzeigen, mobile.de, autoscout, was weiß ich, ist auch egal, nur der Volvo war von einem Autohändler in Britz, Hermannstraße ganz runter, ehemalige Tankstelle, aber ein ziemlich großes Gelände, bestimmt dreißig, vierzig Autos, alles eher schwere Wagen, die meisten deutlich teurer als der Volvo.« Lepke blickte Anna mit einem undefinierbaren Lächeln an. »Und?«

»Was und? Was meinst du?«

»Willst du gar nicht wissen, woher ich das so genau weiß?«

Anna zuckte mit den Schultern. »Du bist da gewesen, um dir den Platz anzusehen?«

»Nein, das wäre dann vielleicht doch ein wenig übertrieben. Aber musste ich auch gar nicht, ein Anruf bei den Kollegen hat gereicht, die von der Wirtschaftskriminalität haben den Platz schon länger auf dem Kieker, und zwar im Zusammenhang mit der russischen Mafia in Berlin. Sie sind sich ziemlich sicher, dass der Autohandel nur eine Tarnadresse ist und es dabei in Wirklichkeit um Geldwäsche geht. Und zwar …«

»Heißt das, der Autohändler ist … ein Russe?«, unterbrach ihn Anna mitten im Satz.

Lepke nickte. »Ja, drei Russen, um genau zu sein, zwei davon sind Brüder. Sagt dir das irgendwas? Hat Schmidt vielleicht mal irgendeine Andeutung gemacht, irgendwas, was du nicht weiter beachtet hast, weil es dir nicht wichtig erschien?«

Anna merkte, wie ihr eine Gänsehaut über den Rücken kroch. Das ist es also, dachte sie. Das ist die Verbindung, nach der wir gesucht haben!

2. Kapitel

Gino war in dem Moment aufgetaucht, als Anna sich gerade zu der Behauptung verstiegen hatte, nichts von irgendwelchen Russen zu wissen. Obwohl ihr das Herz dabei bis zum Hals hinauf schlug!

»Jedenfalls hat Schmidt nichts davon gesagt, ich habe aber auch keine Ahnung, mit wem er so zu tun hatte – ich wusste nicht viel von ihm, ich weiß ja bis heute nicht, was er überhaupt gearbeitet hat.«

Lepke hatte erst genickt. Und dann mit dem Kopf geschüttelt und unwillig den Mund verzogen, als würde Annas Antwort es ihm nur noch schwerer machen, wenigstens eine halbwegs sinnvolle Theorie zu entwickeln. »Er könnte auch vorgehabt haben, sich bei dir zu verstecken! Weil die Russen in Berlin hinter ihm her waren, das wäre zumindest eine Möglichkeit. Aber um auf deine Frage zu antworten, was er eigentlich war …«

Im selben Moment hatten sie das Auto draußen gehört. Und Lepkes Hand war unwillkürlich zu der Stelle gezuckt, an der er normalerweise seine Waffe trug. Die er aber als deutscher Polizist in Italien hatte abgeben müssen und die samt Munition sicher verwahrt im Safe der Questura lag.

Und dann war auch schon Gino auf die Terrasse gepoltert und hatte Lepke mit seinem Blick mehr oder weniger massakriert, bevor er zu Anna sagte: »Ich bin wegen dem Feuerlöscher hier. Die Überprüfung ist fällig! Du weißt ja, dass die Dinger irgendwann nicht mehr funktionieren, wenn sie nicht regelmäßig gewartet werden.«

»Aber ich habe doch gar keinen …«, hatte Anna angesetzt,

war aber von Ginos ständigem Zwinkern so irritiert, dass sie nur sagte: »Keine Ahnung, wo hier ein Feuerlöscher ist.«

»Ich guck mich mal um. Sonst alles okay? Oder brauchst du Hilfe?«

»Nein, ich komme klar, tutto bene.«

Gino hatte ein wenig unzufrieden gewirkt und sich nicht von der Stelle gerührt. Als Anna ihm einen Espresso anbot, blieb er mit seiner Tasse schräg hinter Lepke stehen und pustete so geräuschvoll über den Kaffee, dass Lepke sich genervt umdrehte.

»Du wolltest nach dem Feuerlöscher gucken«, erinnerte ihn Anna schließlich.

»Stimmt. Il estintore! Vielleicht hat dein Vater ja sogar mehrere im Haus. Wahrscheinlich sogar, war ja ein vorsichtiger Mann. Molto prudente. Kann also ein bisschen dauern, aber du weißt ja, dass ich gleich nebenan bin, wenn irgendwas ist.«

»Danke, Gino, ja!«

Als Gino betont langsam in die Küche schlappte, fragte sich Anna, ob Emilia wohl wusste, was ihr Göttergatte gerade anstellte. Und ob sie selbst bislang vielleicht zu naiv gewesen war, was Gino und seine Hilfsbereitschaft anging. Gino, der auch schon bereit gewesen war, jederzeit für sie zu springen, als sich noch kein Bauchansatz über seinem Hosengürtel wölbte und seine Schläfen noch nicht in verräterischem Grau schimmerten. Das jetzt war jedenfalls deutlich mehr als nur Fabias: »Du weißt, dass er heimlich in dich verschossen ist, oder?« Und heimlich war es auch ganz bestimmt nicht mehr …

Kurz darauf war von draußen wieder ein Motor zu hören gewesen.

»Fährt er wieder?«, hatte Lepke hoffnungsvoll gefragt.

»Das ist ein anderes Auto. Es kommt noch jemand!«

Rosario hatte sich dann nicht erst lange mit irgendeiner Form von Begrüßung aufgehalten, sondern noch in der Tür gefragt: »Ist alles in Ordnung hier? Oder gibt es Probleme?«

Und Anna hatte sich gewundert, dass Lepke angesichts der neuen tödlichen Blicke, die ihn regelrecht an die Wand nagelten, überhaupt in der Lage gewesen war zu erwidern: »Die Feuerlöscher sind irgendwo im Haus, wir wissen aber leider nicht genau, wo. Am besten wird es sein, wenn du dich mal ein bisschen umguckst. Aber sei lieber vorsichtig, wir haben die ganze Zeit schon so komische Geräusche gehört, als wäre noch jemand im Haus. Ein Einbrecher vielleicht. Gut, dass du deine Waffe dabeihast!«

Sie hatten gewartet, bis sie Rosario und Gino miteinander reden hörten. Dann hatte Anna sich den Finger auf die Lippen gelegt und Lepke mit einer Kopfbewegung bedeutet, dass er ihr folgen sollte.

Bis zum Dorf hatten sie keine zwanzig Minuten gebraucht. Der Pfad zwischen den Wiesen war allerdings so steinig, dass sich Lepke die Schuhe für immer ruiniert hatte, was seine Laune nicht unbedingt besser machte. Schließlich waren sie mit dem Alfa nach Fossombrone gefahren. Unbemerkt von irgendwelchen Dorfleuten, wie Anna hoffte. Und Rosario würde eher in Rimini nach ihnen suchen, während Gino ohnehin zurück ins Bistro musste, sonst würde Emilia ihm die Hölle heißmachen.

Jetzt saßen Anna und Lepke in der Pizzeria an der Kreuzung zur Ortsmitte, von der Straße her durch die Oleanderbüsche gut vor neugierigen Blicken geschützt, mit den bunten Lampions zwischen den Zweigen und der rot-weiß gestreiften Markise über sich. Die Bedienung war neu und kannte Anna noch nicht, sie hielt sie und Lepke eindeutig für ein Touristenpärchen, Anna sah, wie sie ihnen unauffällig die Karte mit den höheren Preisen vorlegte, sagte aber nichts.

Lepkes Speisekarten-Italienisch war recht passabel, er wusste sogar, dass »pendolini« Cocktailtomaten waren. Dann allerdings versuchte er ein bisschen angeberisch, auf Italienisch zu bestellen, ohne die Karte zu Hilfe zu nehmen – und so wurde aus »Piatto misto di carne«, dem gemischten Fleischteller, leider ein Teller mit Hund, »Piatto misto di cane«. Und auch als die Bedienung seine Bestellung überdeutlich wiederholte – »di cane?« –, nickte er nur: »Sì, sì, prego! – Was ist? Worüber lachst du, Anna?«

Anna wartete, bis die Bedienung im Lokal verschwunden war, bevor sie Lepke aufklärte.

»Na, dann hoffen wir mal besser, dass sie mir jetzt nicht wirklich gebratenen Hund vorsetzen.«

»*Du* solltest das hoffen«, kicherte Anna, »ich habe ja nur Pizza bestellt.«

Die Stimmung zwischen ihnen hatte sich geändert, es war fast, als hätte ihre überstürzte Flucht durch die Wiesen und Felder von Isola di Fano sie zu Komplizen gemacht, die jetzt gar nicht anders konnten, als einander zu vertrauen. Lepke und Anna allein gegen den Rest der Welt. Also zum Beispiel gegen Rosario und Gino. Und insbesondere natürlich gegen alle Russen, die in und um Rimini herumlungerten.

Anna musste aufpassen, dass sie nicht zu albern wurde, die ersten paar Schlucke, die sie von dem Weißwein genippt hatte, stiegen ihr bereits zu Kopf. Wenn Lepke sie zumindest für den Moment aus der Liste seiner Verdächtigen gestrichen zu haben schien, blieb doch immer noch der Schock über seine Aussage, dass Willy Schmidt den Volvo bei einem russischen Autohändler gekauft hatte. Und dass dieser Händler wegen möglicher Geldwäscheaktivitäten unter Beobachtung des Dezernats für Wirtschaftskriminalität stand. Womit es jetzt zum ersten Mal auch einen möglichen Zusammenhang mit dem Geld im Volvo gab. Und mit dem Russen auf der Santa Maria!

Anna blickte sich um, als könnte hinter jedem Busch jemand lauern, der nur darauf wartete, mit gezücktem Messer hervorzuspringen. Aber außer der Familie mit den zwei unentwegt plärrenden Kleinkindern am Nachbartisch und dem einsamen Gast in der Ecke unter dem flimmernden Fernseher an der Wand war niemand zu sehen.

Annas Entscheidung fiel so schnell, dass sie selber kaum wusste, was sie tat. Geschweige denn mehr als nur einen flüchtigen Gedanken an die Konsequenzen verschwendet hatte – es war egal, sie brauchte Lepke, um aus dem ganzen verfluchten Borschtsch-Eintopf wieder rauszukommen, sie würde ihm alles erzählen. Oder zumindest erst mal die Sache mit dem Geld. Und dem Russen auf der Santa Maria. Den toten Willy sollte sie sich vielleicht doch lieber noch aufheben, bis sie einschätzen konnte, wie Lepke überhaupt reagieren würde.

»Hör zu«, sagte sie und streckte die Hand aus, um Lepkes Arm zu berühren, »es gibt da etwas, was ich dir noch nicht erzählt habe. Vielleicht ist jetzt der richtige Moment, um …«

Lepke nickte, bevor sie ihren Satz zu Ende bringen konnte.

»Gilt auch für mich. Ich muss dir auch noch was sagen. Aber erst mal brauche ich eine Zigarette! Glaubst du, es reicht, wenn ich mich da drüben an die Hecke stelle? Oder muss ich auf die Straße raus, damit sich keiner beschwert?«

»Hecke reicht.«

»Du willst nicht …?« Er hielt ihr die offene Packung hin.

Anna schüttelte den Kopf. Lepke nahm seine Zigaretten und sein Glas, sie wartete, bis er an der Hecke stand und ihr den Rücken zudrehte. Dann griff sie nach ihrem Handy und tippte hastig eine Nachricht an die Freundinnen: *Keine Panik, ich habe alles im Griff. Aber sagt nichts von dem Volvo, falls Lepke danach fragen sollte. Weder von dem einen Volvo noch von dem anderen! Ich erkläre es euch später. Ich melde mich! Vi amo, Anna.*

Nur so würde es gehen, dachte sie, alles andere war Quatsch. Sie konnte Lepke gar nicht einweihen, das wäre ein Verrat an ihren Freundinnen. Sie würden das gemeinsam durchstehen und auch zu einem Ende bringen. Ohne dass sie dazu männliche Hilfe benötigten. Außerdem hatte sie ja gerade erst selber erlebt, wozu es führte, wenn man, nichts Böses ahnend, zum Beispiel den neuen Nachbarn um einen Gefallen bat. Das reichte fürs Erste. Und mal ganz davon abgesehen, dass sie als Nächstes weder Gino noch Rosario oder ganz und gar Lepke tot in ihrem Pool finden wollte, galt ohnehin: Je weniger Leute etwas wussten, umso besser. Und zwar nicht nur für Anna und ihre Freundinnen.

Sie griff nach der Karaffe und schenkte sich das Glas wieder voll. »Tits up!«, sagte sie laut zu sich selbst und stand auf. Sie wollte eben zu Lepke hinüberlaufen, als ihr Handy eine Nachricht meldete. Emilia!

Es ist immer gut, alles im Griff zu haben. Aber pass ein bisschen auf, fass ihn nicht zu hart an. Und eine Reihe zwinkernder Smileys. Keine zwei Sekunden später poppte schon die nächste Nachricht auf. *Sagst du uns freiwillig, wo ihr gerade seid? Oder müssen wir investigatore spielen?*

Anna gab keine Antwort.

Als sie neben Lepke trat, ließ sie der Gedanke, dass ihre Freundinnen ihnen Gesellschaft leisten würden, wieder leise kichern. Lepke hatte ja keine Ahnung, was ihm gerade entging! Aber vielleicht war es auch besser so.

»Darf ich?« Sie griff schon nach Lepkes Zigarette, bevor er noch eine Antwort geben konnte.

»Bist du öfter hier?«, fragte Lepke, während er sich mit breitem Grinsen eine neue Zigarette ansteckte.

Anna nickte. »Schon als Kind, immer wenn wir zu Besuch bei meiner Oma waren. Großes Familientreffen, mit allen Onkels und Tanten und massenhaft Kindern. Die Terrasse gab es auch damals schon, nur ohne Überdachung. Und natürlich auch ohne den dämlichen Fernseher da in der Ecke! Aber meistens sind sowieso alle auf den Festplatz rüber, um dort zu spielen. Das ist die große Wiese neben der Straße, wo wir parken.«

»Habe ich gesehen, ja. – Aber du bist in Berlin aufgewachsen? Also da auch zur Schule gegangen und …«

»Meine Eltern hatten ein italienisches Restaurant in der Karl-Marx-Straße, nicht weit vom Rathaus Neukölln.«

»Echt, du kommst aus einer Pizzeria?«

»Nein, aus einem italienischen Restaurant, das ist ein großer Unterschied.« Anna merkte, dass sie gerade den Platz ihres Vaters einnahm und quasi in seinem Namen die Ehre der italienischen Kochkunst verteidigte. Um die ungewollte Schärfe ihrer Antwort ein wenig abzuschwächen, setzte sie lächelnd hinzu: »Bei uns gab es nämlich auch Spaghetti Bolognese! Und manchmal sogar zart gebratenen Hund als kleine Referenz an den echten Buletten-Berliner.«

Lepke verdrehte die Augen. »Ich merke es mir«, versprach er. »Und dann sind deine Eltern aber zurück nach Italien?«

»Nur mein Vater. Nach der Scheidung von meiner Mutter. Die übrigens immer noch in Kleinmachnow lebt, und auch immer noch mit dem äußerst unangenehmen Typen, wegen dem sie sich damals hat scheiden lassen. Reicht dir das erst mal als kleine Antonelli-Familienchronik, oder willst du noch mehr wissen?«

»Entschuldigung, es war nicht … Ich wollte nur …«

»Schon gut, Lepke. Alles okay. Aber mach dich darauf gefasst, dass ich auch noch ein paar Fragen an dich habe, ich brauche nur dringend etwas zu essen, sonst …« Sie hob ihr Glas, das bereits wieder leer war. Als wäre das Erklärung genug, dass sie kurz davor war, irgendetwas Dummes zu sagen oder zu tun.

Lepke nickte zu ihrem Tisch hinüber. »Das Essen kommt gerade.«

»Und keine Minute zu früh.«

Die letzten Sonnenstrahlen ließen die Terrasse des Restaurants und die Fassaden der umliegenden Häuser noch einmal in warmen Farben aufleuchten, dann wechselte das Licht zu der typischen Vorabend-Stimmung, die Anna so sehr liebte. Wenn es immer noch warm genug für ein leichtes Sommerkleid war, während in den Grasbüscheln die Grillen zu zirpen anfingen und die Schatten der Nacht ganz langsam aus den Ecken und Winkeln der Mauern hervorgekrochen kamen.

Auch die Karaffe auf dem Tisch war jetzt leer, Anna schob sich gerade den letzten Bissen Pizza in den Mund, als Lepke unvermittelt fragte: »Was wolltest du mir vorhin eigentlich sagen?«

»Was? Ach so, nein, nichts weiter, egal.«

Er blickte sie weiter fragend an. »Es schien aber wichtig zu sein«, insistierte er.

»So wichtig, dass du erst mal eine rauchen musstest, ja?«, reagierte Anna prompt, um ihn von seiner Frage abzulenken.

»Nein, das hatte eher etwas damit zu tun, dass ich … Entschuldige, Anna, es sollte nicht unhöflich sein. Ich wusste nur nicht … ich wollte …«

Jetzt war es Anna, die ihn fragend anblickte. So hilflos stammelnd hatte sie Lepke noch nie erlebt, jedenfalls nicht, dass sie sich erinnern konnte.

»Was, Lepke? Ich möchte es gerne wissen. Was wolltest du?«

»Dir auch etwas sagen.«

Im selben Moment ahnte Anna, was jetzt kommen würde. Sie war sich nicht ganz sicher, ob sie es wirklich hören wollte, aber es war bereits zu spät, sie hatte Lepke offensichtlich Mut gemacht …

»Also, ich weiß nicht so richtig, wie ich es formulieren soll, und ich hoffe, du verstehst das nicht falsch, aber es ist eigentlich schon so, seit du damals bei uns angefangen hast, du weißt schon, dieser Fall mit dem Fünfzehnjährigen, der dir dann gleich in eurem ersten Gespräch erzählt hast, dass er seine kleine Schwester umgebracht hatte, und das war ja mein Fall, also der Tod von dem Mädchen, und …«

»Lepke! Ganz ruhig jetzt, ja?« Anna griff über den Tisch hinweg nach seiner Hand. Und Lepke biss sich auf die Unterlippe und – wurde rot! Als er die Augen verdrehte, dachte Anna, er würde jeden Moment in Ohnmacht fallen, aber dann sah sie, wie sein Oberkörper zu beben begann – Lepke lachte!

»Schön blöd von mir!«, stieß er hervor. »Du musst mich ja für komplett bescheuert halten, du hast es natürlich längst gewusst, oder? Wann? Seit wann weißt du, dass ich … dir hoffnungslos verfallen bin? So sieht es nämlich aus, Anna! Ich bin bis über beide Ohren in dich verknallt.« Er nickte, als wollte er seine Aussage nochmals bestärken. »Und es war so deutlich, die ganze Zeit schon? Dabei habe ich mir echt Mühe gegeben, mir nichts anmerken zu lassen, und ich dachte, das wäre mir auch gelungen. Von wegen fang bloß nichts mit Arbeitskollegen an und so, äh, Kolleginnen natürlich, du weißt schon, wie ich's meine … Also los, was hat mich verraten?«

»Der Espresso.«

»Was? Wieso?«

»Du hast mir jeden Morgen einen Espresso von der Maschine im Gang mitgebracht.« Anna musste lächeln, als sie sich daran erinnerte, wie sehr er bemüht gewesen war, ihr die Tasse quasi im Vorbeigehen und nur mit einem kurzen Nicken auf den Schreibtisch zu stellen, als wäre es selbstverständlich, dass er – wenn sie schon zusammenarbeiteten – nicht nur für sich Kaffee holen würde …

»Ja, und? Nur eine kleine Geste unter Kollegen, sonst nichts.«

»Aber du hast genau zwei Anläufe gebraucht, bis du kapiert hast, dass ich meinen Espresso immer erst kalt werden lasse, bevor ich ihn trinke. Von da an hast du ihn schon geholt, bevor ich ins Büro kam, damit er auch wirklich kalt war und ich ihn sofort trinken konnte. Es sind immer die Kleinigkeiten, die einen verraten, Lepke, das solltest du am besten wissen! Und natürlich habe ich mir denken können, dass die Blumen, die ab und zu auf der Fensterbank standen, ganz sicher weder von Marcel noch von Weber kamen. Genauso wie die Postkarte an meiner Pinnwand mit dem Witz über Freud. Weil nur du mitgekriegt haben konntest, dass ich von den eingeschworenen Freudianern eher nicht so überzeugt bin. Und, und, und, Lepke, all die kleinen Aufmerksamkeiten, natürlich habe ich das bemerkt. Und …«

»Und?«

»Und ich habe mich darüber gefreut, es hat mir gutgetan, frag nicht, wie ich all das vermisst habe, wenn du im Urlaub warst!«

»Und warum hast du nie etwas gesagt? Oder mir wenigstens mal zu verstehen gegeben, dass …«

»Weil man nun mal mit Arbeitskollegen nichts anfängt«, schnitt ihm Anna das Wort ab.

»Aber das heißt … Also, ich meine …«

»Wir sind ja jetzt keine Arbeitskollegen mehr.«

Lepke starrte sie mit offenem Mund an, als hätte sie ihm gerade ein eindeutiges Angebot unterbreitet. Dann nickte er so eifrig wie ein Schuljunge, dem die Lehrerin, in die er heimlich verliebt war, erlaubt hatte, ihr die Aktentasche bis nach Hause zu tragen.

»Das heißt, du verdächtigst mich nicht mehr?«, fragte Anna geradeheraus.

Von einer Sekunde zur nächsten war Lepke wieder der Polizist, der bei einer solchen Frage alles Private ausblendete und rein professionell reagierte: »Es gibt da nach wie vor ein paar Ungereimtheiten, die mir nicht gefallen. Aber wir wissen beide, wie oft bei einer Ermittlung plötzlich irgendwelche Nebenschauplätze auftauchen, die scheinbar in einem Zusammenhang stehen. Aber eben auch nur scheinbar. Du bist mit Schmidts Auto hierhergefahren, und er ist dir gefolgt, allerdings ohne dass du etwas davon wusstest – aber das sind genau die Fehlfährten, die ich meine. Tatsächlich denke ich, dass wir ganz woanders suchen müssen! Die Verbindung zur Russen-Mafia in Berlin, verstehst du? Und damit kommt vielleicht doch der Volvo wieder ins Spiel, dass es Schmidt um den Volvo ging, dass er deshalb hinter dir her ist. Ich werde das Ding morgen hier in der KTU höchstpersönlich in alle Einzelteile zerlegen lassen, bis ich etwas finde. Und ich bin überzeugt …«

»Anna, Täubchen, da seid ihr ja!« Emilia kam mit ausgebreiteten Armen quer über die Terrasse auf sie zugeeilt, mit Fabia und Tante Natti im Schlepptau, die kaum weniger euphorisch über ihre detektivische Glanzleistung waren, mit der sie Anna endlich aufgestöbert hatten.

»Du hast es uns nicht leicht gemacht!«, erklärte Fabia. »Wir dachten erst, wir finden euch in Rimini, im ›Il Faro‹, aber Tante Natti meinte …«

»… dass du wohl kaum so dumm sein würdest, dich ausgerechnet mitten auf den Präsentierteller zu setzen, wenn es darum geht, den übereifrigen Rosario loszuwerden! Sondern dass wir eher irgendwo nach dir suchen sollten, wo dich Rosario nicht gleich vermutet.«

»Im Agriturismo, zum Beispiel«, flötete Emilia, um sich gleich darauf die Hand vor den Mund zu schlagen. »Ups! Das hätte ich jetzt vielleicht nicht erwähnen sollen im Beisein von einem Polizisten! Aber egal, Fabia hat ja gleich gesagt, dass ihr bestimmt etwas anderes essen wollt als Tiefkühlpizza, bevor ihr, na, ihr wisst schon …«

»Und dann sind wir auf Fossombrone gekommen«, brachte Fabia den Bericht zu Ende. »Weil ihr ja früher immer eure Familienfeiern hier hattet und …«

»Und weil es von hier auch nicht so weit bis zum … Nein, ich sag's nicht noch mal!« Emilia klimperte mit den Wimpern. »Wir wollen ja auch nicht, dass gewisse Leute hier auf falsche Gedanken kommen.«

»Aber wollt ihr euch vielleicht setzen?«, fragte Anna. »Und wir bestellen noch was zu trinken?« Es war klar, dass die Freundinnen nicht so ohne Weiteres wieder verschwinden würden, also konnten sie auch gleich Lepke ein bisschen kennenlernen. Anna war gespannt, wie ihr Urteil hinterher ausfallen würde. Nur eine Sache musste sie vorher noch klären. »Habt ihr meine Nachricht …?«

»Naturalmente!«, flötete Emilia und hielt sich den Zeigefinger vor den Mund. Um dann hinzuzusetzen: »Ich habe auch gleich zu den anderen gesagt, dass es wirklich unfair ist, dass wir nicht bei der Polizei sind! Dann hätten wir bloß dein Handy zu orten brauchen und wären schon viel früher hier gewesen! – Stimmt doch, Herr Kommissar, oder?« Sie zog sich einen Stuhl heran und setzte sich so dicht neben Lepke, dass er vergeblich versuchte, ihrem augenklimpernden Charme zu entgehen. »Das machen Sie doch so, Handy orten und so. Oder Sie schummeln einen kleinen Sender unter das Auto und wissen immer, wo der ist, hinter dem Sie gerade her sind. Sie benutzen auch Kameras, die kaum größer sind als ein Stecknadelkopf, irre, was Sie bei der Polizei alles haben!«

»Haben wir im Krankenhaus auch«, erklärte Fabia, während sie sich auf die andere Seite von Lepke setzte. »Diese kleinen Kameras, meine ich. Zur Magenspiegelung, zur Darmspiegelung, zur Blasenspiegelung. Wobei Letzteres gerade für Männer äußerst unangenehm ist, habe ich mir sagen lassen, obwohl die Kamera so winzig ist.«

»Bitte, Fabia, ja, achte auf dein Benehmen!«, mischte sich jetzt Tante Natti ein. »Keine schmutzigen Details, so gut kennen wir ja den Kommissar aus Deutschland noch nicht, da wollen wir doch lieber ein wenig zurückhaltend sein.«

Anna fand es langsam an der Zeit, die Charmeoffensive der Freundinnen zu stoppen. »Apropos kennen«, sagte sie mit einem Lächeln zu Lepke hinüber, »wenn ich euch mal kurz vorstellen darf. Also, das ist Emilia, die heimliche Königin von Isola di Fano und nebenher auch noch Ginos Frau, aber ihr seid euch ja bereits in dem Bistro begegnet, und auf deiner anderen Seite, Lepke, hast du Fabia, Narkoseärztin aus Rimini und verhinderte Rennfahrerin – komm bloß nie auf die Idee, bei ihr mitfahren zu wollen, oder lass dir vorher wenigstens ein paar Beruhigungspillen von ihr geben! Und direkt neben mir haben wir Natalia, unter Freundinnen auch Tante Natti genannt, unsere frühere Lehrerin aus Fossombrone, leg dich nicht mit ihr an, sonst lässt sie dich nachsitzen und du musst hundertmal den Satz schreiben: ›Ich will nie wieder frech sein.‹ So, und alle drei sind meine Freundinnen, und zwar die besten Freundinnen, die sich irgendjemand wünschen kann, bessere gibt's nicht. Wartet!« Anna hob die Hand, als alle drei Freundinnen gleichzeitig etwas sagen wollten. »Ich bin ja noch nicht fertig! Kommen wir also zu Lepke, meinem Kollegen, nein, meinem Ex-Kollegen aus Berlin, der …«

»Der morgen wieder nach Hause fährt«, dröhnte eine volltönende Stimme in ihrem Rücken. »A casa! In Germania!«

Niemand von ihnen hatte Rosario bemerkt, womöglich hatte er schon eine ganze Weile in der Tür zum Innenraum gestanden. Jetzt kam er mit schnellen Schritten zu ihrem Tisch, den Zeigefinger wie eine Pistole auf Lepke gerichtet. »Capisci?«

»Nix capisco«, erwiderte Lepke. »Was ist los, was heißt das, ich würde morgen wieder nach Hause fahren, wieso?«

»Genau«, unterstützte ihn Emilia. »Und wo kommst du überhaupt her? Woher weißt du, dass wir …«

»Bin hinter euch hergefahren«, blaffte Rosario. »War nicht so schwierig. Dein rechtes Rücklicht funktioniert übrigens nicht«, er drehte sich kurz zu Fabia, »das musst du in Ordnung bringen lassen, sonst stelle ich dir höchstpersönlich einen Strafzettel aus.«

»Na, du sprühst ja geradezu vor guter Laune«, stellte Tante Natti fest. »Rosario Dalla Pozza, würdest du uns bitte sagen, was der Grund für deinen höchst unpassenden Auftritt hier ist?«

»Er muss wieder fahren. Morgen. Domani.« Wieder wanderte der ausgestreckte Zeigefinger zu Lepke. »Der Fall ist gelöst. Wir brauchen dich hier nicht mehr.«

»Der Fall ist … gelöst?«, stammelte Lepke. »Aber wieso, ich meine, hast du den Täter, gibt es ein Geständnis …?«

Rosario warf sich in die Brust. Als er sich sicher war, dass er nicht nur Lepkes Aufmerksamkeit hatte, sondern auch die Frauen an seinen Lippen hingen, beugte er sich vor und flüsterte vertraulich: »Es ist noch nicht offiziell, aber für morgen Vormittag ist bereits eine Pressekonferenz angesetzt. Die Untersuchung aus dem Gerichtsmedizinischen Institut liegt vor. Das Wasser in der Lunge stammt höchstwahrscheinlich aus dem Pool der Ferienanlage am Strand. Da, wo auch sein Auto stand.«

»Höchstwahrscheinlich?«, hakte Lepke ein. »Was heißt das?«

»Siebzig Prozent, vielleicht achtzig. Um das genauer zu bestimmen, müssten wir alle Pools in Rimini untersuchen, sowohl von den Hotelanlagen als auch den Privathäusern. Aber dazu fehlen uns die Kapazitäten, also sind wir mit dem vorliegenden Ergebnis zufrieden. Capito?«

»Wie, capito? Damit ist doch der Fall noch nicht gelöst!«

»Täter?«, fragte Fabia.

»Motiv?«, fragte Emilia.

»Die fünf Ws«, kam es mit hochgezogenen Augenbrauen von Tante Natti, während sie die Finger zu Hilfe nahm, um aufzuzählen: »Wer hat was, wann, wo und warum gemacht? Also, Rosario Dalla Pozza, wir hören!«

»Eifersucht«, erklärte Rosario. »Rache. Vendetta! Dieser Deutsche da hat was mit einer Touristin gehabt. Ein heftiges … Techtelmechtel, una relazione amorosa. Die Frau war allerdings verheiratet. Und ihr Mann hat sie in flagranti erwischt. Unten am Pool, wo sie gebadet haben, nackt, nachdem sie im Poolhaus miteinander …« Er machte eine eindeutige Handbewegung. »Alles Weitere erklärt sich von selbst, Fall gelöst, du kannst nach Hause fahren, collega! Um 6.35 Uhr geht ein Zug ab Ancona, Abfahrt in Rimini 7.58 Uhr, über Bologna, umsteigen in Milano. Am Abend bist du zu Hause.«

»Sag mal, willst du mich verarschen?« Lepke erhob sich halb, Emilia griff nach seinem Arm, um ihn zurückzuziehen.

»Und diese Frau und ihr Mann?«, fragte Fabia. »Die habt ihr beide? Und der Mann hat den Mord gestanden?«

»Natürlich nicht«, erklärte Tante Natti. »Das hat er sich doch gerade ausgedacht. Genauso wie damals mit dem Aufsatz, als er über sein schönstes Ferienerlebnis schreiben sollte und die Geschichte dann von vorne bis hinten erstunken und erlogen war!«

»Wir haben Zeugen«, behauptete Rosario ungerührt. »Da gibt es mehrere Urlauber aus den Apartments, die in der Nacht von Mittwoch auf Donnerstag etwas gehört haben, unten am

Pool. Wir vernehmen die Leute morgen noch mal auf der Questura. Es wird sich rausstellen, dass alles so war, wie ich es euch gerade erklärt habe.«

»Aber dieses Ehepaar«, setzte Fabia an, »also ich meine, die Frau, die blöd genug war, es gewissermaßen genau vor der Nase ihres Mannes mit einem anderen zu treiben, und der gehörnte Ehemann, der dann deshalb den Tauchlehrer gespielt hat – die sind jetzt wo?«

»Die kriegen wir noch, sind schon zur Fahndung ausgeschrieben«, versprach Rosario, um im nächsten Moment die Hand nach Anna auszustrecken und zu sagen: »Ich bringe dich jetzt nach Hause, komm!«

Für eine Sekunde dachte Anna, Rosario wollte einen Witz machen, aber er wedelte nur ungeduldig mit den Fingern: »Avanti. Dai, dai! Tempo, Tempo!«

»Geht's noch?«, fragte Anna und tippte sich an die Stirn.

Tante Natti blickte zu Emilia und Fabia. »Mädchen, ihr wisst, was zu tun ist! Commissario Dalla Pozza möchte jetzt gehen. Und zwar alleine. Setzt ihn bitte in sein Auto und passt auf, dass er wirklich verschwindet.«

»W… W… Was?«, stotterte Rosario noch, als ihn Emilia bereits unterhakte und Fabia barsch befahl: »Mach jetzt keinen Fehler, Rosario, du weißt, dass ich als Ärztin ein paar Stellen kenne, wo es besonders wehtut.«

Während die beiden Freundinnen Rosario zum Ausgang eskortierten, drehte er noch einmal den Kopf zurück und brüllte Lepke zu: »Morgen bist du weg, sonst … sonst ergreife ich Maßnahmen! Und du, Anna, du kannst dich schon mal mit der Tatsache anfreunden, dass ich die längste Zeit meine schützende Hand über dich gehalten habe, ab sofort …« Der Rest ging in einem lautstarken Fluch unter, als ihm Fabia kurzerhand den Arm auf den Rücken drehte.

»Ist das jetzt gerade wirklich passiert?«, stammelte Lepke kopfschüttelnd. »War *er* betrunken oder … hatte ich zu viel von dem Wein?«

Tante Natti winkte mit der Hand nach der Bedienung.

»Es gibt Abende, da kann man gar nicht zu viel trinken«, erklärte sie und bestellte eine große Karaffe Cignano Sottovento: »Wir sind ja schließlich zu fünft, wenn die beiden Mädchen gleich zurückkommen, nachdem sie Dalla Pozza hoffentlich nach Kalabrien geschickt haben, wo Typen wie er nämlich auch hingehören.«

Was Lepke nicht unbedingt verstehen konnte, weil er keine Ahnung davon hatte, was für Typen in Kalabrien lebten. Weshalb ihm erst Tante Natti und dann noch mal Emilia und Fabia anhand verschiedener Beispiele die Besonderheiten dieses Teils von Italien erklären mussten, bis er nickte und sagte: »Sì, vero, da unten gibt es nur …«

»Nein! Sag es bloß nicht laut!«, warnte ihn Tante Natti.

»Denk es am besten noch nicht mal«, riet ihm Fabia flüsternd, während Emilia ihm bereits zum zweiten Mal das Glas wieder randvoll einschenkte.

Irgendwann war es Anna dann egal, wie spät es war oder wie oft die Bedienung wieder neuen Wein an ihren Tisch brachte. Die Freundinnen zumindest befanden Lepke einhellig für gut! Oder zumindest für besser als gewisse Tourneeschauspieler, wie Fabia es formulierte. Und Anna genoss den Abend und machte sich mit jedem Schluck Wein weniger Gedanken, wo das alles hinführen würde. Die bunten Lampions in der Hecke flackerten, irgendwo zirpte eine Grille – nein, Unsinn, das Zirpen war viel zu laut für eine einzelne Grille, das mussten drei, vier oder noch mehr sein, die da gemeinsam die italienische Nacht begrüßten.

Bis Gino anrief und wissen wollte, wo Emilia war. Was Lepke zu der Aussage verleitete: »Sag ihm, er soll sich nicht so anstellen, Emilia! Er hat ja keine Ahnung, was es für mich bedeutet, den Abend hier mit drei, nein, vier, fünf italienischen Grazien verbringen zu dürfen, er hat das jeden Tag, aber für mich ist es vielleicht das einzige Mal, dass ich … Vergiss es, sag ihm einfach, dass er ein feiner Kerl ist und dass ich ihn liebe! Ti amo!«

Lepke versuchte aufzustehen, um ihnen zuzuprosten, musste sich aber gleich wieder setzen. »Bisschen schwindlig, kleinen Moment, dann geht's wieder.«

Tante Natti warf Anna einen fragenden Blick zu.

»Ich weiß«, sagte Anna. »Aber ich kann nicht mehr fahren. Ich hab zu viel getrunken.«

»Wir haben alle zu viel getrunken«, erklärte Tante Natti. »Aber bis zum Agriturismo schaffe ich es gerade noch. – Schlüssel, Anna!«

Sie quetschten sich zu fünft in den Alfa. Tante Natti fuhr, als gäbe es keine Verkehrszeichen oder Bordsteinkanten geschweige denn gefährliche Häuserecken. Was vielleicht auch daran lag, dass sie das Licht erst einschaltete, als sie schon fast am Ortsausgang waren. »Ist sicherer, falls irgendjemand hinter mir her sein sollte.«

Aber dann waren sie gerade auf der Brücke über dem Fluss, als Lepke plötzlich aussteigen wollte. Tante Natti verdrehte die Augen und murmelte »typisch Junge« vor sich hin, »kann nicht mal einhalten, bis die Stunde rum ist«, bog dann aber mit quietschenden Reifen auf den Schotterweg ab, der steil nach unten zum Flussufer führte.

Natürlich waren sie überzeugt, dass Lepke schnellstens zum nächsten Baum wanken würde, um zu pinkeln. Oder sich womöglich auch übergeben musste. Umso größer war die Überraschung, als er anfing, sich im Licht der Autoscheinwerfer splitterfasernackt auszuziehen.

Die vier Freundinnen hingen Kopf an Kopf hinter der Scheibe und beobachteten ihn mit offenen Mündern, bis Tante Natti sagte: »Der Idiot will baden. Los, alle raus, damit wir ihn retten können, falls er absäuft.«

Lepke planschte bereits im Wasser, prustend tauchte er mehrmals unter, bis er die schmale Sandbank in der Flussmitte erreicht hatte, wo das Wasser nur noch knietief war.

»Sieh lieber nicht zu genau hin«, flüsterte Emilia Anna zu. »Nicht dass du auf dumme Gedanken kommst, es gibt nur das eine Schlafzimmer im Agriturismo, vergiss das nicht!«

3. Kapitel

Am nächsten Morgen wachte Anna erst auf, als der Duft nach frischem Kaffee durchs Haus zog. Das Bett neben ihr war leer, Kopfkissen und Bettzeug waren zerwühlt. Am Fußende lagen ein BH und Emilias roter Spitzenslip. Während Anna duschte, versuchte sie, die verschiedenen Fetzen ihrer Erinnerung an die vergangene Nacht zu sortieren …

Rosario hatte sich vollkommen unmöglich benommen. Sie hatten zu viel getrunken. Lepke hatte nackt im Fluss gebadet. Tante Natti hatte es irgendwie geschafft, sie alle mit dem Alfa bis zum Agriturismo zu chauffieren, ohne einen Unfall zu bauen. Jedenfalls erinnerte sich Anna an keinen. Nur daran, dass Tante Natti kaum mal beide Hände gleichzeitig am Lenkrad gehabt hatte, weil sie ja den lautstarken Chor in ihrem Auto dirigieren musste: »Bella ciao, bella ciao, bella ciao ciao ciao …«

Und sie hatten alle zusammen in dem großen Bauernbett geschlafen! Also die vier Freundinnen, nicht Lepke. Lepke hatten sie in den hässlichen Ohrensessel im Wohnraum platziert, er war bereits vollständig weggetreten, noch bevor sie ihm die Schuhe auszogen und die bunte Patchworkdecke übergelegt hatten.

»Es wäre heute Nacht sowieso nichts mehr mit ihm geworden«, hatte Emilia noch tröstend zu ihr gesagt.

Anna wusste auch noch, dass Fabia sich mehrmals über Tante Nattis lautes Schnarchen beschwert hatte. Und sie selber hatte viel wirres Zeug geträumt! Unter anderem auch von Harald, der als Hamlet mit dem Totenkopf in der Hand oben auf der Brücke stand, während unten im Fluss Lepke vorübertrieb. Als

Ophelia verkleidet, aber Anna hatte ihn trotzdem erkannt. Und sich für eine Weile Sorgen gemacht, dass es ihr ebenso ergehen könnte wie Jo Nesbø, in dessen Krimis immer alle sterben mussten, in die sich Nesbøs Hauptfigur verliebt hatte. Bis ihr wieder eingefallen war, dass ja Lepke gar nicht ertrunken war. Der einzige Tote blieb also Willy Schmidt. Und in den war sie nicht verliebt gewesen!

Von einer Sekunde zur nächsten war das Duschwasser plötzlich eiskalt. Und Anna hatte noch das Shampoo in ihren Haaren. Aber der Boiler war leer, da half alles Fluchen nichts. Undeutlich kam jetzt die Erinnerung zurück, wie nervtötend irgendein Smartphone vor ein oder zwei Stunden so lange gebrummt hatte, bis Fabia ins Bad gewankt war, um zu duschen. Weil sie wieder ins Krankenhaus musste. Und Tante Natti hatte sich ebenfalls hochgequält, um Fabia zu ihrem Auto nach Fossombrone zu bringen. »Ich komme mit«, hatte Emilia gestöhnt und war halb angezogen hinter den beiden hergetorkelt, »ich will in mein eigenes Bett, ich brauche meinen Schönheitsschlaf, ohne dass mir eine von euch dauernd ihren Ellbogen in die Rippen rammt oder fröhlich ihre Alkoholfahne von letzter Nacht ins Gesicht haucht.«

Mit anderen Worten: Die Freundinnen waren verschwunden, den Kaffee konnte also nur Lepke gekocht haben!

Mit klappernden Zähnen spülte sich Anna das Shampoo aus den Haaren, dann schlüpfte sie in ihre Jeans und das Kapuzenshirt vom Abend zuvor und tapste barfuß in die Küche hinüber.

Die Espressokanne stand noch auf dem Herd und eine gefüllte Tasse für sie zum Abkühlen auf dem Tisch, aber Lepke war nicht da.

Im selben Moment meinte sie, von draußen seine Stimme zu hören. Als sie die Tür aufstieß, stand er auf auf dem Vorplatz und brüllte in sein Handy, während seine freie Hand mit der qualmenden Zigarette jedes seiner Worte mit weit ausholenden Gesten unterstrich: »Nein! Das werde ich nicht tun! Und du willst mir doch nicht ernsthaft erzählen, dass du an den Blödsinn glaubst, den der Trottel dir da aufgetischt hat. Was? Du hattest selber schon manchmal den Verdacht, dass da irgendwas zwischen uns … Sag mal, spinnst du jetzt vollkommen? Um es noch mal klar und deutlich zu sagen, es geht ausschließlich darum, dass Dalla Pozza mich loswerden will. Der Fall ist alles andere als geklärt, egal, was er erzählt. Aber *er* ist es, der hinter Anna her ist, nicht ich. Und ich komme nicht zurück, bevor ich … Gut, ich hab's kapiert, dann ist das eben so, dann häng mir ein Disziplinarverfahren an, weil ich gegen deine Anweisungen handle, aber wenn du mich von dem Fall abziehen willst, musst du mich von den Pennern hier in Handschellen zur Grenze bringen lassen, ist das deutlich genug? So, und jetzt einen schönen Tag noch, ich habe nämlich im Gegensatz zu bestimmten Sesselfurzern durchaus etwas Sinnvolles zu tun!«

Lepke schob das Handy zurück in seine Hosentasche, hastig nahm er ein paar Züge seiner Zigarette, dann holte er mit dem Fuß aus und verpasste dem Topf mit den ausgeblichenen Plastikblumen einen Tritt, dass er in hohem Bogen über den Kies flog.

»Vergiss es, Lepke!«, rief ihm Anna zu. »Das Ding ist unkaputtbar, leider. Wir haben es hier nur stehen lassen, um nicht noch mehr Plastikmüll für Indonesien oder welches Land auch immer zu produzieren. – Was ist los? War das Wagner, mit dem du eben telefoniert hast?«

Lepke blickte kaum hoch, als wäre er in Gedanken noch ganz woanders. Die dunklen Augenringe und die Bartstoppeln ließen ihn leicht verwegen aussehen, dazu trug auch das zerknitterte T-Shirt bei, in dem er geschlafen hatte. Aber er gefiel

Anna vielleicht gerade deshalb besser als der immer untadelig gekleidete Hauptkommissar, wie sie ihn aus Berlin kannte. Nur die dämliche Designerjeans müssten wir mal austauschen, dachte sie, während er sich noch eine neue Zigarette anzündete, bevor er antwortete: »Wagner, ja. Hat mich angerufen, um mich zurückzubeordern. Der spinnt doch!«, regte er sich wieder auf. »Die sind doch alle komplett durchgeballert. Der Fall wäre angeblich gelöst, den Spruch kennen wir ja schon von gestern Abend, aber der feine Herr Commissario aus Rimini hat noch einen draufgesetzt! Er hat mich angeschwärzt in Berlin, das kleine … Arschloch, entschuldige, aber ist doch so …«

»Es geht um mich, habe ich das richtig verstanden?«

»Dalla Pozza hat behauptet, wir hätten was miteinander, und nur deshalb wäre ich überhaupt hier, weil ich mich auf Kosten des deutschen Steuerzahlers mit dir vergnügen würde, obwohl du eine Zeugin bist und ursprünglich sogar eine Verdächtige warst!«

Anna blieb ganz ruhig, aber sie schwor sich im Stillen, dass sie umgehend ein ernstes Wörtchen mit Rosario reden würde. Und ganz bestimmt nicht nur sie alleine, die Freundinnen mussten schnellstens erfahren, was er sich jetzt wieder geleistet hatte! Damit würde er jedenfalls nicht davonkommen, es gab immer noch gewisse Spielregeln, selbst für verliebte Idioten in Polizeiuniformen. Und für eifersüchtige Gockel erst recht!

»Und?«, fragte Lepke irritiert, als sie nicht antwortete. »Findest du das etwa normal?«

»Ganz sicher nicht, nein. Aber … was machst du jetzt? Es lohnt sich nicht, deshalb ein Verfahren zu riskieren oder eine Suspendierung! Ist der Fall wirklich so wichtig?«

Mein Gott, was rede ich nur, dachte sie gleichzeitig. Ist der Fall wirklich so wichtig? Wie wichtig ist ein Menschenleben? Es gab immerhin ein Todesopfer, jemand war heimtückisch ermordet worden, jemand, den sie noch dazu auch kannte …

»Willst du mich loswerden, Anna? Willst du, dass ich verschwinde? Käme dir das ganz gelegen, weil da doch noch was ist, wovon ich besser nichts erfahren soll? Ist es das, weshalb du fragst, ob der Fall wirklich wichtig ist?«

»N… N… Nein, natürlich nicht«, stammelte Anna. »Es ist nur …« Es ist genau das, dachte sie. Wenn Lepke nicht da wäre, gäbe es nur noch Rosario, der über irgendetwas stolpern könnte, wovon er besser nichts wissen sollte. Und mit Rosario würden Anna und ihre Freundinnen schon irgendwie fertigwerden! Lepke war da deutlich gefährlicher, und nicht nur als Ermittler. Andererseits … Anna traf ihre Entscheidung innerhalb eines Wimpernschlags. Und es war nicht gelogen, als sie sagte: »Es gibt einen guten Grund, aus dem ich dich gerne loswerden würde. Das ist allerdings leider derselbe Grund, weshalb ich es auch schön fände, wenn du noch bleibst.«

»Das muss ich jetzt nicht verstehen, oder?«

»Musst du nicht, nein. Du musst nur versprechen, dass wir vielleicht diesen ganzen Fall mal für ein paar Stunden einfach vergessen und …« Anna zuckte mit den Schultern. »Das war doch gestern Nacht schon mal ein ganz guter Anfang, mit dir da nackt im Fluss. Was das Nicht-mehr-an-den-Fall-denken angeht, meine ich. Vielleicht können wir da weitermachen.«

»Ich bin noch nicht wieder so ganz klar im Kopf seit letzter Nacht, aber … flirtest du gerade mit mir? Ist das ein Angebot, oder willst du mich nur darauf hinweisen, dass es ziemlich daneben war, was ich mir da erlaubt habe? Also das weiß ich, ich entschuldige mich auch …«

»Vergiss das ›oder‹, Lepke!« Anna lächelte und ließ ihn nicht aus den Augen.

»Also kein ›oder‹. Okay. Das heißt … Aber es geht nicht, Anna! Unmöglich!«

Anna konnte förmlich sehen, wie er versuchte, seine Überraschung hinter einem Spruch zu verbergen. »Also ich meine, wir würden doch keine fünf Minuten für uns alleine haben, entweder taucht Dalla Pozza mit einem Mannschaftswagen auf, um mich abführen zu lassen, oder deine Freundinnen kommen und … kippen mir wieder irgendwas in den Wein, damit ich mich noch mal zum Clown für euch alle mache. Nur so was kann es nämlich gewesen sein, von alleine wäre ich nie auf die Idee mit dieser Nummer da am Fluss gekommen. Ich doch nicht! Ich steige doch nicht freiwillig in einen reißenden Fluss, ich gehe ja sogar im Prinzenbad in Kreuzberg ins Nichtschwimmerbecken!«

Jetzt musste Anna laut lachen. Um gleich darauf zu sagen: »Bilde dir mal nicht zu viel ein, Lepke. Bevor wir irgendwas tun, was wir hinterher hoffentlich nicht bereuen, musst du mich sowieso erst mal zum Essen ausführen. Und dann vielleicht ins Kino und auf einen Absacker in eine schummrige Bar, und danach sehen wir weiter, ob überhaupt oder … lieber doch nicht.«

Sie flirtete. Und sie kam sich selber albern dabei vor, aber es machte Spaß. Es war wie eine Pause, die sie dringend nötig hatte. Und die sie so lange ausdehnen wollte, wie es nur ging.

Lepke fischte wieder sein Handy aus der Tasche.

»Was machst du? Wen willst du anrufen?«

»Taxi. – Wo sind wir genau. Wie ist die Adresse hier?«

»Nein, Lepke, kein Taxi!«

»Aber ich will dich ausführen! Wir machen alles genau so, wie du gesagt hast. Und ich verspreche auch, kein Wort über den Fall zu sagen. Aber wir haben kein Auto, deine Freundinnen sind mit dem Alfa weg. Also brauchen wir ein Taxi.«

»Brauchen wir nicht!« Als Anna quer über den Vorplatz zu der Wellblechgarage hinüberlief, schwenkte sie mit Absicht die Hüften. Und warf sich mit einer lässigen Handbewegung die Haare über die Schulter. Wie ein Model auf dem Laufsteg, wenn auch der lose Kies die Eleganz ihrer Schritte ein bisschen schmälerte. Dann zog sie die Flügeltüren auf und machte eine einladende Geste zu Lepke hin.

»Aber das ist … ein Motorroller!«

»Eine Vespa, ja. Wir sind in Italien, da fährt man mit so was. Du wirst es gut finden, glaub mir! Ich war bekannt dafür, dass ich mit der Vespa schneller in der Disko war als die Jungen aus dem Dorf mit ihren lärmenden und stinkenden Mopeds! Und du wirst ja wohl auch den Film *Ein Herz und eine Krone* kennen, in dem Gregory Peck und Audrey Hepburn auf einer Vespa durch Rom düsen, oder etwa nicht?«

Lepke nickte kurz, sah aber nach wie vor alles andere als überzeugt aus. »Helme?«, fragte er zögernd, als gäbe es doch noch eine winzige Chance, dem drohenden Unglück zu entgehen.

»Alles da!«

Die Vespa gehörte Tante Natti. Die Freundinnen hatten nie herausbekommen, wohin die gelegentlichen Wochenendausflüge mit dem grellorangen Gefährt ihre frühere Lehrerin führten, geschweige denn wozu sie immer einen zweiten Helm bei sich hatte, auf dem zu allem Überfluss auch noch ein Werbesticker mit der Aufschrift »Baci – Italian Kisses« prangte. Aber Tante Natti achtete immer darauf, dass der Tank voll war, »man kann ja nie wissen«, war ihre Erklärung dazu, die vor allem Emilia völlig ausreichend fand: »Tante Natti hat uns nicht umsonst ein paar Jährchen voraus – und wahrscheinlich auch ein paar Erfahrungen, die sie uns hoffentlich noch verrät, bevor es zu spät ist.« Für wen genau es zu spät sein sollte, blieb dabei unklar.

Als Lepke jetzt zögernd näher trat, schüttelte Anna den Kopf. »Nein, warte noch, lass uns wenigstens erst etwas essen, bevor wir losfahren. Und ich habe auch meinen Espresso noch nicht getrunken. Außerdem ...« Sie musterte Lepke von Kopf bis Fuß, bevor sie hinzusetzte: »Ich habe da gerade noch so eine andere Idee, die mir eigentlich ganz gut gefällt.«

Was immer Lepke denken mochte, schien er zumindest über den kleinen Aufschub erleichtert und folgte Anna widerspruchslos ins Haus.

In dem gewaltigen Bauernschrank, der die gesamte Seite des Flurs einnahm, hatte jede der Freundinnen ihr eigenes Fach. Und Anna hatte sich nicht geirrt, schon mit dem ersten Blick wurde sie bei Emilia fündig.

»Hose aus!«, kommandierte sie, ohne sich zu Lepke umzudrehen.

»Hier? Auf dem Flur? Äh, ich meine, wollen wir nicht wenigstens ...«

»Jetzt mach einfach. Hier, zieh die an!« Sie hielt ihm eine schwarze, eng geschnittene Jeans hin, dann zog sie ein weißes Leinenhemd vom Bügel.

Lepke fügte sich mit gerunzelter Stirn, schien aber immer noch nicht zu wissen, was Anna eigentlich vorhatte.

»Kleine Typveränderung«, erklärte sie. »Sonst wird das nichts mit uns beiden.«

Hemd und Hose passten Lepke wie angegossen. Emilias Gärtner hatte tatsächlich die gleiche Größe.

»Deine Schuhe dazu sind okay«, stellte Anna mit einem letzten prüfenden Blick fest. »Aber keine Socken, weg mit den Dingern.«

»Barfuß in die Schuhe?«

»Barfuß in die Schuhe. – Perfekt! Und komm jetzt bloß nicht auf die Idee, dich zu rasieren, hörst du? Also los, avanti, ragazzo, colazione, Frühstück!«

Das Frühstück fiel ein wenig mager aus, viel mehr als zwei Scheiben Zwieback mit Butter und Marmelade gab die Küche nicht her. Anna hatte am Tag zuvor noch einkaufen wollen, aber dann war ja Ginos Anruf dazwischengekommen und hatte alle Pläne über den Haufen geworfen.

»Es tut mir leid«, sagte Anna, »nimm es einfach als typisch italienisch, Kaffee und Butterzwieback, das reicht zum Frühstück, für alles andere musst du warten, bis wir in Urbino sind.«

»Urbino? Da wollen wir hin? Aber das ist ganz schön weit, oder?«

Als Anna dann die Vespa startete und Lepke hinter ihr auf den Sitz stieg, fühlte sie sich unbeschwert und … abenteuerlustig, wie als Schulmädchen, wenn sie in den Ferien zu Besuch in Italien war und mit einem der Jungen ans Meer fuhr. Nur dass sie dann meistens hinten saß, obwohl sie es viel mehr liebte, selber zu fahren, erst kurz vor der Kurve leicht abzubremsen, sich dann weit zur Seite zu beugen und gleichzeitig schon wieder Gas zu geben, bis der Roller sich von ganz alleine aufrichtete …

»Halt dich fest!«, rief sie übermütig über die Schulter zurück. »Leg deine Hände auf meine Hüften und beug dich immer in die Richtung, in die ich mich beuge, dann geht alles gut!«

Bei den ersten Kurven kreischte Lepke noch jedes Mal erschrocken auf, wenn die Hecken am Straßenrand bedrohlich nahe kamen, aber als sie dann auf der Landstraße mit einem Tempo von knapp sechzig vor sich hinrollten, schien er langsam Spaß an ihrem Ausflug zu finden.

»Und früher, habt ihr das da auch so gemacht?«, brüllte er gegen den Fahrtwind an. »Nach Urbino, in die Disco oder ins Kino?«

»Nein! Gab es beides auch in Fossombrone! Und spätestens bei der zweiten oder dritten Verabredung sind wir sowieso gleich zum Strand gefahren!«

»Und da? Was habt ihr da gemacht?«

»Na, was wohl? Hast du nie die Filme von Fellini oder Pasolini gesehen?«

»Doch, klar, aber welchen genau meinst du jetzt?«

»Denk drüber nach, dann kommst du von ganz alleine drauf!«

Anna genoss es, dieses Hin und Her, diese kleinen Frotzeleien, den Flirt mit Lepke, ebenso wie die Hitze, seine Hände auf ihren Hüften und den Wind auf ihren bloßen Beinen, der ihr Kleid hochwirbelte.

Sie hätte ewig so weiterfahren können, es kam ihr vor, als hätten sich alle Probleme in Luft aufgelöst, solange die kleine Vespa sie nur durch die Hügel in Richtung der mittelalterlichen Stadt trug. Vielleicht halfen nicht nur Fabias Pillen gegen ihre Sorgen und Ängste, dachte sie, vielleicht funktionierte es auch mit einer Vespafahrt und einem Kerl auf dem Rücksitz!

Urbino empfing sie dann mit dem üblichen Verkehrschaos der Touristenautos auf der Suche nach einem Parkplatz möglichst dicht an der Stadtmauer. Anna ignorierte die Schilder, die die Zufahrt in die schmalen Gassen nur für Anwohner erlaubten, wagte es aber dann doch nicht, weiter als bis zu den terrassenartigen Grundstücken unterhalb der Universitätsgebäude zu fahren. Sie parkten die Vespa an der Mauer zu einem Garten mit einem Meer aus wild wuchernden Blütenranken. Während sie zu Fuß den steilen Weg in Richtung Stadtkern hinaufstiegen, erzählte Anna, dass auch Umberto Eco an der altehrwürdigen Universität Vorträge gehalten hatte. Lepke kannte natürlich den Roman *Der Name der Rose,* wusste aber nicht, dass Eco eigentlich ein Wissenschaftler gewesen war,

Philosoph und Literaturwissenschaftler, und Anna hatte noch kaum von seinen verschiedenen Abhandlungen über Sprache und Symbolik erzählt, als ihr wieder einfiel, dass ihr Vater bei seinem Tod ein Buch von Eco in der Hand gehabt hatte. Mit einem Schlag war alle Leichtigkeit aus ihren Gedanken verschwunden, im selben Moment klingelte ihr Handy – Tante Natti!

»Wo seid ihr?«

Tante Nattis Ton war eindeutig ein Rückfall in alte Zeiten, als sie noch täglich aufs Neue mit unerbittlicher Strenge darauf achten musste, dass die ihr anvertrauten Mädchen und Jungen eben keine toten Katzen und Vögel mit zum Unterricht schleppten oder heimlich in einer Reihe an die Rückseite der Turnhalle pinkelten. Fabia hatte jedenfalls recht, dachte Anna, sie würden Tante Natti bei Gelegenheit vielleicht doch mal daran erinnern müssen, dass sie keine sieben oder acht mehr waren.

»Unterwegs«, antwortete Anna ebenso knapp, setzte dann aber doch noch hinzu: »Kleiner Ausflug, um mal auf andere Gedanken zu kommen.«

»Habe ich gerade richtig gehört, hast du ›kleiner Ausflug‹ gesagt? Und womit, bitte schön, wenn ich fragen darf? Ich habe dein Auto! Also ich bringe es gerade zurück, um mir meine Vespa zu holen und … Nein, sag, dass das jetzt nicht wahr ist! Wenn du das wirklich getan hast, dann kannst du dich auf was gefasst machen!«

Anna hörte, wie Tante Natti über den Kies lief, gleich darauf quietschte die Garagentür.

»He, ganz ruhig!«, rief Anna schnell. »Amüsier dich noch ein bisschen mit dem Alfa. Und heute Abend tauschen wir einfach zurück.«

Sie drückte die Verbindung weg und lächelte Lepke entschuldigend an. »Tante Natti! Keine Ahnung, was sie hat, sie regt sich total auf, dass wir die Vespa genommen haben. Aber ich glaube eher, dass sie sauer ist, weil wir ihr entwischt sind. Sie hat nämlich gern die Kontrolle über alles. Ich tippe auf eine professionelle Deformation, sie war schließlich nicht umsonst Lehrerin.«

»Und sie war auch eure Lehrerin?«, fragte Lepke.

»Klar, in der scuola elementare, der Grundschule, daher kennen wir uns überhaupt, Fabia, Emilia und ich.«

Während sie zwischen den Mauern der verschiedenen Universitätsinstitute weiter den Hügel hinaufliefen, wollte Lepke mehr über Annas Vergangenheit in Italien wissen. Und Anna antwortete bereitwillig, jede Ablenkung war ihr nur zu willkommen, außerdem machte es Spaß, ihm ein paar Geheimnisse aus ihrer Kindheit anzuvertrauen. Die Sache mit der Ziege zum Beispiel, die sie mal vorne an den Lehrertisch gebunden hatten.

»Und als dann Tante Natti in die Klasse kam, haben wir so getan, als würden wir sie gar nicht bemerken und als wäre die Ziege unsere Lehrerin! Bei jedem Meckern ist einer von uns aufgesprungen und hat irgendeine Antwort gegeben. Tante Natti fand es nicht so witzig. Die Ziege kam von Fabia, die hatten eine ganze Herde zu Hause, frag nicht, wie oft wir im Ziegenstall gespielt haben, wir müssen hinterher gestunken haben wie nichts Gutes! Als ich dann schon in Deutschland war, ist übrigens auch Rosario in die Klasse von Fabia und Emilia gekommen, weil er sitzen geblieben war. Und Rosario hat noch deutlich Schlimmeres angestellt, als nur eine Ziege mitzubringen, ich weiß von Fabia, dass er sogar mal das Klassenbuch geklaut und verbrannt hat, weil er hoffte, dass sich damit auch seine schlechten Zensuren erledigt hätten und er eben nicht sitzen bleiben würde. Hat aber nicht funktioniert, weil Tante Natti alles noch mal in ihrem Notizbuch stehen hatte.«

»Sieh an, der Dalla Pozza. Na ja, passt irgendwie zu ihm, sich die Dinge ein bisschen so hinzubiegen, wie man sie gerne hätte. Aber diese Typen haben wir bei der Polizei in Deutschland genauso, scheint auch eine Art professionelle Deformation zu sein, möchte ich behaupten«, grinste Lepke. »Und wann genau bist du dann nach Berlin?«

»Als ich elf war, hat mein Vater das Restaurant in Neukölln übernommen, war vorher eine echte Berliner Eckkneipe, Schultheiß-Bier und Buletten. Was glaubst du, wie froh ich war, dass wir jede Ferien zurück nach Italien sind! Also, ich fand Berlin gut, vor allem, als ich dann älter war, aber das änderte nichts daran, dass ich Italien trotzdem einfach *besser* fand! – Ich habe übrigens die ersten zwei Semester hier studiert, also genau hier, in Urbino, meine ich. Die Psychologen sitzen ein Stück weiter in Richtung Kirche, ich kann es dir nachher noch zeigen, wenn du willst.«

»Und wieso …?«

»Wieso ich dann doch wieder nach Berlin bin? Ist ein bisschen kompliziert, es hatte auch etwas mit der Scheidung meiner Eltern zu tun, vielleicht hätte ich nicht zur Humboldt-Universität gewechselt, wenn ich geahnt hätte, dass mein Vater ein Jahr später sowieso für immer nach Rimini zurückgehen würde. Wie gesagt, es ist kompliziert, aber jetzt habe ich auch genug über mich geredet, außerdem sind wir gleich da.«

»Da drüben?«, fragte Lepke und nickte mit dem Kopf zu den Tischen vor einem der Restaurants an der Piazza Pascoli hinüber. »Sieht ziemlich voll aus, glaubst du, wir kriegen überhaupt noch einen Platz?«

»Hier wollen wir gar keinen Platz, Lepke. Ich weiß was Besseres, komm!«

Anna griff nach seiner Hand und zog ihn in eine der Seitengassen hinter dem Museum. Schräg gegenüber lag der Buchladen von Gustavo, auch wenn Anna den Laden liebte und Lepke nur zu gerne die größtenteils antiquarischen Bücher in den deckenhohen Regalen gezeigt hätte, war es sicher besser, heute darauf zu verzichten. Der einarmige Gustavo gehörte zu Tante Nattis persönlichem Netzwerk, und Anna hätte darauf wetten können, dass er längst von ihr instruiert worden war, die Augen offen zu halten und umgehend Bescheid zu sagen, falls Anna in Urbino auftauchen würde.

Die nächste Gasse war noch schmaler und führte so steil bergan, dass das bucklige Kopfsteinpflaster eine Herausforderung nicht nur für betrunkene Studenten auf dem Weg nach Hause darstellte. Zu beiden Seiten ragten die Mauern der Wohnhäuser auf, die Sockelsteine waren grünschwarz vor Feuchtigkeit. Als Lepke sich fröstelnd die Arme rieb, hakte sich Anna bei ihm unter. »Frag mich mal in meinem flotten Kleidchen! Aber keine Angst, wir sind schon da!«

Sie zog ihn in einen Torbogen, der weiß getünchte Durchgang war womöglich noch feuchter und kühler, aber dahinter lag ein winziger Innenhof, der Platz zwischen den hölzernen Kübeln mit Zitronen- und Orangenbäumen reichte gerade mal für die vier Tische mit den jeweils zwei Stühlen – als gäbe es ohnehin keine anderen Gäste außer den Pärchen, die sich mittags und abends hier einfanden.

»Wow!«, kam es beeindruckt von Lepke. »Schön.« Mit einem glücklichen Lächeln legte er den Kopf in den Nacken, um zum wolkenlosen Blau des Himmels zwischen den Dächern hinaufzublicken. »Das hat sich alleine schon für diesen Platz gelohnt, einen Herzinfarkt bei tausend Stufen hier hoch zu riskieren.«

»Warte erst mal, bis du das Essen probiert hast!«

Sie waren ein wenig über die übliche Mittagszeit hinaus, die Tische im Freien waren leer, aus dem kaum größeren Innenraum drangen die Stimmen verspäteter Gäste – und dann kam auch schon Maria mit ausgebreiteten Armen auf Anna zugeeilt: »Benvenuta, Annina! Wie lange habe ich dich nicht gesehen? Und dann das Unglück mit deinem Papa!« Maria rang die Hände, nur um gleich darauf zu sagen: »Aber was konnte ihm Besseres passieren? In seinem eigenen Restaurant …«

»In der Küche«, präzisierte Anna.

»In der Küche, wunderbar!«, wiederholte Maria. »Mit den brodelnden Töpfen neben sich und dem Duft nach heißem Öl, Zwiebeln und Knoblauch! So möchte ich auch zum Herrgott gehen, wenn meine Stunde gekommen ist.«

Anna verzichtete darauf zu erklären, dass es ein Glas Magenbitter und ein Bildband mit dem Foto einer alten Fiat-Reklame gewesen waren, womit ihr Vater vor seinen Herrgott getreten war.

Stattdessen winkte sie Lepke wieder zu sich, der bei Marias überschwänglicher Begrüßung ein Stück zurückgewichen war: »Maria, darf ich dir einen Arbeitskollegen aus Berlin vorstellen? Er ist ein bisschen schüchtern, oder eher … zugeknöpft, ein Deutscher eben, du kennst sie ja, fast so schlimm wie die Engländer …« Mein Gott, dachte sie, was rede ich nur, ein Glück, dass Lepke kein Wort versteht!

»Mit einem Stock im Arsch geboren«, bestätigte Maria. »Aber du hast ihn hergeschleppt, damit ich ihn ein wenig la dolce vita lehre. Und er sieht gut aus, mein Täubchen, er könnte sogar mir noch gefallen, er bräuchte nur etwas mehr Fleisch auf den Rippen, aber darum kümmern wir uns gleich!«

Sie tätschelte Lepkes Bauch, Lepke nickte eifrig, während er stammelte: »Sehr erfreut, ja, es ist schön hier, ein … toller Platz, uno ristorante bello!« Und damit hatte er eindeutig Marias Herz erobert, das Lächeln, das sie ihm zuwarf, hätte einen Eisblock zum Schmelzen gebracht, dann eilte sie trällernd in Richtung Küche davon.

Bei Maria gab es keine Karte und nur ein Hauptgericht, wie Anna Lepke erklärte, hausgemachte Ravioli mit einer Füllung, die unter anderem aus Ricotta, Aubergine, Feigen und Walnüssen bestand, über alle weiteren Ingredienzien schwieg sich Maria beharrlich aus. Nach mehreren vergeblichen Versuchen, Maria ihr Rezept zu entlocken, hatte Annas Vater sogar mal heimlich eine »Probe« mitgenommen – und doch waren weder er noch Li dem wohlgehüteten Geheimnis auf die Schliche gekommen.

Lepke hatte noch kaum die ersten Bissen probiert, als er kopfschüttelnd zu Anna sagte: »Echt, und das alles hier hast du aufgegeben, um nach Berlin zu gehen? Du musst verrückt sein, Anna! Das ist das Paradies hier, ich komme mir vor wie im Schlaraffenland, und als Polizist ist es doch in Italien bestimmt üblich, dass ich nirgends was bezahlen muss, oder?«

»Nie!«, ging Anna auf seine kleine Spitze ein. »In Italien doch nicht! Und zu Weihnachten bekommst du so viel Panettone, wie du alleine gar nicht essen kannst, und gebratene Wachteln und Täubchen und schweren Rotwein dazu, der im Eichenfass gereift ist und nach Beeren und Trüffeln schmeckt, und …«

»Warte mal! Wo ist der Haken bei der Sache? Was muss ich dafür tun?«

»Nichts sehen, nichts hören, nichts sagen. Ganz einfach.«

»Gut, das könnte ich lernen, ich kann ja ein bisschen Nachhilfe bei Dalla Pozza nehmen. Und vielleicht bringe ich ihm im Austausch dafür ein paar Sachen bei, die ein Berliner Polizist so können muss.«

»Als da wären …?«

»Wie zeige ich möglichst großes Desinteresse, wenn ich meinen Hintern sonst aus der Wache wegbewegen müsste, um irgendeinem Anruf nachzugehen, wie kassiere ich statt Autofahrer lieber Radfahrer ab, weil das viel einfacher ist, und wie verhaue ich linke Demonstranten oder reagiere meinen ganzen Frust an Leuten ab, die so aussehen, als wären sie irgendwelche Ausländer? Und so weiter, mir fällt genug ein, was wir da noch auf den Stundenplan setzen könnten.«

»Ach, Lepke! Und du glaubst wirklich, dass das hier so viel anders ist?«

»Zumindest sehen die Uniformen hier schneidiger aus!« Lepke grinste und griff nach seinem Glas, um Anna zuzuprosten. »Aber du hast recht, lass uns über was anderes reden. Wie sind die Immobilienpreise hier?«

»Auch kein gutes Thema.«

»Du meinst also, es reicht nicht, wenn ich jetzt schon anfange, von meinem üppigen Gehalt jeden Monat ein bisschen was auf die hohe Kante zu legen?«

»Das müsste schon ein bisschen mehr als nur ein bisschen sein. Aber frag doch mal deinen neuen Freund Gino«, frotzelte Anna weiter, »der hat neulich irgendwas davon gesagt, dass er seinen alten Schafstall unten am Fluss verkaufen will …«

Maria hatte ihren Hauswein gebracht, einen leichten Rosé aus den Abruzzen in einem tönernen Kühler, an dem das Schwitzwasser herunterlief. Mit den letzten Ravioli, die Anna in die goldgelbe Buttersoße drückte, war auch die Weinflasche leer. Sie musste ein wenig aufpassen, dachte sie, für die Rückfahrt über die Landstraße wäre ein klarer Kopf sicher besser.

»Noch einen Kaffee?«, fragte Lepke.

»Unbedingt.«

»Einen Espresso?«

»Einen doppelten, bitte!«

»Bestell ich drinnen. Ich muss nämlich sowieso mal …«, erklärte Lepke entschuldigend.

»Ich auch«, lächelte Anna. »Aber geh du zuerst, es gibt nur ein Klo. Und wenn ich dann gehe, kannst du schon mal zahlen«, erinnerte sie ihn, dass sie ja einen festen Ablauf für ihren Ausflug eingeplant hatten. Er würde sie zum Essen einladen, dann würden sie sich noch ein paar Sehenswürdigkeiten ansehen, und dann … Vielleicht können wir uns ja die Sehenswürdigkeiten auch schenken, dachte Anna, während Lepke aufstand und im Restaurant verschwand.

Die schwarze Jeans stand ihm gut, das weiße Hemd klebte ein wenig verschwitzt am Rücken, aber das passte zu seinen Haaren, die genau so viel zu lang waren, dass niemand auf die Idee kommen würde, Lepke könnte in Wirklichkeit ein Beamter im Staatsdienst sein, von einem Hauptkommissar der Mordkommission mal ganz zu schweigen …

Was weiß ich eigentlich genau über Lepke?, fragte sich Anna. Ich kenne ihn nur von der Arbeit! Er ist ein verdammt guter Ermittler, und er glaubt immer noch daran, dass es wichtig ist, alle Bösen hinter Schloss und Riegel zu bringen – umso größer ist deshalb seine Frustration, dass er als Kriminalkommissar bestenfalls die kleinen Fische erwischt und die großen, die wirklichen Verbrecher, allzu oft ohne jede Strafe davonkommen. Das hatte er ihr bei einem der wenigen Male gestanden, die sie zusammen noch ein Feierabendbier tranken, in der Kneipe im Bergmann-Kiez, in die sich garantiert kein anderer Kollege verlief. Nur ein einziges Mal hatte Lepke da auch von der Geschichte mit seinem Sohn erzählt, und von der Ehe, die nach der Ermordung des gerade mal Sechzehnjährigen in die Brüche gegangen war. Als Anna zu viele Fragen stellte, hatte er schnell das Thema gewechselt.

Aber natürlich wusste sie von seiner Amour-fou-Beziehung mit der Hauptkommissarin, die den Dienst quittiert hatte, kurz bevor Anna zum Kommissariat gekommen war. Jeder wusste von dieser Beziehung, und sie hatte selber einmal erlebt, wie Lepke kurz davor gewesen war, einen Kollegen zu verprügeln, der einen dummen Spruch gemacht hatte. Lepke hatte irgendeinen Gürtel in Judo, sie hatte vergessen, welchen. Sie hatte es sich überhaupt nur gemerkt, weil heute eigentlich niemand mehr Judo als Kampfsport trainierte, zumindest niemand, den sie kannte. Kickboxen ja, Krav Maga, auch Karate, aber nicht Judo. Andererseits passte es gut zu diesem Lepke, der immer ein bisschen wie ein Snob wirkte – wenn er nicht gerade splitterfasernackt im Fluss stand und sich einen Dreck darum scherte, was irgendjemand von ihm denken könnte.

Anna war mit ihren Gedanken noch bei dem Bild, wie sie den lauthals singenden Lepke notdürftig abgetrocknet und auf die Rückbank des Alfa verfrachtet hatten, als sie aus den Augenwinkeln eine Bewegung zwischen den Pflanzenkübeln wahrnahm.

Im ersten Moment dachte sie, Lepke würde eine der Orangen oder Zitronen pflücken wollen, um sie ihr mitzubringen, dann erst begriff sie, dass es jemand sein musste, der aus dem Toreingang hinter ihr gekommen war – sonst hätte sie ihn schon eher bemerkt, die Tür zum Restaurant war ja genau vor ihr.

Mit einem Ruck drehte sie den Kopf, als würde sie unwillkürlich eine Gefahr ahnen. Als die Person aus dem Schatten ins Sonnenlicht trat, setzte Annas Herzschlag für ein paar Sekunden aus, es war wie ein Schock, sie war unfähig, sich zu bewegen, aufzuspringen, ins Restaurant zu rennen, sie konnte noch nicht mal um Hilfe rufen, wie paralysiert starrte sie den Mann an, der mit zwei schnellen Schritten bei ihr war und ihr die Waffe so heftig in die Rippen drückte, dass sie vor Schreck und Schmerzen aufschrie.

»Komm mit!« Der Russe griff mit der freien Hand nach ihrem Arm und wollte sie vom Stuhl hochziehen. »Dawai, dawai!«

»Nein, wieso? Wohin? Lass mich los, was willst du?«

Vergeblich versuchte Anna, sich von ihm frei zu machen, seine Hand packte nur umso fester zu, er riss die Waffe nach oben und drückte sie ihr brutal unters Kinn. Unwillkürlich warf sie den Kopf weit in den Nacken, durch das blaue Viereck des Himmels flatterten zwei Tauben, ich muss Zeit gewinnen, dachte sie, Lepke wird jeden Moment zurückkommen! Und Maria ist da drin, zusammen mit dem Koch und irgendwelchen Gästen.

Sie wollte eben um Hilfe rufen, als sie seine Stimme dicht an ihrem Ohr hörte: »Denk nicht daran, wenn du schreist, wird es dir leidtun.«

Anna schrie trotzdem. »Maria! Ruf die Polizei! Hilfe! Maria …«

Fluchend griff der Russe in ihre Haare und drehte sie um seine Faust, der Stuhl krachte zu Boden, als er Anna mit sich zerrte, sie konnte gerade noch sehen, wie Maria in der Tür auftauchte, dann waren sie in der feuchtkalten Dunkelheit des Tordurchgangs.

»Was willst du?«, wimmerte Anna.

»Du bringst mich zu dem Geld, dann ich lasse dich wieder gehen.«

»Was für Geld? Ich weiß nichts von irgendwelchem Geld, glaub mir doch! Ich habe keine Ahnung, wovon du redest!«

»Du lügst! Sag mir, wo das Geld ist! Bring mich hin …«

Er stieß Anna auf die Gasse hinaus, sie versuchte, mit dem Fuß nach hinten zu treten, um ihn unter dem Knie zu treffen, aber er war auf der Hut und wich ihr aus. Sie spürte die Waffe jetzt schmerzhaft auf ihren Rückenwirbeln, für einen Moment meinte sie, Fabias Stimme zu hören, die aufzählte: Bei Verletzungen der Wirbel fünf bis zwölf bist du querschnittsgelähmt. Aber der Russe würde nicht abdrücken, solange er glaubte, dass sie ihn zu dem Geld führte.

»Du tust mir weh«, keuchte sie. »Und nimm die Waffe weg, ich bring dich ja hin, aber …«

»Ich bin nicht dumm, deshalb Waffe bleibt, wo ist.«

Warum kam Lepke nicht endlich? Und Maria? Sie musste doch gesehen haben, was passiert war! Warum kam niemand, um diesen Irren von ihr abzuhalten? Warum lag die verdammte Gasse wie ausgestorben da, ohne eine einzige Seele weit und breit?

»Wenn du mich erschießt, nützt dir das gar nichts, kapierst du das nicht? Nur ich weiß, wo das Geld ist!«

»Ich erschieße dich nicht, aber ich tue dir weh, sehr weh! Los, lauf weiter, mach schon!«

Anna schluckte heftig. Es war genau dieser Satz, der sie in Panik versetzte. Dass er ihr richtig wehtun würde! Sie hatte Angst vor Schmerzen, immer schon, schon als Kind. Sie wusste nicht, was der Grund dafür war, schon eine Blutdruck-Manschette beim Arzt ließ sie laut jammern. Und es war noch schlimmer – sie hatte auch Angst davor, anderen wehzutun! Eine der fatalsten Eigenschaften, wenn es darum ging, sich selbst zu verteidigen …

Sie hoffte, dass ihre Stimme nicht allzu sehr zitterte, als sie versuchte, möglichst kühl zu sagen: »Wo ist dein Auto? Wir brauchen ein Auto, das Geld ist … in einem Versteck, wir müssen hinfahren.«

»Natürlich müssen wir hinfahren, deshalb bin ich hier. Auto ist auf Parkplatz. Parkplatz an Stadtmauer.«

»Gut, dann hier lang!« Anna stolperte weiter, der Russe blieb dicht hinter ihr.

Wenn sie es schaffte, ihn bis zur Piazza zu locken, dann konnte sie einen Schwächeanfall vortäuschen, mitten auf dem Weg zusammenbrechen, aber es mussten Leute da sein, die kommen würden, um ihr zu helfen …

»Stoi!« Er riss sie in dem Moment zurück, als sie nach links über die steilen Treppen zum Museum und zur Cattedrale di Santa Maria Assunta hinunterwollte. »Keine Tricks! Parkplatz ist rechts, weiß ich genau.«

Ein älteres Ehepaar kam die Stufen hinaufgekeucht. Der Russe legte Anna den Arm um die Schultern und zog sie eng an sich, die Waffe hielt er zwischen ihnen, mit dem Lauf auf ihren Bauch gerichtet. Als er Anna rückwärts die Stufen zu einem Hauseingang hinaufschob, wäre sie fast gestolpert, mit Mühe konnte sie das Gleichgewicht halten, im selben Moment sah sie oben in der Gasse einen Schatten, eine flüchtige Bewegung, so dicht an der Hauswand, dass nur das weiße Hemd wie ein heller Fleck hervorstach.

Aber der Russe hatte Lepke ebenfalls bemerkt, er stieß Anna weiter zurück durch das dunkle Torgewölbe, wieder gab es einen Innenhof, diesmal geschmückt mit Girlanden und Lampions – eine Geburtstagsfeier mit aufgeregt hin und her laufenden Kindern in bunten Kostümen, Harlekins, Colombinen, Pinocchios, auch ein kleiner Teufel war dabei. Als der Russe mit Anna ins Sonnenlicht trat, verstummten die lauten Rufe und das Gelächter, entsetzt starrten die Kinder zu ihnen, als er die Waffe hob und einen Schuss in die Luft abfeuerte. Das Echo hallte dreimal, viermal von den Mauern zurück, bis es langsam verebbte und stattdessen die Sirene eines Polizeiwagens zu hören war, der schnell näher kam.

Alles, was danach passierte, erlebte Anna wie in einem Zeitraffer. Als wäre es zu bedrohlich, um jedes Bild einzeln zu zeigen. Oder als wollte ihr Gehirn sich schlichtweg weigern, das Geschehen um sie herum zu akzeptieren. Wie plötzlich Lepke da war, aber nicht hinter ihr in dem dunklen Torgewölbe, sondern oben auf dem umlaufenden Balkon, der den Innenhof begrenzte. Wie alle entsetzt aufschrien, als Lepke sich über das

Geländer schwang, um zu springen, wie der Russe zu spät reagierte und mit dem Kopf voran zu Boden ging, während sein Revolver in hohem Bogen durch die Luft flog. Wie sich gleich darauf zwanzig Harlekine, Pinocchios und Colombinen mit wütendem Geheul auf Lepke und den Russen warfen, als gelte es, sie beide für immer aus dem Verkehr zu ziehen. Und wie es der Russe dann doch schaffte, sich zu befreien, und eine wie wild strampelnde Colombina als Schutzschild mit sich riss, um zu der kleinen Tür in der Mauer zu hasten, von der aus es in die rückwärtige Gasse ging …

Ein schriller Pfeifton gellte in Annas Ohren, mit einem Schlag waren die Bilder vor ihr wieder klar und deutlich, der Film vor ihren Augen lief jetzt wieder in Echtzeit – und sie war mittendrin, ihre Reflexe funktionierten, der Moment der lähmenden Starrheit war überwunden.

Als Anna nach der vollen Blechgießkanne griff und sie hinter dem Russen herschleuderte, stimmten Kraft und Wurfhöhe perfekt überein, das schwere Geschoss erwischte den Mann in den Kniekehlen und ließ ihn wie vom Blitz getroffen erneut zu Boden gehen. Im nächsten Moment hatte Anna auch schon die heulende Colombina aus seinem Griff befreit und hinter sich geschoben, dann war sie für einen Augenblick abgelenkt, als die Polizisten in den Innenhof stürmten – und als sie sich wieder umdrehte, war der Russe verschwunden.

»Er ist durch die Tür da!«, rief Anna ihnen zu. »Er hat ein Auto auf dem Parkplatz an der Stadtmauer!«

Aber das Chaos war viel zu groß, ihre Stimme drang nicht durch, sie konnte nur fassungslos zusehen, wie jetzt Lepke hochgerissen und verhaftet wurde, während zwei weitere Polizisten bereits mit Handschellen auf sie zugestürmt kamen …

Und als der für den Einsatz zuständige Comandante sich endlich einen Überblick verschafft hatte, war es längst zu spät, die Polizisten, die jetzt per Funk zum Parkplatz beordert wurden, würden kaum noch etwas ausrichten können.

»Verdammte Scheiße«, fluchte Lepke, während er Anna fest in die Arme schloss, »was war das denn? Wer war der Typ? Was wollte er von dir? Kanntest du ihn?«, setzte er dann ruhiger hinzu, jetzt wieder ganz Polizist. »Hast du ihn vorher schon mal irgendwo gesehen?«

Erst jetzt wurde Anna klar, dass Lepke den Zusammenhang ja gar nicht kennen konnte, er hatte weder mitgekriegt, weshalb der Russe sie bedroht hatte, noch wusste er, dass es sich überhaupt um einen Russen handelte!

»Nein«, stammelte sie, »ich habe keine Ahnung, ich weiß nicht, wer das war …«

»Ganz ruhig, Anna.« Lepke zog sie dichter an sich, als er ihr Zittern bemerkte. »Es ist vorbei, alles ist gut. Ich hoffe nur, dass die Kollegen das Arschloch noch erwischen!«

»Geht es dir auch gut?«, fragte Anna leise, um von sich abzulenken. »Dein Sprung war ziemlich … spektakulär! Fanfan, der Husar, hätte es nicht besser gekonnt.«

»Was? Ich dachte eigentlich eher an Daniel Craig. Oder auch Stratham oder …«

»Fanfan, der Husar!«, beharrte Anna. »Was ist?«

Sie sah, wie er schmerzhaft das Gesicht verzog und sich mit der Hand über die Schulter rieb.

»Muss beim Sprung passiert sein, tut ziemlich weh, vielleicht ausgekugelt …«

»Sollen wir ins Krankenhaus?«

Lepke schüttelte den Kopf.

»Dann lass uns zurückfahren, da kann ich mir auch deine Schulter in Ruhe ansehen. Und zur Not bitten wir Fabia, dass sie kommt.«

»Ich denke, Fabia ist Anästhesistin?«

»Eben! Und das heißt, dass sie alles schon auf dem OP-Tisch liegen hatte, was es nur gibt. Und außerdem kennt sie jede Menge gute Schmerzmittel, glaub mir, Fabia hat Pillen, da weißt du hinterher noch nicht mal mehr, wo deine Schulter überhaupt ist.«

Eine Polizistin nahm noch ihre Personalien auf und fragte, ob sie weitere Angaben zum Täter machen könnten. Lepke erwähnte nicht, dass er selber bei der Polizei war, Anna sagte nichts darüber, dass sie den Russen schon mal getroffen hatte. Und natürlich auch nicht, dass sie genau wusste, weshalb er hinter ihr her war. »Er hat etwas von einem Auto auf dem Parkplatz an der Stadtmauer gesagt, aber mehr weiß ich auch nicht, tut mir leid.«

Natürlich gab es genug Zeugen für eine Personenbeschreibung, aber genau das war auch das Problem – es waren *zu viele* Zeugen, vor allem die Harlekins und Pinocchios hatten eher widersprüchliche Erinnerungen, die Angaben reichten von »Riesenkerl mit Maschinenpistole« bis zu »magro con denti mancanti«, dünn mit Zahnlücken. Lepke steuerte als Einziger tatsächlich brauchbare Hinweise bei, allerdings fast ein bisschen zu genau, Anna sah, wie die Polizistin ihn mehrfach argwöhnisch musterte.

»Eher untersetzt, nicht größer als eins siebzig. Dunkle Haare, glatt nach hinten gekämmt, kantiges Gesicht, bleiche Gesichtsfarbe. Alter höchstens vierzig, eher jünger, gute körperliche Verfassung, durchtrainiert. Was für eine Sprache hat er gesprochen, Anna?«

»Deutsch.«

»Irgendein Akzent?«

»Ist mir nicht aufgefallen, es ging alles so schnell.«

»Moment noch!« Lepke hielt die Polizistin zurück und blickte sich suchend um. »Die Waffe, die er bei sich hatte … Ich habe sie ihm aus der Hand geschlagen, sie muss irgendwo zwischen den Pflanzkübeln liegen!«

Es dauerte eine Weile, bis sie den Revolver bei einem der Pinocchios fanden, der ihn erst nach Androhung von lebenslanger Gefängnisstrafe bei Brot und Wasser widerstrebend der Polizei aushändigte. »Das ist voll fies! Ich habe ihn gefunden, oder? Also ist es auch meiner!«

Die Polizei gab eine Fahndungsmeldung für eine »unbekannte männliche Person, Alter dreißig bis vierzig, in einem Pkw unbekannter Marke, wahrscheinlich mit deutschen Nummernschildern« an die Streifenwagen.

Die Mutter der Colombina, die von Anna gerettet worden war, bedankte sich überschwänglich, die kleine Colombina streckte Anna zum Abschied die Zunge raus.

Erst als Anna und Lepke schon wieder bei Tante Nattis Vespa angelangt waren, fiel Anna ein, dass sie ihr Essen nicht bezahlt hatten. Und dass Maria ja auch gar nicht wusste, was überhaupt passiert war! Sie tippte eine kurze Textnachricht und versprach, in den nächsten Tagen noch mal vorbeizukommen: *Ich mache alles wieder gut, Maria, du bist meine Heldin!*

Am Rande des Parkplatzes war eine bodentiefe Plakatwand mit einer Werbung für »Andrea & Susanna«, wer immer die beiden sein mochten, zumindest boten sie Anna einen ausreichenden Sichtschutz, um in ihrem Rücken rasch zu pinkeln. Und es war höchste Zeit gewesen!

Als sie zurückkam, schnippte Lepke seine Zigarette zur Seite. »Lokale Schlagersternchen, wenn ich's richtig verstehe«, erklärte er mit einem mürrischen Blick auf die Plakatwand. »Von wegen alles Philosophen in Urbino! Lass uns bloß verschwinden hier.«

Anna öffnete den Benzinhahn und trat den Kickstarter, während sie mit der rechten Hand Gas gab. Im selben Moment, in dem der kleine Motor losratterte, kam der Schwächeanfall. Lepke konnte sie gerade noch stützen, als ihr die Knie versagten und sie haltlos zu schluchzen begann.

»Das ist der Schock«, versuchte Lepke, sie zu trösten. »Ist doch klar, dass du das nicht einfach wegsteckst, das ist ganz normal.«

Anna widersprach nicht, obwohl sie genau wusste, dass ihre Verzweiflung eine ganz andere Ursache hatte. Der Russe würde es noch mal versuchen, das war so gut wie sicher. Und trotzdem hatte sie nicht gesagt, dass sie ihn kannte. Auch nicht zu Lepke! Und das alles nur wegen des verfluchten Geldes, das ihnen nicht gehörte, und des dämlichen Plans, es einfach zu behalten.

Aber war es das wirklich wert? Und hatte der Zwischenfall eben in Urbino nicht deutlich gezeigt, wie schnell völlig Unbeteiligte in die Sache verwickelt werden konnten, Leute, die überhaupt nichts damit zu tun hatten, sogar Kinder!

Es geht nicht anders, ich muss es Lepke erzählen, dachte sie. Ich hätte es gestern Abend im Restaurant schon tun sollen. Es ist egal, was die Freundinnen dazu sagen, ich fahre jetzt mit Lepke zurück ins Agriturismo und erzähle ihm alles. Sie wischte sich mit der Hand die Tränen aus den Augen und nickte. »Fahren wir!«

Lepke hielt sich nur mit einem Arm an ihr fest, um jede Bewegung auf der Seite der verletzten Schulter zu vermeiden. Anna fuhr so vorsichtig, wie es nur möglich war, und versuchte, allen Schlaglöchern früh genug auszuweichen. Dennoch ließ es sich nicht vermeiden, dass die Vespa bei jeder Teernaht hüpfte und sich schüttelte.

Mehrmals sahen sie Streifenwagen der Polizei, die sie überholten oder ihnen entgegenkamen. Kurz vor den ersten Häusern von Calmazzo dann näherte sich von hinten ein Rettungswagen mit Blaulicht und gellender Sirene, und als er mit hohem

Tempo an ihnen vorbeischoss, war der Sog so stark, dass Anna mit aller Kraft den Lenker festhalten musste.

Im Rückspiegel tauchten jetzt zwei Streifenwagen auf, die sich mit aufblinkender Lichthupe freie Bahn verschafften, diesmal lenkte Anna gleich an den Straßenrand, um sie vorüberzulassen.

Und dann staute sich der Verkehr zurück, die Straße vor ihnen war gesperrt, am Anfang der Schlange waren die Blaulichter der Einsatzfahrzeuge zu sehen.

»Irgendein Unfall«, war Lepkes Kommentar. »Fahr weiter, vielleicht kommen wir ja dran vorbei.«

Vorsichtig tuckerte Anna an den stehenden Autos vorüber, bis ein Polizist auf sie zugeeilt kam und sie mit ausgestreckter Hand stoppte: »La strada è bloccata! Ein Unfall, Sie müssen umkehren! Prego! Fahren Sie woanders lang.«

Der Polizist war so bleich, dass es schien, als wäre alles Blut aus seinem Gesicht gewichen, auf seiner Stirn glänzte ein Schweißfilm, seine ausgestreckte Hand zitterte.

»Okay, wir wenden und …«

»Nein, warte!« Lepke stieg vom Rücksitz. »Siehst du das nicht? Das Auto da!« Er drängte sich an dem Polizisten vorbei, ohne sich um dessen laute Rufe zu kümmern.

Als Anna sich vom Sitz aufrichtete, hatte sie über das Dach eines Streifenwagens hinweg einen freien Blick auf die Unfallstelle.

Ein Mercedes-SUV war in einen Trecker gerast, als Anna genauer hinsah, erkannte sie, dass der Trecker den Wagen mit den stählernen Zacken seiner Grabschaufel regelrecht aufgespießt hatte. Es sah so aus, als hätte das SUV genau in dem Moment in den Feldweg einbiegen wollen, in dem von dort der Trecker gekommen war, mit der Schaufel auf Höhe der Kühlerhaube, die bis zur zersplitterten Windschutzscheibe zusammengedrückt war. Das SUV war mattschwarz und hatte ein deutsches Nummernschild, das mit einem »B« begann.

Lepke diskutierte jetzt mit einem ranghöheren Beamten, Anna sah, wie er abwechselnd nickte und den Kopf schüttelte. Hinter ihm schweißten zwei Feuerwehrleute die Fahrertür des SUV auf, irgendjemand schrie laut, vielleicht der Bauer, der zu dem Trecker gehörte.

Als Lepke zu Anna zurückkehrte, stiegen auch die Rettungssanitäter wieder in ihre Wagen. Mit leerer Trage!

»Das war's«, erklärte Lepke. »Keine Chance! Wenn du mit voller Wucht in so einen Frontlader krachst, dann …«

»Und er ist es?«, flüsterte Anna nur.

»Er war es. Sie wollten mir nichts weiter über seine Identität sagen, aber das kriegen wir raus. Ich schätze mal, das Berliner Kennzeichen dürfte genügen, um einen Zusammenhang mit Schmidt herzustellen. Wobei ich immer noch nicht weiß, was um alles in der Welt du damit zu tun hast! Ist das wirklich alles nur ein Zufall, ich meine, du hast dir nur das Auto geliehen und … Vergiss es, Anna! Lass uns irgendwie zum Haus zurückfahren, ich brauche was zu trinken. Wir brauchen beide was, oder? Und ich muss mit Wagner telefonieren, jetzt wird er mich ja wohl kaum noch von dem Fall abziehen können. So einfach wird mich Dalla Pozza nicht los, er wird sich noch wundern, wie hartnäckig ich sein kann. Ich fahre keine Minute eher, bevor ich nicht weiß, was hier eigentlich gelaufen ist.«

Anna hatte nur einen Gedanken im Kopf: Den Russen gab es nicht mehr! Wie ein Mantra sagte sie im Stillen immer wieder vor sich hin: Der Russe ist tot. Der Russe ist tot. Der Russe ist tot.

Und damit konnte alles so bleiben, wie es bislang gewesen war. Lepke würde nichts weiter herausfinden als das, was er ohnehin schon wusste. Es gab eine Verbindung zwischen Willy Schmidt und dem russischen Autohändler, aus irgendeinem Grund war der Russe hinter Willy Schmidt her gewesen. Und war wahrscheinlich auch sein Mörder. Und weil er herausgefunden hatte, dass Anna Willy Schmidt kannte, ging es wahrscheinlich um irgendetwas, wovon er glaubte, dass Anna es wusste. Weil Willy es ihr erzählt hatte. Das war der Grund, aus dem er Anna verfolgt hatte. Aber Anna wusste nichts. Anna war nur eine Randfigur, die den falschen Typen gekannt hatte! Falscher Typ, falsche Zeit, falscher Ort. So einfach war das alles.

Dass es nur eine Frage der Zeit war, bis die Freunde des Russen auf den Plan treten würden, versuchte sie für den Moment in einen Winkel ganz hinten im Hinterkopf zu verbannen.

Sie hatten die Vespa gerade wieder in die Wellblechgarage geschoben, als Anna eine Nachricht an ihre Freundinnen sandte. Zwei Sätze nur. Aber zwei *unmissverständliche* Sätze, selbst für gewisse Personen, deren Neugier schon krankhafte Züge zeigte: *Ich bin jetzt wieder im Agriturismo und möchte nicht gestört werden. Bitte respektiert das und lasst mir meine Privatsphäre.*

Klang ein bisschen gestelzt, sollte aber seine Wirkung nicht verfehlen. Die erste Antwort kam innerhalb weniger Sekunden. Und war von Emilia: *Kondome findest du in der Küche in dem Glas mit den geklauten Zuckerwürfeln.* Die beiden folgenden Nachrichten ignorierte Anna, weil Lepke ungeduldig fragte, wo um alles in der Welt er in dem Schubladenchaos einen Flaschenöffner finden sollte. Und dann stand Lepke mit der geöffneten Flasche in der einen und zwei Gläsern in der anderen Hand mitten in der Küche und schien von einem Moment auf den anderen vergessen zu haben, was er eigentlich wollte. Sah Anna nur unverwandt an, als wäre sie es, die jetzt entscheiden müsste, wie es weiterging.

Als sie ihm die Flasche und die Gläser abnahm und zurück neben die Spüle stellte, nickte Lepke. Als sie sich küssten, stießen ihre Zähne hart aufeinander, bevor ihre Zungen zu einem gemeinsamen Rhythmus fanden. Und als er ihr Kleid hochschob, sie ihren Slip abstreifte, er sie rückwärts auf die Tischplatte hob, dann vor ihr in die Knie ging und mit den Lippen eine feuchte Spur über die Innenseite ihrer Oberschenkel zog, gab es nichts anderes mehr, was irgendeine Bedeutung hatte. Nur noch sein Stöhnen und ihre heiseren Schreie. Und dann das große Vergessen, das alles um sie herum verschwinden ließ.

Es musste schließlich zwei oder drei Stunden später sein, als sie die Flasche Wein ausgetrunken hatten. Anna schien jedes Gefühl für Zeit verloren zu haben. Draußen brach bereits die Dämmerung an, schwere Wolken zogen am Himmel auf, es war so schwül und stickig, dass trotz des weit offenen Fensters kein Luftzug zu spüren war. In der Ferne krachte der erste Donner, die Blitze rissen sekundenschnell hintereinander wirre Muster in die plötzliche Dunkelheit, die Donnerschläge folgten jetzt in kurzen Abständen, als der Regen einsetzte, war es, als hätte der Himmel alle Schleusen geöffnet. Ein Windstoß schmetterte das Fenster zu, noch bevor Anna es schließen konnte, das Licht funktionierte nicht, im flackernden Schein einer Kerze suchten sie sich ihren Weg ins Bad. Als sie sich küssten, flammte auch das elektrische Licht wieder auf.

In Emilias Fach gab es eine Zahnbürste, die noch in der Verpackung steckte, albern kichernd hockte Anna auf dem Klo und pinkelte, während Lepke ihr mit Zahnpastaschaum vor dem Mund zeigte, dass er tatsächlich mit den Ohren wackeln und gleichzeitig mit den Augen über Kreuz schielen konnte. Als Anna es ebenfalls versuchte, behauptete er, das Einzige, was sich bei ihr bewegen würde, wäre ihre Nase.

»Dafür bewegt sich bei dir was ganz anderes«, stellte Anna mit einem interessierten Blick fest, während sie schon nach seiner Hand griff: »Komm mit, du kennst das Bett noch gar nicht, das wir hier haben. Und bring die Kerze mit, oben an der Decke haben wir nämlich einen Spiegel! War Emilias Idee, aber es wird dir gefallen!«

Irgendwann mitten in der Nacht war Lepke dann aufgestanden. Anna erinnerte sich vage daran, dass er etwas von »Hunger« gemurmelt hatte. Und sie hatte ihn in der Küche rumoren hören und noch gedacht, dass sie am Nachmittag etwas zu essen hätten kaufen sollen. Bei dem Gedanken, dass Lepke nichts weiter finden würde als Zwieback und vielleicht einen schrumpligen Apfel, hatte sie sich noch vorgestellt, dass sie am nächsten Morgen nach Rimini fahren würden. Und Li würde ein Frühstück für sie zaubern, das diesen Namen auch verdiente.

Mit dem Bild von frisch gepresstem Orangensaft und Paninis mit Mozzarella und Tomate und danach gebratenen Scampis und warmem Ciabatta war sie im nächsten Moment schon wieder eingeschlafen.

Aber jetzt konnte Lepke ja unmöglich immer noch mit einem bröckligen Zwieback in der Hand am Küchentisch sitzen! Wahrscheinlich war er doch wieder zurück ins Bett gekommen, sie hatte es nur nicht bemerkt. Und später dann hatte er sie nicht wecken wollen und sich so leise wie möglich einen Kaffee gekocht. Und weil es draußen immer noch regnete, würde sie ihn also in der Küche finden. An dem bewussten Küchentisch, bei dem sie von nun an immer an ganz andere Dinge als Essen denken würde. Was sie vielleicht auch eben noch mal wiederholen könnten, bevor sie zum Frühstück ins »Il Faro« fuhren.

Anna war sich sicher, dass es ihr nicht allzu schwerfallen würde, Lepke von ein bisschen Morgengymnastik zu überzeugen. Sicherheitshalber entschied sie, sich auch gar nicht erst etwas überzuziehen, nackt, wie sie war, würde ihr Vorschlag nur umso schneller das gewünschte Resultat erzielen.

Aber Lepke saß nicht in der Küche. Und seine Zigaretten waren vom Tisch verschwunden. Dafür lag da ein … Pizzakarton. Anna spürte, wie ihre Knie weich wurden. Sie kannte diese Art von Karton zur Genüge. Weiß mit einem grünroten Streifen am Rand. Nur dass dieser Karton hier in einer Pfütze aus geschmolzenem Eis schwamm und die Geldscheinbündel, die unter dem aufgerissenen Deckel hervorsahen, gewellt vor Nässe waren.

Als Anna die Kellertür öffnete und zu dem brummenden Monster von Gefrierschrank hinunterstieg, zitterte sie so sehr, dass ihre Zähne aufeinanderschlugen. Und das kam nicht nur von der feuchten Luft im Keller!

Die übrigen Pizzakartons lagen unverändert unter einer dicken Eiskruste in den Fächern, nur ganz oben fehlte ein Karton, auf dem Fußboden vor dem Gefrierschrank waren noch ein paar Eisbrocken zu sehen.

Es bestand keinerlei Zweifel mehr, was passiert war, Lepke war im Keller gewesen, auf der Suche nach etwas zu essen. Und dann hatte er die tiefgefrorenen Pizzas entdeckt und einen Karton mit nach oben genommen. Wo er ihn geöffnet hatte, um die Pizza in den Ofen zu schieben. Nur dass eben gar keine Pizza in dem Karton gewesen war.

Und Lepke hatte eins und eins zusammengezählt und musste davon überzeugt sein, dass Anna ihn hinters Licht geführt hatte. Was ja nicht ganz falsch war, wenn auch völlig anders, als er sich das jetzt wahrscheinlich zusammenreimte.

Vielleicht war er gerade auf dem Weg zur Polizei! Nein, die hätte er mit dem Handy anrufen und zum Agriturismo beordern können. Es passte auch nicht zu ihm, er hätte Anna vorher zur Rede gestellt. Aber er war weg. Seine Zigaretten waren vom Tisch verschwunden, die schwarze Jeans und das Hemd lagen genau so auf dem Boden, wie er sie gestern mit Annas Hilfe ausgezogen hatte. Dafür fehlten seine Dandy-Klamotten! Und das alles konnte nur bedeuten, dass er verschwunden war, weil er Anna auf keinen Fall mehr sehen wollte. Was immer er jetzt unternehmen würde, er würde es tun, ohne erst mit ihr zu reden.

Noch bevor Anna ihr Handy holte und seine Nummer aufrief, wusste sie, dass es vergeblich war. Lepke nahm ihren Anruf nicht an, »the person you've called is temporarily not available«.

Drittes Buch

Non lodare il giorno prima della sera
Du sollst den Tag nicht vor dem Abend loben

1. Kapitel

In den ersten Tagen nach dem tödlichen Autounfall rechneten sie fest damit, dass irgendetwas passieren musste. Als Anna den anderen erzählte, warum Lepke so plötzlich verschwunden war, war Tante Nattis Kommentar: »Nicht gut.«

»Gar nicht gut«, bestätigte Fabia.

»Bist du sicher, dass du alles richtig gemacht hast?«, wollte Emilia wissen. »Im Bett, meine ich. Machen wir uns doch nichts vor, bei den Kerlen geht es immer nur darum, ihnen etwas zu geben, was sie sonst nirgends kriegen. Da musst du auch mal ein bisschen einfallsreich sein, sonst machen sie beim ersten kleinen Missverständnis den Abflug. Siehst du ja!«

Lepke hatte im wahrsten Sinne des Wortes den »Abflug« gemacht – der Bauer unten an der Brücke hatte ihn am Morgen noch gesehen, wie er im strömenden Regen in einem Taxi vorübergefahren war …

»Sie mussten warten, weil ich gerade dabei war, die Kühe von der Straße zu treiben, die den Weidezaun platt gemacht hatten. Ich hab noch ein paar Worte mit dem Taxifahrer gewechselt, Gorgio, ich war mit seinem Vater zusammen auf der Schule, und Gorgio hätte fast mal meine Gina geheiratet, Gorgio und Gina, sie waren ein schönes Paar, ungefähr wie Anita Ekberg und Marcello Mastroianni in *La Dolce Vita*, immer noch einer der besten Filme, die ich gesehen habe, aber vielleicht ist es ja besser, dass es dann in die Brüche gegangen ist, mit Gorgio und

Gina, meine ich, jetzt hat Gina einen avvocato, das ist ja wohl besser als ein Taxifahrer, der morgens um sieben bei strömendem Regen einen Fahrgast mit einer Sonnenbrille hinten drin hat, der kein Wort mit ihm redet, obwohl Gorgio gut Englisch kann, und Deutsch sowieso, weil er den ganzen Sommer die deutschen Touristen hin- und herkutschiert, vom Flughafen Ancona nach Rimini und zurück …«

Zum Flughafen nach Ancona sollte Gorgio auch den wortkargen Fahrgast mit der Sonnenbrille bringen, erst ins Hotel in Rimini, dann weiter nach Ancona, wusste der Bauer noch zu berichten. Und dass der Typ auf der Rückbank ihm gleich verdächtig vorgekommen sei: »Ich sag nur strömender Regen und Sonnenbrille! Gorgio ist wirklich nicht zu beneiden, was er so mitmachen muss.«

Lepke war also nach Deutschland zurückgeflogen, und bislang hatte er sich auch noch nicht wieder gemeldet.

Rosario hatte den Unfalltod genutzt, um den Fall »Willy Schmidt« endgültig als abgeschlossen zu erklären. Auf einer neuerlichen Pressekonferenz hatte er seine ursprüngliche Eifersuchtstheorie leicht modifiziert, der Russe war jetzt derjenige – da er wie Willy Schmidt aus Berlin kam –, der Schmidt wegen eines »mutmaßlichen Eifersuchtsdramas in Berlin« bis nach Italien verfolgt und ermordet hatte. Bevor er dann selber Opfer seiner »teutonischen Fahrweise« wurde, »die Geschicklichkeit und Improvisationstalent durch aggressives Machtgebahren ersetzt«. Was aber eben von Zeit zu Zeit auch schiefgehen würde, wie sich am Beispiel von Wladimir Grotschenko bestens veranschaulichen lasse.

Bei Anna hatte sich Rosario noch nicht wieder blicken lassen, sie hatte den Verdacht, dass ihre Freundinnen nicht ganz unschuldig daran waren, auch wenn sie es vehement abstritten.

Aus welchem Grund die Polizei in Urbino sich nicht noch mal bei Anna meldete, blieb ein Rätsel. Aber da auch keine weiteren Russen oder andere Leute auftauchten, die einen Anspruch auf das Geld erhoben, schien es tatsächlich so, als sollte Anna recht behalten: Es war vorbei!

Nur leider auch mit Lepke. Sie vermisste ihn, und das nächtliche Kopfkissen zwischen ihren Beinen – ein Tipp von Fabia – half auch nicht viel. Vor allem fühlte sich Anna ungerecht behandelt! Sie wollte wenigstens erklären, was eigentlich los war, mehrmals machte sie den Anfang zu einer langen Mail, löschte ihren Text dann aber wieder, weil sie Sorgen hatte, er könnte eventuell in die falschen Hände geraten. Und tatsächlich hatte sie ja auch keine Ahnung, wie sie Lepkes Schweigen interpretieren sollte – vielleicht war er auch dabei, weiter zu recherchieren, um dann zum großen Rundumschlag auszuholen. Es war nicht sicher, dass er wirklich nur ohne Abschied verschwunden war, weil er sich von Anna hintergangen und ausgenutzt fühlte, auch verletzter Stolz war möglich – und sie wusste nur zu gut, wozu gerade Männer dann fähig waren, um sich zu rächen.

Jetzt saß sie in der Sonne an einem freien Tisch vor dem »Il Faro«, der rote Alfa, den sie langsam zu mögen anfing, parkte wie in Gennaros besten Zeiten mit den Vorderrädern auf dem Gehweg. Erstaunlich, für was alles ein Auto als Ersatz herzuhalten vermochte, dachte Anna, während sie gleichzeitig dem jungen Aushilfskellner zunickte, als er ihr unaufgefordert einen doppelten Espresso brachte: »Grazie, äh …« Und wieder fiel ihr sein Name nicht ein; als er sie fragend anblickte, überspielte sie die peinliche Pause mit einem Lächeln und erklärte: »Ich glaube, ich werde später auch etwas essen, eine Kleinigkeit nur, vielleicht …«

»Involtini di melanzane, gefüllt mit gerösteten Brotwürfeln, Rosinen, Pinienkernen und Parmesan?«, schlug der junge Mann errötend vor, als hätte er etwas gänzlich Unanständiges von sich gegeben. »Ist neu auf der Karte, wir nennen es ›Kleine Mahlzeit einer Hafenmöwe‹, piccolo pasto da gabbiano di porto, die Leute lieben solche verrückten Namen. Wir haben es extra auch noch auf Englisch und Holländisch druntergeschrieben. War meine Idee, der Name, meine ich.«

»Es klingt gut«, lobte Anna, »macht zumindest neugierig.«

»Und es schmeckt fantastisch! Wann darf ich es bringen? Ist eine Viertelstunde in Ordnung, oder …«

»Perfekt! Und …« Jetzt wusste sie seinen Namen wieder. Pietro. Und er studierte in Urbino. Deutsch und noch eine Sprache. »Noch was, Pietro!«

»Si?«

»Ich muss dann später noch mal mit Matteo reden, vielleicht wenn der große Ansturm zur Mittagszeit vorüber ist.«

»Ich richte es ihm aus, geht klar, Padrona.«

Anna hätte nie gedacht, dass sie es einmal lieben würde, »Padrona« genannt zu werden. Und die Blicke vom Nachbartisch zeigten deutlich, dass die Anrede bei den anderen Gästen durchaus für interessierte Neugierde sorgte – Anna hatte das Gefühl, dass sie zusammen mit dem dreist geparkten Sportwagen und dem ein wenig zu schicken Kostüm, das sie heute trug, ihrer Rolle als Chefin recht gut entsprach. Vielleicht war ihre Wirkung ein ganz klein bisschen halbseiden, aber das passte zu einer erfolgreichen Gastronomin. Jetzt musste sie nachher nur noch mit Matteo besprechen, was notwendig sein würde, um auch den zukünftigen Erfolg des »Il Faro« zu sichern. Vor allem, von welcher Höhe sie bei der dafür dringendst notwendigen Finanzspritze reden müssten! Denn davon hing unter anderem ab, welche Art von Investitionen sie sich als Freundinnen würden leisten können.

Sie waren sich mittlerweile einig darüber, dass jede von ihnen einen Anteil des Geldes »für persönliche Zwecke« verwenden sollte – bei Anna war es das Restaurant und ein kleines Polster für die Zeit, bis sie wusste, wo und was sie arbeiten wollte, bei Emilia der Traum von ihr und Gino, eine Bar an der Strandpromenade zu übernehmen, bei Fabia die Idee, sich als praktische Ärztin irgendwo niederzulassen, vielleicht in Urbino, bei Tante Natti wussten sie es nicht, sie hatte sich bislang beharrlich über ihre Wünsche ausgeschwiegen.

Das dann noch verbleibende Geld wollten sie »vernünftig« investieren. Das Kinderheim in Rimini, eine weitere große Spende für eine Umweltorganisation, ein leer stehendes Dorf als neues Zuhause für Geflüchtete. Für Letzteres hatte Fabia bereits mehrere infrage kommende Objekte ausgewählt, sowohl in den Abruzzen als auch an der Küste von Kalabrien. Von zwanzig Euro pro verlassenem Haus bis zu dreitausend für ein ganzes Dorf, wobei natürlich dann immer noch notwendige Reparaturen hinzukommen würden, ebenso wie die Schaffung einer vernünftigen Infrastruktur …

Als das mattschwarze SUV im Schritttempo vorüberfuhr und dann mit eingeschalteter Warnblinkanlage in der zweiten Reihe anhielt, hatte Anna so etwas wie ein Déjà-vu. Erst als sie den Kopf reckte, sah sie, dass das Auto kein Mercedes, sondern ein Audi war. Und es stiegen zwei Männer aus, nicht einer. Zwei Männer in schwarzen Militaryhosen und mit blütenweißen T-Shirts, die einen auffälligen Kontrast zu den bläulich schimmernden Tattoos auf ihren Armen bildeten. Beide hatten im Nacken und an den Seiten ausrasierte Haare, beide sahen verdammt nach Berlin aus, auch ohne dass Anna das Nummernschild an ihrem Wagen erkennen konnte.

Ohne zu zögern, kamen sie direkt auf Anna zu. Dass sie eine Sekunde warteten, mit den Händen bereits an den Stuhllehnen, als würden sie um Annas Erlaubnis bitten, schien eher eine Formsache.

»Sie wissen, weshalb wir hier sind.« Der Ältere der beiden ließ Anna nicht aus den Augen, anders als bei Wladimir war sein Deutsch ohne jeden Akzent, trotzdem war Anna sich sicher, erneut zwei Russen vor sich zu haben. Die Motive der Tattoos auf ihrer bleichen Haut waren eindeutig, Anna konnte eine Jungfrau Maria mit Heiligenschein und Kind auf dem Arm ausmachen, der andere Mann trug drei kunstvoll gestochene Zwiebeltürme einer Basilika, die bei jeder Bewegung seiner Muskeln auf und ab hüpften.

»Nein, weiß ich nicht«, antwortete Anna, während sie den Kopf drehte, um Pietro auf sich aufmerksam zu machen. »Ich möchte Sie auch bitten, mich in Ruhe zu lassen, ich habe kein Interesse an Ihrer Gesellschaft.«

»Das wird sich ändern, wenn Sie unseren Vorschlag gehört haben.«

Der zweite Mann hob die Hand und streckte die Finger aus. »Fünf Minuten. Ich an Ihrer Stelle würde das nicht ablehnen. Aber es ist Ihre Entscheidung. Wenn Sie wollen, dass wir gehen, verschwinden wir wieder.«

»Für immer?«, fragte Anna, obwohl sie die Antwort längst kannte. Der drohende Unterton war deutlich genug gewesen.

Die beiden Männer lächelten sie mitleidig an, ohne etwas zu sagen.

»Wir würden es gerne anders lösen«, kam es dann von dem Älteren. »Es liegt an Ihnen, wie die Sache ausgeht. – Wie ist das Essen hier? Können Sie etwas empfehlen? Ich habe Hunger! Etwas zu essen und etwas zu trinken, dann redet es sich leichter.«

Anna wusste, dass sie keine Chance hatte, die beiden Typen loszuwerden. Und selbst wenn es ihr gelingen würde, würden sie wiederkommen. Und das wahrscheinlich zu einem Zeitpunkt und an einem Ort, der ungünstiger für sie war als jetzt hier mittags in Rimini, in ihrem eigenen Restaurant. Aber sie musste eine Lösung finden, wie sie das Problem möglichst ein für alle Mal aus dem Weg räumen könnte. Und auch wenn sie ihnen nicht traute, war es doch vielleicht sinnvoll zu hören, was die Russen ihr überhaupt anbieten wollten.

»Gut, ich höre mir Ihren Vorschlag an«, entschied sie. »Und das Essen geht aufs Haus, Sie sind eingeladen.«

Die beiden Männer blickten sie skeptisch an, es war deutlich, dass Annas veränderte Haltung sie irritierte.

»Sehr gut, sehr vernünftig. Das gefällt mir. Es ist immer besser, eine solche Sache friedlich zu regeln, Wladimir hat das leider nicht verstanden, dafür entschuldigen wir uns. Das hätte nicht passieren dürfen.«

Anna nickte nur, sie musste improvisieren, das war klar, und allzu viele Möglichkeiten hatte sie nicht. Aus den Augenwinkeln hatte sie beobachtet, wie Pietro mehrmals Anstalten gemacht hatte, an ihren Tisch zu kommen, aber sich dann jedes Mal dagegen entschied. Er schien die Situation richtig einzuschätzen, dass hier irgendetwas ganz und gar nicht in Ordnung war – und er löste das Problem, indem er Matteo zu ihnen schickte!

Der alte Oberkellner zeigte seine übliche mürrische Miene, aber Anna sah, wie er versuchte, die beiden Russen einzuschätzen, bevor er zu Anna sagte: »Haben Sie einen besonderen Wunsch, Padrona?«

»Ich brauche deine Hilfe, Matteo! Un caso d'emergenza!« Anna konnte nur hoffen, dass die Russen kein Italienisch verstanden, zumindest nicht, wenn es schnell gesprochen war. Auch wenn sie angestrengt versuchten, irgendetwas aufzuschnappen, was ihnen bekannt vorkam. »Die zwei Signori sind meine Gäste, ich habe sie zum Essen eingeladen, ich brauche ein … ganz besonderes Gericht für sie, etwas, was sie so schnell nicht vergessen.«

Es war nur eine spontane Idee, Anna hatte keine Ahnung, was für Konsequenzen das Ganze haben würde, aber Matteo erwiderte bereits: »Sie meinen, etwas ganz Besonderes, was nicht auf der Karte steht?«

»Richtig, Matteo. Ein … einmaliges Essen, unico, straordinario.«

»Nicht so viel Italienisch!«, beschwerte sich der Ältere.

»Sì, Padrona.« Matteo schlurfte davon, mit krummen Schultern und mürrischer Miene.

»Es passt ihm nicht«, erklärte Anna. »Dabei habe ich nur darum gebeten, dass er eines der Gerichte bringt, die wir nicht auf der Karte haben. Weil sie viel zu aufwendig wären, um in irgendeinem angemessenen Verhältnis zu den Preisen zu stehen, die wir hier verlangen können. Wir sind kein Sterne-Restaurant, nur eine bessere Hafenkneipe.«

Die Russen schienen zufrieden, warteten aber mit der Fortsetzung des Gesprächs, bis Pietro eine Flasche Mineralwasser und eine Karaffe Wein auf den Tisch gestellt hatte.

»Kein Bier?«, fragte der Mann mit der Basilika auf dem Oberarm.

Anna schüttelte den Kopf. »Mein Vater hat es immer abgelehnt, Bier auszuschenken. Das gehört sich nicht für ein italienisches Restaurant, hat er behauptet.«

»Also doch keine Hafenkneipe«, stellte der Russe fest.

Pietro räusperte sich und drehte nervös das leere Tablett in den Händen. »Entschuldigung, ich soll noch schöne Grüße ausrichten«, wandte er sich unsicher an Anna.

»Sprich Deutsch mit mir«, forderte ihn Anna auf, »du studierst das doch, es ist sonst unhöflich meinen Gästen gegenüber. Also, schöne Grüße von wem?«

»Rosario. Ich habe ihn getroffen, wie sagt man per caso?«

»Zufällig.«

»Zufällig getroffen, sì. Er sagt, er hat lange nichts von Ihnen gehört.«

Anna merkte, wie sich ihre Nackenhaare aufstellten. Wenn überhaupt, würde Rosario seine Grüße wohl kaum an Pietro ausgerichtet haben, wahrscheinlich wusste er noch nicht mal, dass der Student im »Il Faro« arbeitete. Also konnte das Ganze nur eine versteckte Frage sein, die Matteo mit Pietro verabredet hatte. Aber die Idee, die sich dahinter verbarg, war gut. Immer vorausgesetzt, sie lag jetzt mit ihrer Vermutung nicht völlig daneben …

»Wenn du ihn wieder mal siehst, sag ihm doch bitte, ich würde mich freuen, ihn hier bei passender Gelegenheit begrüßen zu dürfen.«

»Bei passender Gelegenheit …?«

»Wenn es passt, Pietro, all'occasione.«

»Ah, capito! Ja, sag ich.«

»Rosario?«, fragte der ältere Russe.

»Ein Freund. – Und Ihr Vorschlag? Ich bin gespannt, was Sie zu sagen haben.«

Nach einem kurzen Blickwechsel übernahm der Russe mit der Basilika, er schien der Mann fürs Gröbere zu sein. »Du musst irgendwann zurück nach Berlin. Und Berlin ist eine große Stadt. Gefährlich! Vor allem für eine Frau, die alleine lebt.« Er machte eine kurze Pause, als wollte er seine Worte wirken lassen. Und das taten sie auch, die Drohung war deutlich genug, der plötzliche Wechsel zum »du« verstärkte das nur noch. »Und da ist noch etwas, was zu einem Problem werden könnte. Du hast deinen Job verloren, du wirst etwas Neues finden müssen, aber das ist nicht so einfach in diesen Zeiten.«

»Sie sind gut informiert über mich«, brachte Anna leise heraus. »Ich warte allerdings immer noch auf Ihren Vorschlag.«

»Wir können vielleicht helfen. Schutz, Beziehungen, die eine oder andere Gefälligkeit, was immer du brauchst.«

»Und was muss ich dafür tun?«

»Du weißt es!«

»Nein, leider nicht.«

Der ältere Russe mischte sich wieder ein. »Seien Sie nicht dumm, sagen Sie uns, wo das Geld ist, und wir vergessen alles, was gewesen ist.«

Als Anna nicht sofort antwortete, setzte er hinzu: »Machen Sie jetzt keinen Fehler!«

»Wissen Sie, was Ihr Problem ist?«, fragte Anna. »Sie reden die ganze Zeit von etwas, wovon ich nichts weiß. Ich habe Ihr Geld nicht!«

Und dann kam das Essen. Gerade als die beiden Russen noch zu überlegen schienen, zu welcher Taktik sie jetzt übergehen sollten, tauchte Matteo mit zwei dampfenden Suppenschüsseln auf, hinter ihm Pietro mit einer weiteren Schüssel, die er vor Anna absetzte.

»Eine schöne Fischsuppe«, erklärte Matteo. Jetzt ebenfalls auf Deutsch! Es klang ein bisschen wie »Ich wünsche euch, dass ihr daran erstickt«.

Die Suppe war dickflüssig, eine Art Bouillabaisse, Anna konnte kleine Stückchen von Muscheln und Fisch erkennen, Möhren, Sellerie, Tomaten. Für einen Moment war sie enttäuscht, sie hatte sich also geirrt, es war exakt die gleiche Suppe, die sie auch auf der Karte hatten. Als sie aufblickte, sah sie, dass Pietro im Rücken der Russen stand und ihr den hochgereckten Daumen zeigte, während er auffordernd auf ihre Schüssel nickte.

Matteo hatte sich nicht vom Platz gerührt, mit dem weißen Handtuch über dem linken Unterarm spielte er den beflissenen Kellner, der er beim besten Willen nicht war. Und das reichte für Anna, um sich sicher sein zu können, dass es keinen Grund gab, an Matteos Geistesgegenwart zu zweifeln. Ganz zu schweigen von Lis Kochkünsten!

»Buon appetito!«, wünschte Anna und tauchte ihren Löffel in die Suppe. Die Russen warteten, bis sie zwei, drei Löffel gegessen hatte, dann griffen sie ebenfalls nach ihren Löffeln.

»Vorsicht, heiß!«, warnte Matteo. »Attenzione!«

»Lass gut sein, Alter, wir haben schon mal Suppe gegessen«, kam die Antwort von dem Mann mit der Basilika, während er die Schüssel an den Mund setzte und demonstrativ zu schlürfen begann.

Matteo nickte zufrieden und winkte Pietro zu sich, Anna sah, dass sie in der Tür zum Restaurant stehen blieben und unauffällig zu ihnen herüberblickten.

Die Wirkung setzte schneller ein, als Anna erwartet hatte. Dem Basilika-Russen entfuhr ein gewaltiger Rülpser, kaum hatte er die Schüssel mit zitternden Händen zurück auf den Tisch gestellt, kippte er mit dem Kopf nach vorn und blieb reglos liegen. Der ältere Russe reagierte prompt, als er aufsprang, krachte sein Stuhl polternd zu Boden, er schaffte es noch bis fast auf die Straße, dicht neben dem SUV brach er ebenfalls zusammen.

Die Gäste an den Nachbartischen kreischten entsetzt auf, wurden im nächsten Moment aber schon von der gellenden Sirene des Polizeitransporters abgelenkt, der mit quietschenden Reifen vorfuhr, dicht gefolgt von Rosarios Streifenwagen.

»Troppo di vino, Commissario«, erklärte Matteo mit ungerührter Miene, als Rosario ausstieg.

Rosario nickte nur und wies die uniformierten Beamten an, die beiden Russen in den Transporter zu schaffen. »Arrestare! Bringt sie in die Ausnüchterungszelle in der Questura.«

Matteo bot den laut tuschelnden Gästen ein Getränk ihrer Wahl an: »Auf den Schreck! Grappa di cooperativa, Aperol, Averna …«

Als Anna zu Rosario trat, blickte er schnell woandershin. Entweder waren die Freundinnen ihm gegenüber sehr drastisch geworden, oder er wollte ihr jetzt zeigen, dass er immer noch sauer auf sie war – und dass er in absehbarer Zeit auch nicht vorhatte, ihr zu verzeihen.

»Es sind Russen, Rosario, und …«

»Sehe ich. Aus Berlin.« Er drehte sich zu Matteo. »Wann werden sie wieder so weit sein, dass ich sie vernehmen kann?«

»Zwei Stunden, drei Stunden?« Matteo zuckte mit den Schultern. »Es war eigentlich nur eine Partydroge, haben wir vor einiger Zeit mal bei einem Gast einkassiert. Wie das Zeug heißt, fragst du besser unseren Studenten! Aber vielleicht hat Li es mit der Dosierung ein wenig übertrieben.«

»Gut, danke.«

»Rosario«, setzte Anna noch mal an. »Es gibt da ein paar Sachen, die ich vielleicht erklären sollte …«

Er stoppte sie mit einer energischen Handbewegung. »Un attimo, immer schön eins nach dem anderen.«

Mit weit ausholenden Gesten dirigierte er den Abschleppwagen, der inzwischen gekommen war und das SUV von der Straße schaffen sollte. Erst dann winkte er Anna wieder zu sich, allerdings nur, um barsch zu erklären: »Morgen Vormittag um elf in der Questura. Du und deine Freundinnen. Alle drei! Und ich will auch Gino sehen.«

»Was? Und wozu?«

»Das ist eine offizielle Vorladung. Zu einer Vernehmung! Bringt ausreichend Zeit mit, je nachdem, was i russi zu erzählen haben, wird es länger dauern oder auch nicht. Aber macht mich nicht dafür verantwortlich, die verdammte Fischsuppe habt ihr euch selber eingebrockt. Und damit meine ich nicht das Spezialrezept von Matteo, ich denke, du verstehst mich schon. Elf Uhr, morgen.«

Anna entschuldigte sich bei Matteo, dass sie ihr Gespräch noch mal verschieben müssten. Ihre »conversazione delle finanzi«, wie Matteo es nannte. Er hatte nicht mitbekommen, was Rosario zu Anna gesagt hatte, ahnte aber, dass es einen Zusammenhang gab, wenn auch anders, als er es sich vorstellte: »Mach dir keine Sorgen, Padrona, Dalla Pozza wird sie weichklopfen. Er kennt alle Tricks, wie man Leute zum Reden bringt! Das weiß ich von ihm selber, hat er oben im Norden gelernt, wo die Leute ja schon kaum was sagen, wenn sie nichts zu verbergen haben.«

Sieh mal an, dachte Anna, von Matteo hätte ich nun am allerwenigsten erwartet, dass er ausgerechnet Rosario irgendwelche Geschichten abkauft, die der entweder aus der Zeitung hat oder die schlicht und einfach erfunden sind. Sie erinnerte sich an die Geschichte von Rosario, die Fabia neulich erzählt hatte – von dem missglückten Versicherungsbetrug, den er während seiner Zeit im Tessin aufgedeckt haben wollte. Mit den Skilehrern, die verabredet hatten, dass der eine dem anderen mit der Kettensäge ein Bein abtrennen sollte – und der würde es dann als Arbeitsunfall hinstellen, damit sie sich die Versicherungssumme teilen konnten. Sie hatten ihren Plan auch tatsächlich in die Tat umgesetzt, zumindest den ersten Teil, nur dass der Kettensägenmann in Panik geraten und weggerannt war, als sein Kumpel blutend und schreiend vor ihm lag, und weil sie ihre großartige Aktion irgendwo weit weg im Wald durchgezogen hatten, war der Kumpel dann dort verblutet und wurde erst Wochen später durch Zufall von einem Wanderer gefunden. So weit die Geschichte – nur dass Anna sie bereits gekannt hatte! Und dass sie weder im Tessin passiert war, noch zu der Zeit, in der Rosario dort bei der Polizei gewesen war, sondern schon vor über zwanzig Jahren, und zwar in Mittenwald am Karwendel! Der reißerische Bericht aus der *Bild*-Zeitung mit der Schlagzeile

»BEIN AB – KUMPEL TOT!« hing am Schwarzen Brett auf dem Gang, seit Anna für die Mordkommission in Berlin gearbeitet hatte …

»Scusa, Matteo, was hast du gerade gesagt?« Anna hatte für einen Moment nicht hingehört, Matteos Hand auf ihrem Arm zitterte leicht.

»Die Männer! Wer war das? Hat es etwas mit Genna zu tun?«

»Was? Wie kommst du darauf?« Der Gedanke erschien Anna so aberwitzig, dass sie unwillkürlich in Lachen ausbrach. »Nein, Matteo, natürlich nicht! Es waren Leute aus Berlin, du hast doch das Auto gesehen. Es ist … Es hat etwas mit einem Fall zu tun, an dem ich gearbeitet habe«, erfand sie schnell eine Erklärung, die ihm hoffentlich genügen würde. »Aber ich denke, das ist jetzt auch erledigt, Rosario wird ihnen deutlich zu verstehen geben, dass sie hier nicht erwünscht sind. Und wegen Berlin mache ich mir auch keine Sorgen, wer weiß, wann ich überhaupt wieder zurückfahre, bis dahin ist das alles Schnee von gestern. Aber ihr wart großartig, alle!«, versuchte sie, dem Thema eine andere Richtung zu geben. »Ich danke euch sehr für eure Hilfe, das war fast schon filmreif, was wir da gemacht haben, findest du nicht?«

Matteo ging nicht auf ihren leichten Tonfall ein, stattdessen fragte er nochmals: »Es hat wirklich nichts mit Genna zu tun?«

»Nein, hat es nicht. Aber gibt es da irgendetwas, was ich wissen sollte? Dann sag es mir bitte!«

»Ich wollte nur sicher sein.«

Anna fand seine wiederholten Fragen mehr als merkwürdig, andererseits passte diese Geheimniskrämerei zu Matteo, wahrscheinlich gab es tatsächlich die eine oder andere Sache, die ihr Vater gemacht hatte, obwohl es nicht ganz legal war. Sie hatte noch deutlich den Satz im Ohr, den er gerne anbrachte, wenn es um seinen Beruf ging: »Als Gastronom stehst du immer mit einem Bein im Knast, anders würdest du in wenigen Wochen pleite sein, ohne eine einzige Lira für gewisse Notfälle in der Schublade.«

Und es war, als würde dieser Satz sie verfolgen – als sie eine halbe Stunde später vor dem Café am Lido saß und auf ihre Freundinnen wartete, musste sie zwangsläufig daran denken, dass Emilia und Gino unbedingt genau hier an der Promenade eine Bar übernehmen wollten. Und das war etwas ganz anderes als ein eher unauffälliges Restaurant am alten Hafenbecken! Die Lizenzen für die Cafés, Bars, Restaurants am Lido wurden von Generation zu Generation weitervererbt, wer sich da außer der Reihe einkaufen wollte, musste nicht nur eine gehörige Stange Geld aufbringen und ein paar gut gefüllte Umschläge für die verschiedenen Behörden bereithalten, sondern würde auch den Unmut der Konkurrenz auf sich ziehen. Was womöglich noch weitaus schwieriger zu handhaben sein könnte als das Aufbringen der notwendigen Schmiergelder!

Aber das wussten Emilia und Gino, und was immer Anna und die beiden anderen Freundinnen dazu zu sagen hatten, würde nichts an ihrem Traum von einer Rimini-Bar ändern. Außerdem hatte Anna jetzt schon mehrmals den Verdacht gehabt, dass es Emilia und Gino vielmehr noch darum ging, ihre Ehe zu retten. So wie andere sich ein zweites oder drittes Kind zulegten in der meist vergeblichen Hoffnung, damit alle Risse wieder zu kitten.

Die Freundinnen verspäteten sich, Anna hatte bereits mehrfach auf ihre Uhr gesehen, als Tante Natti und Emilia endlich auftauchten, schwer mit Einkaufstüten beladen. Sie waren am Morgen zusammen mit Anna nach Rimini gefahren und hatten sich nach Annas Gespräch mit Matteo wieder treffen wollen.

»Wieso sollten wir jetzt plötzlich hierher kommen?«, fragte Emilia dann auch als Erstes, noch bevor sie sich gesetzt hatte. »Wieso nicht im ›Il Faro‹?«

»Es gibt ein Problem!«

»Ja, ist klar, hast du ja schon in deiner SMS geschrieben, aber …«

»Warten wir noch auf Fabia, ja? Dann brauche ich es nicht zweimal zu erzählen.«

»Wie schlimm ist es?«, fragte Tante Natti. »Auf einer Skala von eins bis zehn, wo würdest du es da ansiedeln?«

»Ich weiß es nicht, es kommt ganz darauf an. Es kann genauso nur eine … Drei sein wie auch … eine Acht oder Neun.«

Als Fabia mit hochrotem Kopf angehetzt kam, stürzte sie als Erstes ein Glas Wasser hinunter. »Ich habe nicht viel Zeit«, erklärte sie dann sichtlich genervt, »was gibt es?«

Anna schilderte das Treffen mit den beiden Russen, die Freundinnen hörten zunächst zu, ohne zu unterbrechen. Als es um die Partydroge ging, die Li in die Fischsuppe gemischt hatte, verdrehte Fabia die Augen: »Super! Ihr wisst schon, was bei einer Überdosierung von Liquid Ecstasy und solchem Dreck passiert, oder? Schwerer komatöser Zustand bis hin zum Herzversagen …«

»Verdient hätten sie es aber«, kommentierte Tante Natti ungerührt.

»Und es ist ja auch nichts passiert«, meinte Emilia. »Obwohl ich Tante Natti zustimmen muss. Schade eigentlich. Heißt das auch, dass wir sie wieder am Hacken haben, wenn Rosario sie laufen lässt?«

»Warte mal kurz«, bat Anna. »Ich bin noch nicht ganz fertig mit Erzählen.«

Und dann hatte sie gerade von der Vorladung berichtet, als Emilia sich empört an die Stirn tippte: »Spinnt der jetzt völlig? Der hat doch nicht mehr alle Tassen im Schrank!«

»Meint ihr, wir brauchen einen Anwalt?«, fragte Fabia.

Tante Natti schüttelte den Kopf. »Er macht sich nur wichtig. Er hat nichts gegen uns in der Hand, gar nichts. Aber er will uns wahrscheinlich heimzahlen, dass wir ihm neulich in die Quere gekommen sind, als er seine Show abziehen wollte …«

»Sag es doch ganz konkret, worum es hier eigentlich geht!«, rief Emilia dazwischen. »Rosario ist sauer, weil Anna ihn nicht von ihrer Wundertüte naschen lässt. Das ist alles.«

»Das hat ja seit Ewigkeiten keine von uns mehr gesagt«, prustete Fabia los. »Ich hatte es schon fast wieder vergessen – Anna und ihre Wundertüte!«

Alle vier Frauen fingen so laut an zu lachen, dass die anderen Gäste irritiert zu ihnen blickten.

Es war eine alte Geschichte, aus der Zeit, als Anna noch zusammen mit ihren Eltern jede Ferien von Berlin nach Italien fuhr. Und für jede ihrer Freundinnen eine »Wundertüte« mitbrachte, die sie an einer ganz bestimmten Autobahntankstelle in Bayern kauften. Gefüllt mit bunten »Liebesperlen« und kleinen Spielfiguren aus Plastik, meistens Cowboys und Indianer, manchmal aber auch rotnasige Clowns, leicht bekleidete Seiltänzerinnen und bärtige Raubtierdompteure.

Alle Jungen im Dorf waren neidisch gewesen, wenn sie auch so taten, als würden die Tüten sie nicht die Bohne interessieren. So wie sie überhaupt gegenüber den Mädchen großes Desinteresse heuchelten, aber wenige Jahre später schon alles daransetzten, sich in der Dämmerung am Flussufer die ersten Küsse zu rauben. Weshalb sich Emilia gegenüber Anna und Fabia zu der eher kryptischen Aussage verstieg: »Küssen ist okay, aber bevor ich ihn von meiner Wundertüte naschen lasse, will ich lieber noch ein bisschen warten.«

Kichernd wie die Schulmädchen, die sie mal gewesen waren, redeten sie noch eine Weile weiter über früher, als würde es darum gehen, jeden anderen Gedanken zu verdrängen. Bis Tante Natti unmissverständlich sagte: »Erstens, es ist wichtig, dass Rosario die Russen umgehend nach Hause schickt. Und dann müssen wir uns einen Plan überlegen, damit sie nicht noch mal wiederkommen. Auch dafür können wir wahrscheinlich ganz gut Rosarios Hilfe brauchen. Das bedeutet zweitens, wir müssen Rosario das Gefühl geben, dass er der Mann der Stunde ist, nur so können wir ihn manipulieren. Woraus drittens folgt …«

»Dass wir da morgen hinmarschieren und gute Miene zum bösen Spiel machen«, brachte Fabia den Satz zu Ende. »Wenn er es unbedingt so haben will, werden wir ihn nicht enttäuschen, nessun' problema!«

»Eins mit Sternchen, setzen!«, sagte Tante Natti zufrieden.

»Und wie erkläre ich das Gino?«, wollte Emilia wissen.

»So wie du ihm seit Jahren schon alles erklärst, was du durchsetzen willst.«

Am nächsten Tag um zehn vor elf parkten sie im Hof der Questura. Anna hatte Tante Natti, Emilia und Gino im Alfa mitgenommen, Fabia kam mit ihrem eigenen Wagen, weil sie Rufbereitschaft hatte und eventuell ins Krankenhaus musste. Gino hatte denkbar schlechte Laune, dass er ausgerechnet wegen Rosario das Bistro verlassen sollte, außerdem hatte er behauptet, dass kein normaler Mensch länger als fünf Minuten zusammengekrümmt auf der Rückbank im Alfa hocken könnte, ohne dass ihm schlecht würde. Als Tante Natti den Platz mit ihm tauschte, hatte er vom Beifahrersitz aus so lange in jeder Kurve Annas »für eine Frau ganz außergewöhnliche Fahrkünste« gelobt, bis Emilia von hinten sagte: »Jetzt wird *mir* aber gleich schlecht! Das ist ja nur noch peinlich mit dir! Entweder du lässt das, oder du kannst zu Fuß nach Rimini laufen …«

In den schmalen Gassen von Rimini war Anna dann mit voller Absicht so gerast, dass Gino auch keine Chance mehr gehabt hatte, weiter ungeniert auf ihre Knie zu starren, sondern sich nur noch bleich und mit halb geschlossenen Augen an den Türgriff klammerte.

Als sie jetzt von zwei Beamten in Empfang genommen und ohne ein Wort durch einen düsteren Gang zur sala d'interrogatori eskortiert wurden, machte Gino seinem Ärger endgültig Luft: »Was soll das? Warum werden wir hier behandelt wie Kriminelle? Das muss ich mir nicht bieten lassen, ich werde mich beim Polizeipräsidenten persönlich beschweren! Oder noch besser gleich beim Innenminister, jawohl, beim Innenminister!«

»Sei endlich ruhig!«, zischte Emilia. »Du und der Innenminister, wie stellst du dir das vor? Glaubst du ernsthaft, dass du einfach mal so in sein Büro marschieren kannst? Kannst du nicht! Wenn überhaupt, dann müsstest du wenigstens im selben Puff verkehren wie er! Und weißt du was? Ich bin froh, dass das nicht so ist, aber du hast ja auch mich!« Sie hauchte ihm kichernd einen Kuss auf die Wange, bevor sie sich zu den Freundinnen drehte: »Tits up, Mädchen! Auf in die Höhle des Löwen!«

Der »Löwe« verzog keine Miene, als sie in den Raum platzten. Mit einer knappen Bewegung wies er auf die Stühle, die in einer Reihe bereitgestellt waren, die beiden Beamten nahmen links und rechts der Tür Aufstellung. Anna sah, dass Rosario auf der Jacke seiner Uniform einen Orden trug, der im Licht der Neonlampen golden glänzte.

Jetzt rieb er sich die Hände, als könnte er es kaum erwarten loszulegen. »Ihr sitzt alle, ja? Fein, dann …«

»Bekommen wir keinen Kaffee angeboten?«, unterbrach ihn Emilia und sah sich im Raum um, als hätte sie zumindest ein kaltes Büfett erwartet.

»Wie bitte?«

»Kaffee! Wenn ich keinen Espresso kriege, brauchst du gar nicht erst anzufangen! Und vielleicht ein Gläschen … Sekt dazu? Schließlich wollen wir doch das Beste aus der Situation machen! Und ein Gläschen Sekt entspannt ganz gewaltig …«

»Spar dir bitte den Blödsinn, Emilia, dafür haben wir keine Zeit.« Rosario blickte auf seine Uhr. »Es ist so weit, wir können loslegen.« Er schaltete eine Kamera ein, nannte Datum und Uhrzeit, dann ratterte er ihre Namen herunter.

»Leiter der Vernehmung ist Commissario Dalla Pozza, per Video zugeschaltet ist …« Er tippte etwas auf der Tastatur seines Laptops.

Gleich darauf flimmerte auf dem Bildschirm in seinem Rücken ein Raum auf, den Anna nur zu gut kannte. Das Bild wackelte ein wenig, im Lautsprecher war ein Räuspern zu hören, ein Gesicht rückte ins Blickfeld, ein Mann mit dunklem Bartschatten, der eben noch einen letzten Zug von seiner Zigarette nahm, um sie dann außerhalb des Bildes auszudrücken.

Die Freundinnen stöhnten überrascht auf, mit einem Ausdruck von Genugtuung brachte Rosario seinen Satz zu Ende: »Per Video zugeschaltet ist Hauptkommissar Markus Lepke von der Mordkommission in Berlin.«

2. Kapitel

Anna war so verblüfft, Lepke zu sehen, dass sie einen Moment brauchte, bis sie begriff, was passiert sein musste. Ganz offensichtlich hatten Rosario und Lepke eine Art Waffenstillstand beschlossen, mehr noch, es sah so aus, als hätten sie sogar gemeinsam ermittelt! Lepke in Berlin, Rosario in Rimini. Keine Rede mehr von Rosarios Theorie, dass Willy Schmidt Opfer einer Eifersuchtstat geworden und der Fall damit abgeschlossen sei, im Gegenteil, Rosario glühte förmlich vor Begeisterung, jetzt endlich die vielen losen Enden dieses Falles zusammenführen zu können: »Es ist kompliziert. È estremamente complicato! So wie alles, was mit der menschlichen Psyche zusammenhängt – Irrwege, Abgründe, erschreckende Missverständnisse! Aber …« Er breitete die Arme aus wie ein Zirkusdirektor bei der Ansage der größten Attraktion des Abends. »Aber wir dürfen niemals den Fehler machen zu denken, es gäbe nur die eine und einzige Wahrheit! Nein, die Wahrheit ist wie eine Pizza Quattro Stagioni, in jedem Viertel, das du anschneidest, steckt eine weitere Wahrheit! Und dann erst der Rand, dick und knusprig, und gefüllt mit – neuen Wahrheiten. Ein Problem, das jeder erfahrene Ermittler kennt – und das er lösen muss!«

»Jetzt wird er auch noch philosophisch«, spöttelte Tante Natti. »Da können wir uns ja auf was gefasst machen!«

»Wie bei Columbo«, flüsterte Emilia. »Wenn er am Schluss immer alle einlädt, um ihnen die Lösung zu präsentieren.«

»Hercule Poirot«, steuerte Fabia bei. »Wisst ihr noch, *Mord im Orient-Express,* wie sie da im Schnee vor dem Tunnel sitzen und Kenneth Branagh die letzten Puzzleteile sozusagen aus dem Zylinder zaubert?«

»Alter Trick«, ließ sich unerwartet Gino vernehmen. »Es geht gar nicht nur darum, dass der Fall gelöst wird, sondern dass auch der Zuschauer kapiert, wieso, weshalb und warum.«

Tante Natti verdrehte die Augen. »Der nächste Philosoph in der Runde. Warum habe ich nur mein Strickzeug nicht mitgenommen?«

Rosario wirbelte herum und richtete seinen Zeigefinger auf Emilia. »Habe ich da gerade Columbo gehört? Sehe ich etwa aus wie Columbo, willst du das damit sagen? Habe ich ein komisches Augenlid, hinke ich, erinnert dich meine Uniform an einen zerknitterten Trenchcoat aus dem nächstbesten Kaufhaus?«

»Können wir jetzt anfangen?«, meldete sich Lepke leicht genervt vom Bildschirm.

Anna versuchte, seinen Blick einzufangen, aber er wich ihr aus. Sein Gesicht sah aus, als hätte er in den letzten Tagen kaum geschlafen, im Gegensatz zu Rosario wirkte er müde und … resigniert, dachte Anna, als hätte es alles keine Bedeutung mehr für ihn. Als wollte er das Ganze nur möglichst schnell hinter sich bringen …

Lepke räusperte sich vernehmlich. »Also, der Kollege Dalla Pozza hat mich gestern wegen der beiden Männer angerufen, die er zur Vernehmung mit auf die Questura genommen hatte. Ein gewisser Sergej Sorokin und ein Dimitrij Kulikow, beide mit Meldeadresse in Berlin, beide gemeinsame Inhaber einer Reihe russischer Restaurants, sowohl in Berlin-Mitte als auch in …«

Weiter kam er nicht, weil Rosario dazwischenrief: »Und wir haben sie weichgeklopft wie einen Prosciutto di Parma! Und die russischen Vögelchen haben gesungen, ach wie wunderschön, che bello, una canzone bellissima, sie wollten gar nicht mehr aufhören, weißt du noch, Marco, amico mio?«

Er nennt ihn tatsächlich Marco, dachte Anna unwillkürlich, was ist da zwischen den beiden passiert? Als sie auf den Bildschirm blickte und Lepkes verstecktes Lächeln sah, wurde ihr mit einem Schlag klar, dass die beiden Polizisten ein abgekartetes Spiel mit ihnen spielten. Anna und ihre Freundinnen waren nichts anderes als Statisten, die auf ihre Auftritte warten mussten, bis Lepke oder Rosario das entsprechende Stichwort liefern würden.

Sie haben etwas herausgefunden, dachte Anna, sie wissen jetzt, was passiert ist. Sie kennen die Zusammenhänge, zumindest in groben Zügen. Und wir sind nur hier, weil wir das eine oder andere Detail ergänzen sollen, über das sie sich noch nicht ganz sicher sind. Sie werden ein paar Fragen ins Blaue abschießen, wie zufällige Randbemerkungen, und eine von uns wird sich verplappern!

So war es immer! Aber hier würde es nicht funktionieren, die Freundinnen konnten unmöglich etwas wissen, was ihr selber unbekannt war, sie war es ja gewesen, die ihnen erst alles erzählt hatte! Und sie vertraute ihren Freundinnen, mehr als sonst jemandem auf dieser Welt, und ganz sicher mehr als Lepke. Auch wenn es ihr schwerfiel, sich einzugestehen, dass sie sich nichts sehnlicher gewünscht hätte! Aber es war ihre eigene Schuld, die Sache mit Lepke hatte ganz alleine sie verbockt.

Anna hatte keine Ahnung, warum ihr Blick plötzlich an Gino hängen blieb. Vielleicht, weil er von einem Moment auf den nächsten so stark schwitzte, dass ihm die Tropfen aus allen Poren traten und seine Haare wie gerade eben aus der Dusche gekommen wirkten. Oder auch, weil er zu eindeutig bemüht war, keine Aufmerksamkeit auf sich zu ziehen, und auf seine Schuhspitzen starrte wie ein Schüler, der irgendetwas ausgefressen hatte und unbedingt vermeiden wollte, dass der Verdacht auf ihn fallen könnte. Wenn jemand im Raum aussah wie das leibhaftige schlechte Gewissen, dann war es Gino!

Gino wusste von dem Geld, schoss es Anna durch den Kopf, und er war zusammen mit Rosario an ihrem Haus auf dem Hügel, und zwar genau zu dem Zeitpunkt, als oben am Swimmingpool immer noch die Leiche gewesen sein musste. Er konnte also beobachtet haben, wie Rosario … Nein, das ergab keinen Sinn! Rosario hatte den toten Willy Schmidt nicht verschwinden lassen, da waren sie und ihre Freundinnen sich ja absolut sicher …

»Anna!«, riss Lepkes Stimme sie aus ihren wirren Gedanken. »Bist du bei uns? Es wäre gut, wenn du jetzt genau zuhören würdest, was ich zu berichten habe. Ich schätze mal, du hast dir schon genug den Kopf darüber zerbrochen, es dürfte dich also auch interessieren, was tatsächlich geschehen ist.«

Annas Freundinnen beugten sich auf ihren Stühlen nach vorne, als hätten sie Angst, auch nur eine Silbe von dem zu verpassen, was Lepke zu sagen hatte. Emilia klapperte nervös mit den Wimpern, Fabia starrte mit offenem Mund, Tante Natti hatte eine steile Falte zwischen den Augenbrauen.

»Ich verstehe nicht ganz, was du andeuten willst …«, sagte Anna.

»Lassen wir doch die albernen Spielchen!« Lepkes Stimme klang verärgert. »Ist es in Ordnung für dich, Kollege, wenn ich den Anfang mache?«

»Naturalmente, amico mio! Ich bitte sogar darum, es hat in deiner Stadt begonnen, in Berlino, also gebührt dir auch der Anfang der Geschichte …«

»Gut, danke. Und du hakst ein, wenn ich etwas vergessen sollte, ja?«

»Ich hacke hinein, sì, chiaro!«

»Entschuldigung, aber veralbert ihr uns hier?«, konnte sich Tante Natti nicht länger zurückhalten. »Soll das eine Komödie von Dario Fo werden, oder was?«

»Was wir sagen wollen …«, setzte Fabia an.

»Wir können auch wieder gehen«, machte Emilia empört weiter. »Wir sind nämlich freiwillig hier. Wenn ihr uns wegen irgendwas verdächtigt, müsst ihr mit einem … Verhör-Befehl kommen, un commando interrogatorio!«

»Mit einer offiziellen Vorladung«, korrigierte Anna leise, während Tante Natti bereits aufstand und sich den Rock glatt strich, um zu gehen. Auch Emilia und Gino machten Anstalten, sich zu erheben.

»Basta! Silenzio! Und hinsetzen!«, brüllte Rosario so unvermittelt, dass Gino vor Schreck seinen Stuhl verfehlte und fast auf dem Hosenboden gelandet wäre, was Emilia zu einem verzweifelten »Herr im Himmel, hilf mir« veranlasste.

Rosario deutete eine Verbeugung in Richtung Bildschirm an, Lepke sprach frei, ohne auf seine Notizen zu blicken, den Blick starr auf die Kamera gerichtet. Einer der vielen Vernehmungstricks, die Anna in den letzten Jahren kennengelernt hatte – gib einem Verdächtigen so lange wie möglich das Gefühl, dass du eigentlich nur Fakten aufzählst, die gar nichts mit seiner Person zu tun haben. Umso wirkungsvoller ist der Moment, wenn du ihn plötzlich direkt anblickst und mit einer Frage konfrontierst, mit der er nicht gerechnet hat.

Anna war gespannt, wann dieser Moment kommen würde – und wen von ihnen sich Lepke dann als Opfer aussuchte. Wenn sie wetten sollte, würde sie auf sich selbst tippen …

»Der Name des Opfers ist bekannt, Willy Schmidt, geboren 1982 in Lehrte bei Hannover. Bis zum Abitur in Lehrte, dann studiert er Betriebswirtschaft in Braunschweig, als beide Eltern kurz nacheinander sterben, erbt er ein Mietshaus und bricht das Studium ab. Die Mieteinnahmen sichern ihm ein bescheidenes Einkommen, irgendeine Berufsausbildung hat er nie gemacht, stattdessen versucht er sich als Musiker, Gitarre und Gesang. Seit 2010 ist er in Berlin, es gibt ein paar Videos auf Youtube von ihm, alles Kneipengigs, er covert vor allem Songs von Mink deVille, manchmal auch mit einer Band. Nicht schlecht, aber auch nichts, was es nicht an jeder zweiten Ecke schon gibt.«

Lepke machte eine kurze Kunstpause, bevor er im selben leiernden Tonfall fortfuhr, jedoch war allen im Raum klar, dass es jetzt konkreter wurde, das Vorgeplänkel war vorbei, jetzt kamen die wirklich relevanten Sachen, die Lepke ausgegraben hatte …

»Seit vier, fünf Jahren verdient er sich ein bisschen was dazu durch einen recht schwunghaften Handel mit Gebrauchtwagen der Oberklasse, die er günstig aufkauft und dann über Kleinanzeigen mit einem Aufschlag von zwei-, dreitausend Euro wieder anbietet. Geeignete Fahrzeuge findet er unter anderem bei einschlägigen Gebrauchtwagenhändlern im Speckgürtel von Berlin, die er regelmäßig abklappert. Wie zum Beispiel bei Luxus-Automobile Export in Ahrensfelde …«

Lepke hielt eine bunt bedruckte Visitenkarte in die Kamera. »Inhaber sind laut Handelsregistereintrag ein Sergej Sorokin und ein Dimitrij Kulikow. Die Namen haben wir vorhin bereits gehört.«

»Die beiden Singvögelchen, die wir gestern einkassiert haben!«, meldete sich Rosario zu Wort und rieb sich wieder begeistert die Hände. »Die Russenmafia mit den Restaurants. Und bingo!, da haben wir die Verbindung numero uno! Willy Schmidt kannte Sergej und Dimitrij.«

»Er hat zumindest häufiger Autos bei ihnen gekauft«, bestätigte Lepke. »Allerdings deutet nichts darauf hin, dass er mehr über die tatsächlichen Geschäfte von Sergej und Dimitrij wusste oder ganz und gar darin verwickelt war, wahrscheinlich hat er die beiden Besitzer auch nie persönlich kennengelernt. Sie haben Wichtigeres zu tun, als in einem Container zu hocken und irgendwelche Autokäufer übers Ohr zu hauen. Der Autohandel ist im Übrigen nur eine von verschiedenen Scheinfirmen, die die Russen für ihre diversen Geschäfte nutzen, die Kollegen vom Dezernat für Wirtschaftskriminalität beobachten das Ganze schon länger, ohne bislang etwas Konkretes gefunden zu haben.«

»Aber *wir* wissen es jetzt!«, kam es von Rosario. »Attenzione, Leute! Da stehen zwanzig, dreißig Autos auf dem Platz, alles legal, Papiere und so weiter. Aber an dem einen Tag, an dem Willy kommt, ist ein Auto dabei, das keiner kaufen darf außer einem … wie sagt man il contatto, Marco?«

»Mittelsmann, Kontaktmann.«

»Kontaktmann, genau! Wenn ein anderer kommt und dieses Auto kaufen will, soll der Russe im Container sagen: Tut mir leid, ist schon weg, du bist zu spät. – Sie haben extra einen Volvo genommen, nichts Besonderes, kein wirkliches Luxusauto. Aber der Russe, der da sitzt, macht nur Aushilfe und kennt il contatto nicht und denkt jetzt, Willy ist der Richtige! Wer sonst soll einen langweiligen Volvo kaufen?«

Lepke nickte. »Eine Verwechslung! Dumm gelaufen. Willy Schmidt kauft ein Auto, das er nie hätte kaufen dürfen. Ohne etwas Böses zu ahnen. Und als der richtige Kontaktmann auftaucht und die Russen den Fehler bemerken, ist es zu spät. Aber sie haben ja einen Kaufvertrag und damit auch die Adresse von Willy Schmidt. Also schicken sie den Kollegen hin, der das Ganze verbockt hat, damit er das Auto zurückholt. Ein Nachbar von Willy Schmidt konnte sich erinnern, dass er laute Schreierei aus Schmidts Wohnung gehört hat, und Geräusche wie von einer Prügelei. Er wusste das deshalb so genau, weil er vorher vom Fenster aus gesehen hatte, wie ein Mann sein mattschwarzes SUV verkehrswidrig in der Feuerwehrzufahrt parkte und dann die Treppe hochpolterte und nebenan Sturm klingelte. Er konnte den Mann recht gut beschreiben – und hat ihn auch auf einem Foto wiedererkannt, das wir ihm gezeigt haben.«

»Verbindung numero due«, strahlte Rosario. »Wladimir Grotschenko, den die Kollegen von der Feuerwehr vor einer Woche an der Landstraße nach Urbino aus seinem Auto geschnitten haben. Als mausetote Leiche!«

Tante Natti hob die Hand. »Es geht also um das Auto, das dieser Willy Schmidt gekauft hat und mit dem er dann hierher nach Rimini gefahren ist.« Sie war jetzt ganz die Lehrerin, die kurz vor Stundenschluss versuchte, aus den Beiträgen der Schüler wenigstens etwas halbwegs Sinnvolles herauszuarbeiten, gewissermaßen als das Lernziel des Vormittags. »Mit diesem Auto stimmt etwas nicht, das haben wir alle verstanden. Aber was soll das mit uns zu tun haben?«

Es war klar, was Tante Natti versuchte. Und ebenso klar war, dass es nicht funktionieren würde. Sie konnten nicht einfach an ihrer alten Geschichte festhalten und auf etwas beharren, wovon Lepke längst wusste, dass es nicht mit den Fakten übereinstimmte. Und was Lepke wusste, wusste inzwischen auch Rosario, dachte Anna, die beiden sind ja mehr oder weniger ein Herz und eine Seele! Wenn es nicht so verdammt ernst wäre, würde es tatsächlich gut für einen lustigen Krimi taugen. Dann allerdings ohne solche Details wie den von der Treckerschaufel zerquetschten Russen, den die pompieri Stück für Stück aus seinen protzigen Auto schneiden müssen …

Im nächsten Moment redeten alle durcheinander, bis Rosario sich wieder Gehör verschaffte: »Gebt euch keine Mühe, uns noch mehr Blödsinn aufzutischen, wir wissen Bescheid!« Sein Zeigefinger wechselte zwischen Tante Natti und Anna hin und her. »Du hast gar keinen Neffen. Ich habe das überprüft. Und es gibt auch keine zwei Volvos, sondern nur einen, nämlich den von Willy Schmitto. Und mit dem bist du, Anna, hierhergekommen! Erst dann habt ihr ihn wahrscheinlich bei Tante Natti versteckt, wo ihr euch immer heimlich trefft, und ihn anschließend nach Rimini gebracht, um uns auf eine falsche Fährte zu locken. Ihr haltet euch ja wohl für sehr schlau, aber die Polizei ist schlauer. Rosario ist schlauer. Ich weiß alles!«

»Einen feuchten Furz weißt du«, brauste Emilia auf. »Du redest einfach irgendwas und hoffst, dass wir uns verplappern. Tun wir aber nicht!«

»Ah, perfetto! Also gibt es etwas, wobei ihr euch verplappern könnt! Ich wusste es. Und Marco wusste es auch. Marco, zeigst du ihnen, was deine Leute gefunden haben am Passo del Brennero?«

»Der österreichische Grenzschutz ebenso wie der Zoll haben Kameras an der Grenze auf der Autobahn über den Brenner«, erklärte Lepke. »Die Aufnahmen werden aus Datenschutzgründen nicht länger als einen Monat gespeichert, aber das war vollkommen ausreichend für uns. Die österreichischen Kollegen waren so freundlich, die Aufnahmen nach Fahrzeugen mit Berliner Kennzeichen zu durchsuchen, und zwar von dem Tag an, an dem Anna ihrer eigenen Aussage zufolge zur Beerdigung ihres Vaters gefahren ist. Was auch stimmt, auf dem Foto hier ist sie deutlich zu erkennen …« Er hielt kurz ein Foto hoch. »Ebenso wie der Volvo, den sie fährt. Und der laut Kennzeichen auf Willy Schmidt zugelassen ist.«

»Da haben wir's!«, triumphierte Rosario, wurde aber sofort von Tante Natti unterbrochen.

»Und wie, bitte schön, soll dann dieser Schmidt nach Rimini gekommen sein?«

»Foto Nummer zwei«, machte Lepke ungerührt weiter. »Willy Schmidt! Am Tag besagter Beerdigung, um 19.28 Uhr. Und in einem Mercedes, den wir in der Scheune des leer stehenden Gehöfts neben Annas Grundstück gefunden haben, kurz: Er kannte die Adresse und ist genau dahin gefahren, wir kommen später noch dazu …«

»Moment mal«, mischte sich jetzt Fabia ein. »Woher wissen wir denn, dass das mit den Fotos überhaupt stimmt? Es können doch irgendwelche Fotos sein, die Sie da zeigen, das kann man auf dem Bildschirm doch gar nicht erkennen.«

Noch bevor Lepke etwas erwidern konnte, griff Rosario nach einem Umschlag, der zwischen den Aktenordnern auf dem Tisch lag. Ein wenig zu triumphierend zog er ein paar ausgedruckte Fotos hervor und knallte sie nacheinander auf die Tischplatte. »Numero uno: Anna und der Volvo. Numero due: Willy Schmitto und der Mercedes. Und numero tre: Wladimir Grotschenko in seinem Angeberauto, zwei Tage nach Willy Schmitto. Wollt ihr auch noch numero quattro sehen, ja? Hier: Noch ein Auto con spacconi tedeschi, gerade vorgestern erst, mit Sergej Sorokin und ein Dimitrij Kulikow. Bist du jetzt zufrieden, Fabia?«

Fabia zuckte nur mit den Schultern, ohne zu antworten. Als Rosario auf den Monitor zu Lepke hinüberblickte und den Daumen reckte, wusste Anna, was jetzt kommen würde.

Lepkes Stimme war vollkommen ausdruckslos, nur die steile Falte zwischen seinen Augenbrauen zeigte, wie sehr er sich beherrschen musste, um nicht seiner Wut und Enttäuschung Luft zu machen, dass er die ganze Zeit von Anna hinters Licht geführt worden war. »Ich möchte uns und euch gerne ersparen, wie wir an verschiedene weitere Informationen gekommen sind, ich fasse stattdessen nur die bisherigen Ergebnisse unserer Ermittlung zusammen: Willy Schmidt kauft ein Auto, ohne zu wissen, dass es nicht einfach irgendein Auto ist. In bester Absicht leiht er Anna diesen Wagen, weil ihr Vater gestorben ist und sie möglichst schnell nach Italien muss. Die Russen vom Autohandel bemerken ihren Irrtum, und Wladimir Grotschenko stattet Willy Schmidt einen Besuch ab. Er erfährt, dass der Wagen inzwischen in Italien ist, und zwar in Rimini, wo der verstorbene Gennaro Antonelli ein Restaurant hatte. Die Adresse des Hauses, in dem Anna sich befindet, gibt Willy Schmidt nicht preis, obwohl er sie kennt. Woher, wissen wir noch nicht.«

Nach einem kurzen Seitenblick zu Anna verzog Lepke unwillig die Mundwinkel, als sie keinerlei Anstalten machte zu reagieren.

»Gut. Dann eben nicht. Weiter: Willy Schmidt bekommt drei Tage Zeit, um das Geld zurückzubringen. Ich sage später noch mehr zu diesem Geld, das im Volvo versteckt war, wahrscheinlich in der Reserveradmulde, in der es nämlich kein Reserverad gibt. Weiter: Willy Schmidt nimmt jedenfalls einen zweiten Wagen, der auf ihn zugelassen ist, und folgt Anna nach Italien …«

Rosario hielt eines der Fotos von der Grenzstation am Brenner in die Höhe: »Der Mercedes aus der Scheune.«

»Der Mercedes aus der Scheune«, wiederholte Lepke. Dann wandte er sich an Anna: »Wir nehmen an, es gab am Abend der Beerdigung eine … Trauerfeier im Haus auf dem Hügel?«

»Natürlich«, antwortete Emilia an Annas Stelle schnippisch. »So macht man das nämlich bei uns, man lädt die Freunde ein und isst und tanzt zu Ehren des Verstorbenen. Das Essen hat Ginos Familie gemacht, Ginos Mama die Gnocchi, Ginos Schwester die Antipasti und Gino selber …«

»Danke, es reicht«, unterbrach Lepke sie barsch. Emilia schwieg beleidigt. »Eine Trauerfeier also«, machte Lepke weiter, »bei der Willy Schmidt ja nun schlecht mitten in der Nacht auftauchen konnte, er wollte auch nicht gesehen werden, versteckt also sein Auto auf dem Nachbargrundstück und schleicht sich zu dem Volvo, der da irgendwo zwischen den anderen Autos der Gäste auf der Zufahrt steht …«

»Auf der Wiese mit den Olivenbäumen, Marco«, erinnerte ihn Rosario. »Ich habe es dir doch gesagt, da war er auch am nächsten Morgen noch geparkt. Auf der Zufahrt ist nicht genug Platz für mehr als zwei oder drei Autos.«

Lepke nickte. »Umso besser für Willy Schmidt, er schleicht sich also zum Volvo, um sein Geld zu holen und sich wieder aus dem Staub zu machen. Aber das Geld ist nicht mehr da. Anna hat das Geld schon entdeckt, vielleicht als sie irgendwas im Volvo gesucht hat, und hat es versteckt. Ich nehme an, mithilfe ihrer Freundinnen, die ja alles füreinander tun.«

Er musterte sie der Reihe nach, ohne mehr zu erreichen, als dass Tante Natti genervt die Augen verdrehte, Fabia sich mit der Hand vor der Stirn hin- und herwedelte und Emilia ihm kurzerhand die Zunge rausstreckte. Gino starrte weiterhin auf seine Schuhspitzen. Nur Anna beugte sich vor. »Ich glaube, jetzt würde ich doch gerne etwas sagen.«

»Ja?«, fragte Lepke verblüfft.

»Dieses Geld, von dem hier die ganze Zeit die Rede ist, was für Geld ist das überhaupt?«

»Ich hatte die Frage eigentlich schon eher erwartet«, erwiderte Lepke. »Ihr müsst euch doch die ganze Zeit schon gefragt haben, woher diese zwei Millionen Euro wohl kommen, die ihr da in den Pizzakartons tiefgefroren habt. Kein schlechtes Versteck übrigens, das muss ich zugeben. Also, was dachtet ihr?«

Die einzige Antwort waren vier ausdruckslose Gesichter. Und die mit zu viel Brillantine zurückgekämmten Haare auf Ginos Kopf.

»Zwei Millionen!«, rief Rosario theatralisch. »Da kann man schon mal auf dumme Gedanken kommen, das verstehe ich. Aber es ist doch wohl klar, dass man sich eine solche Summe nicht einfach in die Pizzakartons von Papa Gennaro packen kann, ohne dass jemand kommt und sein Geld zurückhaben will! Wenn ihr etwas gesagt hättet, care signore, dann hätten wir doch gemeinsam nach einer Lösung für dieses nicht so ganz kleine Problem gesucht …«

Lepke räusperte sich, als hätte er Sorge, dass Rosario sich um Kopf und Kragen reden könnte. »Das Geld stammt aus den verschiedenen und größtenteils nicht legalen Aktivitäten unserer beiden Russen in Berlin. Und dieses Geld sollte gewaschen werden, was man in solchen Kreisen mittlerweile gerne mit dem Kauf von Immobilien erledigt. Barkauf wohlgemerkt, in diesem Fall für ein Haus aus der Gründerzeit am Landwehrkanal in Kreuzberg. Der Termin beim Notar stand schon, nur dass dann plötzlich der Volvo weg war – und damit auch das Geld.«

Rosario hob die Hand. »Und jetzt noch einmal – Willy Schmitto, di notte, in der Nacht, der Mond scheint, die Gäste am Haus singen und tanzen, der Volvo steht unter den Olivenbäumen, und Willy schleicht hin …«

Tatsächlich schlich Rosario jetzt wie ein Pantomime mit übertrieben katzenhaften Bewegungen durch den Raum, was die ohnehin schon absurde Situation endgültig auf die Spitze trieb. Aber niemand lachte über ihn, noch nicht mal von Emilia kam ein spöttischer Kommentar, alle hingen gebannt an Rosarios Lippen und warteten darauf, was er als Nächstes sagen würde.

»Der Volvo ist nicht abgeschlossen – aber das Geld ist weg. Willy ist … frustrato, arrabiato, furente, er muss das Geld zurück nach Berlin bringen, mit den Russen ist nicht zu spaßen. Und Willy ist zwanzig Stunden Auto gefahren, er ist müde, esausto, mit den Nerven am Ende, aber er muss durchhalten, er darf jetzt keinen Schlappen machen, er nimmt eine … una pillola piccola …«

»Eine kleine Pille, Ecstasy«, warf Lepke ein. »Der Gerichtsmediziner in Rimini hat einen hohen Anteil an MDMA im Blut von Willy Schmidt gefunden. Sowie eine erhebliche Menge an Alkohol, fast zwei Promille.«

»Er war auf Trip. Und er war besoffen!« Rosario schwankte durch den Raum.

»Haha!«, machte jetzt Fabia. »Er hat also nicht nur Ecstasy eingeworfen, sondern sich auch noch in aller Ruhe volllaufen lassen, ja?« Ihre Stimme triefte vor Hohn. »Da unter den Olivenbäumen, während auf der anderen Seite vom Haus die Feier in vollem Gang war. Super, Rosario, wirklich. Für wie blöd …«

»Warte!«, bat Anna und legte ihr die Hand auf den Arm. »Lass ihn zu Ende erzählen.«

Mit einem kurzen Nicken nahm Rosario seinen Faden wieder auf. »Die Pille hat gemacht, dass er nervös wurde, wie aufgedreht, er muss rennen, sich bewegen, er stolpert zwischen den Bäumen herum und wird fast verrückt, bis endlich die letzten Gäste weg sind. Jetzt ist nur noch Anna im Haus, und Willy will warten, bis sie schläft, dann sieht er die Reste vom Festessen auf dem Tisch – Marco, sagst du uns den Mageninhalt, bitte!«

»Gnocchi, Fisch, Lamm, Pizza …«

»Von Ginos Familie, wie Emilia gesagt hat! Und dazu guten Wein und Grappa, und plötzlich bekommt Willy einen Galopp, und Hitze …«

»Herzrasen«, präzisierte Lepke.

»Das Herz galoppiert, der Schweiß läuft, er zittert schlimmer als die Schwanzfeder einer Wiesenlerche im Wind, er muss sich kühlen, wie bei einem Auto, bei dem das Kühlwasser kocht, er hat vorhin den Swimmingpool gesehen, da will er hin, er torkelt los, die Stufen hinauf, er kriegt kaum noch Luft, jetzt ist er am Pool, er kniet sich hin, um sich Wasser ins Gesicht zu spritzen, doch plötzlich kommt das Wasser auf ihn zu und klatsch!, er liegt im Pool, und das Herz sagt basta, chiuso, arrivederci!«

Rosario richtete sich auf und blickte seine Zuschauer an. Wie ein Schauspieler, der den wohlverdienten Applaus erwartet.

»Herzstillstand infolge eines akuten Kreislaufversagens«, erklärte Lepke sachlich. »Steht alles im Abschlussbericht des Pathologen. Willy Schmidt ist nicht ertrunken. Aber wir haben jetzt auch die genaue Analyse des Poolwassers in seiner Lunge, das der Probe entspricht, die Rosario aus Annas Pool entnommen hat. Den Rest der Geschichte dürftet ihr mehr oder weniger kennen. Als Willy Schmidt nicht mit dem Geld wieder auftaucht, wird Wladimir Grotschenko hinter ihm hergeschickt. Er erfährt von Willys Tod und bekommt Panik, dass er selber in Verdacht geraten könnte, deshalb wartet er, bis er Anna in Urbino erwischt. Dass ich Polizist bin, weiß er nicht, er will nur endlich das Geld, weil ihm seine beiden Chefs die Hölle heißmachen …«

»Und dann fährt er vollen Eimer in den Traktor«, strahlte Rosario und rieb sich wieder mal die Hände. »Und auch Willy Schmitto hat keiner umgebracht, das war er ganz alleine.« Unvermittelt wechselte Rosarios Gesichtsausdruck zu der finsteren Miene eines zu Recht erbosten Capitano der polizia giudiziaria. »Ihr habt alle gelogen! Immerzu, permanente! Das nennt man Behinderung der Justiz, ihr steht nur deshalb noch nicht vor Gericht, weil gewisse Leute bei der Polizei ihre Hände über euch halten. Aber bildet euch bloß nicht zu viel darauf ein! Wir können das ganz schnell ändern, habe ich recht, Marco?«

Anstelle einer Antwort fixierte Lepke jetzt Gino, als wollte er endlich eine Reaktion von ihm. Alle anderen folgten seinem Blick. Gino hing wie das sprichwörtliche Häuflein Elend auf seinem Stuhl, Anna schoss wieder ihr Gedanke vom Beginn der Vernehmung durch den Kopf – Rosario und Gino waren beide am Haus gewesen, als Willy Schmidt noch tot im Swimmingpool lag. Gino hatte behauptet, er wäre dann noch vor dem Commissario weggefahren, Rosario hätte unbedingt bleiben und auf sie warten wollen. Aber als sie mit den Freundinnen zurückkam, war kein Commissario mehr da gewesen. Und auch kein Willy Schmidt. Weshalb sie Rosario sogar in Verdacht gehabt hatten, dass er … Und sie hatten ihn nie gefragt, ob Gino wirklich schon vor ihm zurück nach Isola di Fano gefahren war. Das hatte Gino *behauptet,* aber was, wenn er gelogen hatte?

»Gino?« Lepkes Stimme klang fast mitfühlend, als wüsste er schon alles, was er jetzt erfahren würde. »Ihnen ist klar, was ich Sie jetzt fragen werde, oder?«

»Dann … wäre das alles nicht nötig gewesen«, stammelte Gino nahezu tonlos. »Ich wollte doch nur …«

»Was?«, kreischte Emilia noch vor allen anderen auf. »Ich mach mich gleich nass! Heißt das etwa, dass du …«

»Ja!« Gino nickte eifrig. »Es war die einzige Möglichkeit, ich dachte doch, dass Anna … also, dass Anna vielleicht …«

Er wollte noch etwas hinzusetzen, wurde aber von Fabia unterbrochen: »Gino, du? Weil du dachtest, dass … Das ist ja noch dämlicher als der Chirurg aus der Inneren, den wir mal hatten! Aber … das ist perfekt! Ich schreib einen Krimi! Und das wird der Mega-Bestseller, *Gino und die verschwundene Leiche.* Oder noch besser: *Keine Leiche ohne Gino!* Oder …« Der Rest ihrer Titelvorschläge ging in ihrem hysterischen Lachen unter.

»Ich habe ihn nie selber als Schüler gehabt«, stellte Tante Natti resolut fest. »Sonst wäre mir so was sicher schon vorher aufgefallen.«

Ich hätte darauf kommen müssen, dachte Anna. Es passt zu Gino! Unwillkürlich ging ihr Blick zum Monitor hinüber, aber der Platz vor der Kamera war leer, im Licht der Schreibtischlampe trieb Zigarettenqualm durchs Bild und verriet, dass Lepke am offenen Fenster stand und rauchte.

»Stronzi innamorati!«, sagte Rosario. Verliebte Idioten! Und das schloss ihn selber ebenso mit ein wie Gino und Lepke. Kopfschüttelnd blickte er zu Anna, als wollte er um Entschuldigung für all die Eseleien bitten, die er angestellt hatte.

Für einen Moment war Anna fast versucht, Rosario sein ganzes eitles Gehabe zu verzeihen, wenn sie sich nicht sehr täuschte, war er doch mehr als nur der Rimini-Gigolo, den er so gerne gab. Und es konnte nicht verkehrt sein, ihn auf ihrer Seite zu haben. Wenn es auch ganz sicher nicht mehr werden würde …

Irritiert sah sie, wie sich Emilia jetzt rittlings auf Ginos Schoß setzte und begann, ihn mit Küssen zu bedecken.

»Du bist mein Held, Gino! Wie konnte ich nur jemals vergessen, welches Glück ich mit dir habe!«

»Entschuldigung«, kam es ein wenig ungeduldig von Tante Natti. »Du hast aber schon kapiert, dass er das nicht für dich getan hat, sondern weil er …«

»Hör doch auf, alles mieszumachen, Tante Natti! Was spielt das schon für eine Rolle? Es ist einfach sooo romantisch, dass er den Toten da weggeschafft hat! Gott sei seiner Seele gnädig. – Nur das mit dem Liegestuhl, das war nun wirklich ein bisschen dumm, das musst du zugeben, mein kleiner Ritter mit der großen Lanze. So was darfst du nicht wieder tun, da fragst du beim nächsten Mal vorher besser deine Emilia, Schnuckelchen, versprich mir das!«

Emilia zog Gino an den Ohren, Gino keuchte etwas, was so klang wie: »Ich liebe nur dich, das schwöre ich …«

»Bene«, lobte Rosario. »Dann vergiss das gefälligst auch nicht wieder!«

Anna sah, wie sich Tante Natti zu Fabia beugte, um ihr etwas ins Ohr zu flüstern. Dann blickten beide zu ihr. Und es war klar, dass sie ihr die Frage überlassen wollten, die bislang noch niemand gestellt hatte, obwohl sie sich von Beginn an aufdrängte. Eigentlich waren es sogar zwei Fragen, wenn auch die eine mit der anderen zusammenhing …

Anna merkte, wie ihr die Luft zum Atmen fehlte, als würde ihr eine unsichtbare Hand den Hals abschnüren, nur mit Mühe konnte sie flüstern: »Was passiert jetzt mit den beiden Russen? Und was passiert mit uns und …« Tante Natti und Fabia nickten ihr auffordernd zu, Emilia hatte sich von Gino gelöst und beschwor sie mit den Augen, auch den Rest noch auszusprechen. »Und was wird mit dem Geld?«, stieß Anna so schnell hervor, als hätte sie Angst, es sich sonst womöglich noch einmal zu überlegen.

»Una cosa complicata«, gab Rosario zu und zog die Augenbrauen hoch. »Ich fürchte, wir werden einen wasserdichten Plan brauchen. Anders geht es nicht.«

Vom Monitor her kam deutlich das Scharren des Stuhls, als Lepke sich wieder an seinen Platz vor der Kamera setzte, bevor er sagte: »Welches Geld überhaupt? Wovon redet ihr? Ich weiß nichts von irgendwelchem Geld.«

3. Kapitel

Es war immer noch vieles unklar, auch wenn sich jetzt insgesamt ein recht deutliches Bild ergab. Sie wussten, woher das Geld stammte. Sie wussten, dass Willy Schmidt mehr oder weniger unschuldig war. Sie wussten, dass er nicht ermordet worden war. Und als Wladimir Grotschenko von Willys Tod erfahren hatte, war er in Panik geraten und hatte seine beiden Bosse angerufen. Die ihm nochmals sehr deutlich gemacht hatten, was mit ihm passieren würde, wenn er nicht endlich das Geld auftrieb. Nur dass das Ganze eine Nummer zu groß für Wladimir war, er saß normalerweise im Bürocontainer eines Gebrauchtwagenhandels und passte auf, dass keiner die Zeit hatte, bei einer Probefahrt irgendwelche teuren Fahrzeugteile auszutauschen. Und dass er die Papiere und die Schlüssel erst dann rausrückte, wenn alles ordnungsgemäß bezahlt war.

Die versuchte Entführung von Anna war eher planlos gewesen – und dann ja auch gründlich schiefgegangen. Wie immer nun seine Bosse von dem tödlichen Unfall erfahren hatten, sie waren jedenfalls angetanzt, um die Sache jetzt persönlich zu erledigen.

Äußerst unklar blieb, womit Rosario – und womöglich auch Lepke – die beiden Russen schließlich dazu gebracht hatten, »zu singen wie die Vögelchen«. Nichtsdestotrotz gab es keinen triftigen Grund für die italienische Polizei, sie noch länger in Haft zu behalten. Schon die vierundzwanzig Stunden, die sie mittlerweile in ihrer Ausnüchterungszelle in der Questura hockten, waren alles andere als legal. Aber die Freundinnen hatten Zeit gebraucht, um mit Rosarios Hilfe einen Plan zu machen …

Natürlich hatten sie nicht damit gerechnet, dass die Russen nach ihrer Freilassung einfach nach Hause fahren würden – obwohl Rosario ihnen genau das mehr als deutlich empfohlen hatte. Aber selbst wenn sie auf seine »als wärmste Empfehlungen« – raccomandazioni molto cordiali – verpackten Drohungen reagiert hätten, wäre kaum etwas gewonnen gewesen. Sie würden über kurz oder lang wieder auftauchen, und wenn nicht sie selber, dann andere. Oder schlimmer noch, irgendjemand, der das zu Ende bringen sollte, was längst mehr als nur eine nervige Nebensache geworden war. Ein Profi, der eigens für solche Fälle hinzugeholt wurde.

Niemand wusste, wer womöglich hinter Sorokin und Kulikow stand. Aber zwei Millionen Euro waren eine Summe, die auch die russische Restaurantmafia von Berlin nicht eben mal so als Verlust hinnehmen würde.

Also brauchten sie etwas, was nicht nur die beiden Russen, sondern auch mögliche Hintermänner davon überzeugen musste, dass sie jeder Versuch, die zwei Millionen zurückzuholen, teurer zu stehen kommen würde, als die Summe unter »unvorhergesehene Werbekosten« abzuschreiben. Oder unter dumm gelaufen. Kurz: Die Russen mussten begreifen, dass das Geld unwiderruflich verloren war. Und sie mussten so weit eingeschüchtert werden, dass sie noch nicht mal auf die Idee kommen würden, sich für diese Schlappe rächen zu wollen. An Anna zum Beispiel, die da wahrscheinlich ganz oben auf ihrer Liste stehen würde.

Deshalb gab es nur eine Lösung, die halbwegs aussichtsreich war. »Combattere stesso con lo stesso«, wie Tante Natti es ein wenig kryptisch formulierte: »Gleiches mit Gleichem bekämpfen, wenn dir ein Wolf im Nacken sitzt, brauchst du einen Wolf, der dir zu Hilfe kommt …«

»Mafia contra Mafia«, brachte Fabia den Gedanken zu Ende. »Wir spielen die einen gegen die anderen aus.«

»Wir ficken sie!«, erklärte Emilia. »Aber so was von.«

Und Tante Natti war es dann, die auch die Antwort auf Annas naheliegende Frage wusste, wie sie sich das genau vorstellen sollte: »Wir kennen niemanden von der Mafia, oder etwa doch?«

»Kindchen, wie lange war ich Lehrerin? Fast vierzig Jahre, glaub mir, unter meinen ehemaligen Schülern findest du alles, was du möchtest – Zahnärzte, Polizisten, Steuerberater, sogar einen Elefantenwärter im Zoo von Rom! Und natürlich hat der eine oder andere da gewisse Verbindungen, das bleibt nun mal nicht aus, wenn du in Italien lebst. Ich denke, Carlo ist unser Mann, er arbeitet im Hafen von Ancona, im Frachthafen, um genau zu sein! Ihr wisst schon, mit den Schiffen, die da täglich ein- und auslaufen, Split, Dubrovnik, Korfu, Piräus, Iraklion, die ganze östliche Adria und das halbe Mittelmeer noch dazu. Wo würdest du also unsere Freunde finden, wenn nicht genau dort? Ich habe Carlos Telefonnummer, und er ist mir auch noch einen kleinen Gefallen schuldig wegen der Sache damals mit dem Einbruch im Chemielabor, bei dem der gesamte Vorrat an Ammoniumnitrat gestohlen wurde, womit dann zwei Wochen später … Aber das erzähle ich euch lieber ein anderes Mal! Ich rufe Carlo an. Und dann schaukeln wir die Russen mal schön in die … Hafenmeisterscheiße. Ups!« Sie schlug sich die Hand vor den Mund. »Sagt man nicht, Tante Natti!«, ermahnte sie sich selbst.

»Jetzt darfst du heute Nachmittag nicht nach Hause, bevor du hundertmal geschrieben hast: ›Hafenmeisterscheiße sagt man nicht‹!«, kicherte Emilia.

Der Plan, den sie dann ausarbeiteten, wies mindestens so viele Lücken auf wie der sprichwörtliche Schweizer Käse.

»Es ist ja auch das erste Mal, dass wir so was machen«, führte Tante Natti als Entschuldigung für sie alle an.

»Dann hoffen wir mal, dass es nicht auch das letzte sein wird«, unkte Fabia. Um gleich hinzuzusetzen: »Entschuldigung,

Anna, das war unfair! Es wird schon schiefgehen. Im Grunde ist alles nur eine Frage des richtigen Timings. Und da können wir uns ganz auf Rosario verlassen, so was wird er ja wohl in seiner Ausbildung gelernt haben.«

Anna war sich da nicht so sicher. Und ihr heimliches Telefonat mit Lepke verstärkte ihre Zweifel nur noch.

»Sag das noch mal!« Lepkes Stimme überschlug sich fast vor Unglauben. »Ihr wollt was?«

»Den Russen erzählen, dass sie nur zwei Möglichkeiten haben: entweder sie kriegen ihr Geld zurück, minus ein bisschen was für Rosario, damit er beide Augen zukneift, oder sie können in kurzer Zeit ein Vielfaches verdienen, wenn sie die richtigen Leute kennenlernen und ihre zwei Millionen in ein ausgesprochen lukratives Geschäft investieren. Dass es nicht ganz legal ist, dürfte ihnen dabei eher als Sicherheit erscheinen, weil sie so was ja kennen, meint jedenfalls Tante Natti …«

»Und Tante Natti …«

»… hat das mit dem Hafenmeister von Ancona bereits besprochen, und Rosario kennt den Polizeichef von Ancona! Das scheint alles ganz gut zu passen, es könnte also tatsächlich …«

»Hör auf, Anna!«, fiel ihr Lepke ins Wort. »Ich will nichts mehr davon wissen, kein Wort, kein einziges. Wenn ihr das wirklich macht, dann … dann seid ihr komplett verrückt!«

»Aber es könnte klappen, oder? Jetzt komm schon, Lepke, ich will deine Meinung dazu hören, bitte!«

»Dich interessiert wirklich, was ich denke? Das ist ja mal ganz was Neues! Nein, Anna, so einfach geht das nicht, außerdem machst du sowieso, was du mit deinen Freundinnen ausheckst, völlig egal, was ich dazu sage.«

»Bist du etwa eifersüchtig auf … meine Freundinnen?«

»Ganz ehrlich? Ja, bin ich. Ich wäre nämlich gerne … eine von euch. Es muss schön sein, Menschen zu haben, mit denen man über alles reden kann, vor denen man keine Geheimnisse zu haben braucht, denen man blind vertraut. Also macht das jetzt so, wie ihr es für richtig haltet, aber frag nicht ausgerechnet mich, was ich darüber denke. Ich bin draußen, ich habe nichts damit zu tun. – Viel Glück, Anna, du wirst es brauchen!«

Und damit hatte er aufgelegt, bevor sie noch etwas erwidern konnte. Er war immer noch verletzt, aber seine Wut war einer Art von Resignation gewichen, als hätte er verstanden, dass Anna nicht die war, für die er sie gerne halten wollte – und dass er nie ganz begreifen würde, warum sie was, wann, wie entschied. Und wem sie dabei vertraute!

Lepke war zweifellos enttäuscht, vielleicht haderte er auch mit sich und seinem Beruf, vielleicht hatte er Sorge, sich mitschuldig zu machen, längst viel zu tief in etwas verstrickt zu sein, was er unbedingt hätte melden müssen. Dass jetzt bei alldem dennoch fast so etwas wie … Zärtlichkeit in seinem Ton mitschwang, machte es für Anna schlimmer als sein Ärger vorher, als die deutliche Ablehnung, mit der er sie noch bei der Vernehmung gestraft hatte.

Als Anna am nächsten Tag vor dem Hotel an der Piazza Federico Fellini nicht weit von der Strandpromenade auf die beiden Russen wartete, wünschte sie sich für einen Moment, dass sie irgendwo anders wäre. Dass es keine Russen geben würde, keine zwei Millionen, die ihr nicht gehörten, keinen toten Papa, kein von der Pleite bedrohtes Restaurant. Oder dass wenigstens Lepke bei ihr wäre …

»Tits up!«, rief sie sich selbst zur Ordnung, als Tante Natti durch die Drehtür ins Freie trat und dann mit dem Zigarillo in der Hand stehen blieb, bis sich einer der beiden Russen zu ihr beugte, um ihr Feuer zu geben.

Tante Natti hatte gestern die Unterhändlerin gespielt und Sorokin und Kulikow direkt von der Questura zum Hotel gebracht, die Kosten für die Suite im oberen Stockwerk mit 180-Grad-Meerblick und Infinity-Pool auf der Dachterrasse hatten sie von dem Geld bezahlt, das ja immer noch extra für solche »Sonderausgaben« hinter der Fußleiste in Annas altem Zimmer deponiert war. Die gegen unliebsame Nager aufgestellte Mausefalle war leer gewesen, was alle vier Freundinnen als gutes Zeichen werteten.

Der Abend im Restaurant und an der Hotelbar war gesitteter verlaufen, als sie befürchtet hatten, wenngleich für Essen und Trinken noch mal ungefähr die gleiche Summe wie für die Suite auf der Rechnung auftauchte.

Aber Gino hatte seine Rolle bravourös gespielt, niemand hatte von ihm erwartet, dass er derart überzeugend auftreten würde – vor allem die Lederriemen des Pistolenhalfters und die deutlich sichtbare Beule unter seiner linken Achselhöhle hatten dazu geführt, dass die Gäste am Nachbartisch fluchtartig den Raum verließen. Mit einem unendlich blasierten Gesichtsausdruck hatte er sich dann – ohne die Russen auch nur eines einzigen Blickes zu würdigen – zu Tante Natti gebeugt und seine Botschaft überbracht: »Va bene. Domani alle undici. Puntuale! Und außer den beiden Russen nur eure Kontaktpersonen, diese Frau vom Restaurant, damit wir wissen, dass alles wie verabredet läuft. Niemand sonst, wir schicken jemanden, der sie abholt.«

Als er dann an der Bar mit einem herrischen Fingerschnippsen einen Averna bestellte und ihn in einem Schluck hinunterstürzte, bevor er wieder ging, flüsterte Emilia Anna und Fabia an ihrem Tisch in der Ecke mit verklärtem Lächeln zu: »Es ist wie am ersten Tag, ich bekomme weiche Knie, wenn ich ihn nur sehe!«

Die drei Freundinnen stellten so etwas dar wie eine geheime Eingreiftruppe für den Fall, dass Tante Natti ihre Hilfe benötigen würde. Fabia hatte die Spritze mit dem Betäubungsmittel griffbereit, Emilia würde die Rolle des »Festnagelns« übernehmen und trug dazu unter ihrer Bluse etwas, was selbst in einschlägigen Kreisen für Aufmerksamkeit gesorgt hätte, Anna hatte die Nummer von Rosario als Kurzwahl in ihrem Handy gespeichert, beim ersten Klingelton würde er seinen Beobachtungsposten draußen am Rondell verlassen und ins Hotel gestürmt kommen. Alle drei Freundinnen trugen Perücken und gaben vor, sich kichernd zu betrinken, weshalb Sorokin und Kulikow ihnen mehrmals quer über den Raum hinweg zuprosteten, während Tante Natti den Ablauf des Treffens am nächsten Tag mit ihnen durchsprach.

Mehr war nicht passiert. Bis dann wie verabredet die beiden ein wenig in die Jahre gekommenen Bordsteinschwalben auftauchten, die Gennaro noch zu Lebzeiten unter seine Fittiche genommen hatte. Oder sie ihn, wie auch immer, jetzt zeigten sie jedenfalls noch einmal, dass sie ihren Beruf immer noch nach allen Regeln der Kunst beherrschten.

Für Sorokin und Kulikow war die Welt in allerbester Ordnung gewesen, sie konnten es kaum erwarten, dass sich Tante Natti endlich verabschiedete. Wenig später folgten ihr Anna, Emilia und Fabia, ohne dass die Russen es überhaupt zur Kenntnis nahmen, sie waren viel zu sehr damit beschäftigt, ihren beiden Tischdamen kleine Eiswürfelstücke in die gewagten Ausschnitte zu werfen. Als Anna und ihre Freundinnen den Zivilwagen von Rosario ausfindig gemacht hatten, fanden sie ihn selig schlafend auf der Rückbank vor, während aus dem CD-Spieler leise Adriano Celentano dudelte.

Anna hatte sehnlichst gehofft, dass er seine Aufgabe am nächsten Tag ernster nehmen würde. Die Freundinnen mussten das Gleiche gedacht haben, hatten aber nichts gesagt, sondern nur heimlich und leise den Polizeiwagen mit ein paar leicht obszönen Lippenstift-Graffiti verschönert …

Und jetzt war es so weit. Gleich würde Gino vorfahren, dann würde auch die »Kontaktperson« auftauchen, »diese Frau aus dem Restaurant«. Anna biss sich nervös auf die Unterlippe, während sie beobachtete, wie Tante Natti und die Russen sich suchend umblickten, schließlich zeigte Tante Natti auf den schwarzen Minivan mit den verdunkelten Scheiben, der ein Stück entfernt mit laufendem Motor am Straßenrand stand. Auf ihr Zeichen hin fuhr er langsam an und hielt vor der Treppe des Hotels, Anna wartete, bis sich die Schiebetür des Vans automatisch wieder hinter den beiden Russen geschlossen hatte, dann erst stieg sie selber auf der Beifahrerseite zu. Ihr Herz schlug ihr bis zum Hals, ihre Hände waren schweißnass, sie durfte jetzt keinen Fehler machen.

Sorokin und Kulikow musterten sie vom Rücksitz aus mit finsteren Blicken, dann wandten sie sich wieder ihren Smartphones zu.

Als sie vom Rondell auf die Viale Amerigo Vespucci einbogen, war Tante Natti bereits außer Sicht. Anna wusste, dass sie auf kürzestem Weg zum »Il Faro« laufen würde, wo Fabia und Emilia auf sie warteten. Bis sie selber mit Gino zurückkommen würde, waren die drei Freundinnen in Matteos Obhut gut aufgehoben. Und Pietro war angewiesen, ihnen auf keinen Fall mehr als zwei oder vielleicht drei Grappa zu spendieren. Pro Freundin natürlich.

Gino fuhr ruhig und konzentriert, nur die mahlenden Kieferknochen, mit denen er sein Kaugummi malträtierte, verrieten seine Anspannung. Die Chauffeursuniform stand ihm erstaunlich gut, ebenso wie der üppige Schnauzbart und die leuchtend blauen Kontaktlinsen. Wahrscheinlich hätte

Emilia ihm gar nicht erst noch die Minipli-Löckchen verpassen müssen, dachte Anna, die Russen hätten ihn auch so nicht erkannt.

Als sie sich flüchtig umblickte, hatte Sorokin den Kopf an die Nackenstütze gelehnt und schlief mit weit offenem Mund, die beiden Bordsteinschwalben hatten offensichtlich ganze Arbeit geleistet. Auch Kulikow hatte dunkle Schatten unter den Augen und rot geränderte Pupillen, aber er telefonierte. Anna wünschte sich, zumindest so viel Russisch zu verstehen, dass sie eine Ahnung davon hätte, worum es bei dem Anruf ging.

Der Alkoholdunst, der sich langsam im ganzen Wagen ausbreitete, verursachte Anna eine leichte Übelkeit, die sich auch nicht legte, als Gino die Klimaanlage höher stellte. Anna ärgerte sich über ihre Nervosität, ganz kurz ertappte sie sich bei dem Gedanken, dass Lepke womöglich recht hatte. Es war vollkommen idiotisch, was sie hier abzogen. Und vor allem war es eine Nummer zu groß für sie – sie saßen nicht in ihrem Leseclub und diskutierten einen ihrer Krimis, sondern sie waren gerade die Hauptfiguren in einem höchst gefährlichen Spiel, dessen Regeln sie nicht wirklich kannten, geschweige denn beherrschten. Und das vor allem nicht mehr zu stoppen war, selbst wenn sie es jetzt noch gewollt hätten. Aber es war zu spät. Sie saß in diesem Auto und konnte nur hoffen, dass tatsächlich alles so lief, wie sie geplant hatten.

Kurz vor Ancona verlangte Sorokin, dass sie am Straßenrand hielten, weil er pinkeln musste. Kulikow stellte sich neben ihn an die Böschung. Gino bemühte sich, woanders hinzublicken, und trommelte nervös mit den Fingerspitzen auf dem Lenkrad. Anna wäre ebenfalls gerne ausgestiegen, sie spürte schon länger einen deutlichen Druck auf ihre Blase, aber es gab nirgends ein Gebüsch, das ihr genügend Schutz geboten hätte, um sich dahinter zu verstecken.

Ancona empfing sie mit einen Verkehrsstau auf der Straße, die zum Hafen führte, zwei Autos waren zusammengestoßen, ein paar Urlauber, die Angst hatten, ihre Fähre nach Kroatien oder Griechenland zu verpassen, liefen gestikulierend an der im Sonnenlicht funkelnden Blechkarawane auf und ab, irgendein Fahrer hatte die schlaue Idee, immer wieder seine Hupe zu drücken, um zumindest seinen Frust über die unwillkommene Verzögerung zu demonstrieren.

Gino schaltete die Warnblinkanlage ein und wechselte auf die Gegenfahrbahn, ohne sich um die aufgeregten Lichtzeichen der entgegenkommenden Autos zu kümmern, die gerade noch ausweichen konnten. Nach fünfzig Metern bog er trotz des Verbotsschildes falsch herum in eine Einbahnstraße ein, kaum mehr als eine schmale Gasse zwischen Wellblechschuppen und einstöckigen Betonbauten, keine drei Minuten später rollten sie auf das Gelände des Frachthafens zu.

Hinter einem mit Natodraht bewehrten Zaun stapelten sich haushoch die Container und versperrten jede Sicht, ein grellrotes Hinweisschild erklärte in mehreren Sprachen, dass die Schranke mit dem tristen Pförtnerhäuschen daneben *nicht* die offizielle Zufahrt war: *Solo per dipendenti portuali. Staff of port only. Nur für Hafenmitarbeiter.*

Aber sie waren richtig hier, sie hatten noch kaum gehalten und waren ausgestiegen, als zwei Männer in orangefarbener Arbeitskleidung auf sie zutraten und ein paar Sätze mit Gino wechselten, dann winkten sie den Russen, ihnen zu folgen. Gleich ist es vorbei, dachte Anna aufatmend, mein Job ist erledigt, ich habe sie zum Hafen gebracht, das war's.

Im selben Moment hob Kulikow die Hand und wies mit dem Zeigefinger auf sie. »Du kommst mit!«

»Was?«, entfuhr es Anna. »Nein, wieso? Wir haben nur verabredet, dass ich …«

»Nur die zwei Männer«, erklärte einer der Hafenarbeiter barsch und griff nach Kulikows Arm, um ihn auf das Gelände zu bringen.

Kulikow machte sich mit einem verärgerten Schnauben los. Sorokin trat einen Schritt auf Anna zu. »Sag ihnen, die Bedingungen haben sich geändert. Du kommst mit, oder wir fahren wieder.«

Anna warf einen hilflosen Blick zu Gino, dann übersetzte sie Sorokins Forderung. Der Hafenarbeiter griff nach dem Sprechfunkgerät an seiner Schulter. Gino schüttelte den Kopf und stieß beschwörend hervor: »Mach das nicht, Anna! Das ist zu gefährlich. Wir fahren einfach! Lenk die Typen ab, damit ich einsteigen und den Motor anlassen kann. Spring zur Schiebetür rein, während ich schon losfahre. Wir schaffen das!«

»Hör auf, mit ihr zu reden, lass das!«, herrschte Sorokin ihn an, während Kulikow die Basilika an seinem Oberarm auf und ab hüpfen ließ und Anna mit einer vulgären Geste seiner Zungenspitze zu verstehen gab, was er mit ihr machen würde, wenn sie alleine wären.

Der Hafenarbeiter hatte seine Nachricht durchgegeben, die Antwort an Sorokin bestand in einem kurzen Nicken.

»Na bitte, geht doch!« Sorokin fasste nach Annas Handgelenk, als würde es keine Rolle spielen, ob sie zustimmte oder nicht. Sie reagierte, ohne nachzudenken. Mit einem Griff zu seinem Jackett nutzte sie den Schwung seiner Bewegung und zog ihn auf sich zu, während sie gleichzeitig beiseitetrat und ihm ein Bein stellte. Als er nach vorne torkelte und verzweifelt bemüht war, nicht das Gleichgewicht zu verlieren, wirbelte Anna zu Kulikow herum. »Wagt es nicht noch mal, mich anzufassen! Keiner von euch beiden! Ich komme mit, aber freiwillig, klar?«

Ohne eine Erwiderung abzuwarten, drehte sie sich um und lief los. Glücklicherweise konnten die Russen nicht ahnen, dass sie zum allerersten Mal einen dieser Griffe aus dem Selbstverteidigungskurs außerhalb des Trainingsraumes angewandt hatte. Und es hatte funktioniert, wenn sie auch innerlich immer noch vor Angst zitterte. Als die Russen zu ihr aufschlossen, konnte sie Sorokin dicht hinter sich fluchen hören. Die Hafenarbeiter eskortierten sie mit unbeweglichen Mienen, der eine von ihnen hatte wieder sein Funkgerät in der Hand, durch das Rauschen und Knacken hindurch drang verzerrt eine Stimme. »Tutto bene?«

»Wir sind auf dem Weg, Containerreihe zwölf.«

Für einen Moment wurde das heisere Geschrei der Möwen von der Sirene eines Schiffs übertönt, dann war auch wieder das schrille Piepsignal der Ladekräne zu hören, das Rasseln von Ketten, das metallische Krachen, wenn ein Container unsanft auf den Boden gesetzt wurde.

Ein Gabelstapler fuhr dicht vor ihnen über den Weg und verschwand zwischen den Containerwänden, Anna war sich fast sicher, das Gesicht des Fahrers erkannt zu haben, es war einer von Rosarios Leuten, sie hatte den Mann schon mal in der Questura gesehen. Aus den Augenwinkeln registrierte sie einen Schatten hoch über sich und hoffte, dass die Russen die flüchtige Bewegung auf dem Containerstapel nicht ebenfalls bemerkt hatten, wagte es aber nicht, sich nach ihnen umzublicken. Sie musste jetzt dringender pinkeln als zuvor und wünschte sich, bei dem kurzen Halt vorhin ihr Schamgefühl einfach ignoriert zu haben.

Als sie um die Ecke bogen, lag plötzlich der Hafenkai vor ihnen. Ein gigantischer Frachter wurde gerade entladen, noch ragte er viele Stockwerke hoch aus dem schmutzigen Wasser auf, die Schriftzeichen am Heck waren chinesisch. Im Schatten des stählernen Kolosses wirkten die Tische und Stühle des Hafenrestaurants wie Spielzeugmöbel, selbst die schweren, meist schwarzen

Limousinen, die vor der Terrasse geparkt waren, schienen eher zu einer Modelllandschaft zu gehören, als real zu sein.

Überhaupt stellte das ganze Restaurant einen auffälligen Gegensatz zu der lauten und schmutzigen Hafenszenerie dar, obwohl das Gebäude selbst eher eine Art verglaster Pavillon war und die Palmen zwischen den Tischen wahrscheinlich ebenso wie der grellgrüne Kunstrasen aus Plastik bestanden. Aber Anna hätte wetten können, dass der Koch, der da gerade persönlich und mit weißer Mütze auf dem Kopf die Männer in ihren schicken Anzügen bediente, mindestens einen Michelin-Stern vorzuweisen hatte.

»Stopp!«, befahl einer der beiden Hafenarbeiter. Zwei Bodyguards traten zwischen den Limousinen hervor und kamen mit langen Schritten auf sie zu, in ihren Sonnenbrillen spiegelten sich die Ladekräne und die Wolkenfetzen am Himmel.

Die Hafenarbeiter schienen froh zu sein, ihre Aufgabe erledigt zu haben, eilig entfernten sie sich in Richtung des Containerplatzes.

Mit einer knappen Handbewegung wiesen die Bodyguards sie an, die Arme auszustrecken, um sie nach Waffen abzutasten. Sie waren schnell und präzise, ihre Bewegungen waren auf das Notwendigste reduziert, sie wussten genau, was sie taten. Sorokin trug einen Revolver unter der Achselhöhle, den er sich ohne Widerstand abnehmen ließ. Kulikow hatte eine kurznasige Waffe in einem Spezialhalfter am rechten Fußgelenk, als der Bodyguard sie eben aus der Halterung ziehen wollte, bellte Kulikow ein scharfes »Njet!«, während er gleichzeitig den Bodyguard zurückstieß und die Waffe hochriss. Bevor Anna reagieren konnte, hatte er sie gepackt und drückte ihr brutal den Lauf an die Schläfe.

Anna schrie vor Überraschung und Schmerz auf, sie verstand kaum, was der Russe mit sich überschlagender Stimme brüllte:

»Sag ihnen, sie sollen verschwinden und ihren Boss hierherschicken. Er soll hier antanzen, und zwar alleine, sonst drücke ich ab. Jetzt mach schon, übersetz das!«

»Euer Boss soll hierherkommen, ihr sollt verschwinden!«, keuchte Anna. »Dovresti uscire di qui!« Ihre Knie zitterten unkontrolliert, sie konnte sich kaum noch aufrecht halten.

Das Lächeln der Bodyguards war so verächtlich, dass sich jede Antwort erübrigte. Es war klar, was sie dachten. Niemand hatte einem Mafia-Boss zu sagen, was er zu tun habe. Und ihn mitten im Essen zu stören, um ihn »antanzen« zu lassen, war ungeheuerlich. Da hatten diese Russen wohl etwas nicht ganz verstanden. Deutlich hörte Anna das Klicken, als der zweite Bodyguard seine Waffe entsicherte und sie zwischen Sorokin und Kulikow hin- und herschwenkte.

Vom Restaurant drangen aufgeregte Rufe zu ihnen herüber, plötzlich peitschte ein Schuss und riss Sorokin zu Boden, laut hallte das Echo von der stählernen Schiffswand zurück, im nächsten Moment brach das Chaos aus. Es passierte alles so schnell und nahezu gleichzeitig, dass Anna wie gelähmt war. Ohne die Waffe von ihrer Schläfe zu nehmen, presste Kulikow ihr jetzt von hinten den Arm um den Hals und schnürte ihr die Luft ab, dann zerrte er sie rückwärts mit sich, zum Hafenbecken, während auch schon die Polizeisirenen über den Platz gellten, Motoren aufheulten, eine Lautsprecherstimme die Rufe vom Restaurant übertönte: »Achtung, Achtung, hier spricht die Polizei!«

In der kurzen Pause vor dem nächsten Satz war klar und deutlich zu hören, wie jemand brüllte: »Das ist eine Falle! Una trappola! Die Bullen sind da!«

Dann ratterten Maschinenpistolen los, die beiden Bodyguards rannten geduckt zu den Limousinen, um Deckung zu suchen, jetzt wurden die Schüsse von den Containern her erwidert, ein Polizeitransporter raste auf das Restaurant zu und wurde augenblicklich von Kugeln durchsiebt.

Anna versuchte, sich loszureißen, aber Kulikow schlug ihr brutal mit der Faust in die Nieren und zerrte sie weiter. Sie waren nur noch wenige Meter von der Kante der Mole entfernt, als ein Wagen quer über den rissigen Beton gejagt kam und direkt auf sie zuhielt, viel zu schnell, um noch rechtzeitig bremsen zu können. Unscharf sah Anna das verzerrte Gesicht von Rosario, als er in letzter Sekunde das Lenkrad herumriss und den Wagen mit einem riskanten Schleudermanöver nur einen knappen Meter vor ihnen in die Gegenrichtung zwang, während sich ein Mann mit einer Sturmmaske aus der Beifahrertür hechtete, sich abrollen ließ, aufsprang und noch im Laufen seine Waffe zog …

Anna riss das Bein hoch und trat mit aller Kraft nach hinten, um mit dem Absatz ihres Schuhs Kulikows Knie zu treffen, im selben Augenblick drückte Kulikow ab.

Epilog

Zwei Wochen später

Das Mittelmeer breitete sich wie ein türkisfarbener Teppich vor der Amalfiküste aus, weit draußen in der Ferne zog ein Segelboot als weißer Tupfer vorüber. Der Himmel war wolkenlos und von einem so tiefen Blau, dass es fast unwirklich schien. Außer gelegentlichem Möwengeschrei war nur das Plätschern des künstlichen Wasserfalls zu hören, der in den Infinitypool mündete, wo zwei Frauen damit beschäftigt waren, den braun gebrannten Rücken eines schlanken, aber muskulösen Mannes mit einer sündhaft teuren Lotion einzuölen. Eine der Frauen war blond und hatte die Haare kunstvoll hochgesteckt, ihr Bikini-Oberteil vermochte kaum den phänomenalen Busen davor zu bewahren, sich aller Welt so zu präsentieren, wie ein offensichtlich allzu kurvenbegeisterter Herrgott ihn geschaffen hatte. Die zweite Frau trug einen einteiligen Badeanzug mit tiefem Rückendekolleté, sie war ein wenig mollig um die Hüften herum, dafür strahlte ihr Gesicht in einer madonnenhaften Schönheit, die umso erstaunlicher wirkte, als ihre Hände zielsicher und mit gehöriger Kraft die verspannten Muskeln des männlichen Rückens massierten.

Es gab noch eine weitere Frau, die ein wenig älter war und ein Stück abseits im Schatten eines Sonnenschirms Zeitungsausschnitte sortierte und sorgfältig in ein ledergebundenes Fotoalbum einklebte. Dabei wanderte ihre linke Hand in regelmäßigen Abständen zu dem mit einem bunten Papierschirmchen verzierten Glas Campari Orange oder dem auf dem Rand des Tisches abgelegten Zigarillo. Auf dem freien Stuhl neben ihr lag ihr Strickzeug, die beiden glänzenden Nadeln waren auffällig groß.

Erst als der Mann unter den knetenden Händen auf seinem Rücken leise aufstöhnte und um Gnade bat, tauchte eine vierte Frau auf, die bislang in einem Liegestuhl auf dem Felsen unterhalb des Pools in einem Kriminalroman gelesen hatte. Sie hatte den Krimi noch in der Hand, auf dem Umschlag war eine Frau unter Wasser zu sehen, die verzweifelt bemüht war, sich von den Stricken um ihre Hände zu befreien. Die Frau auf dem Cover trug ebenso wie die Leserin nur einen Hauch von einem Strandkleid, allerdings waren die Beine der Leserin schlanker, nur der Verband um ihren rechten Fußknöchel wollte nicht so recht zum Bild einer Badeschönheit in einem Hochglanzmagazin vom Mittelmeer passen.

Lachend beugte sie sich zu dem Mann, dessen Gesicht hinter der dunklen Ray-Ban kaum zu erkennen war.

»Hör auf, dich zu beschweren! Du hättest ja auch in Berlin bleiben können, aber denk dran, andere würden ein Vermögen dafür ausgeben, von zwei italienischen Grazien nach allen Regeln der Kunst durchgeknetet zu werden, also genieß es jetzt gefälligst auch!«

»Wir *geben* ein Vermögen für das alles hier aus, das ist euch hoffentlich bewusst!«, kam es von der Frau mit den kurzen grauen Haaren, bevor sie ihr Zigarillo ausdrückte und sich wieder ihren Zeitungsausschnitten widmete.

»Ich beschwere mich ja auch gar nicht«, stöhnte Lepke, »im Gegenteil, ich find's super!«

Was ihm umgehend eine Reihe von Küsschen zur Belohnung einbrachte, links und rechts auf die Wangen, sodass Anna ihre Freundinnen ermahnte: »Lasst mir noch was übrig von ihm, bitte!«

»Wie ist dein Krimi?«, rief Tante Natti von ihrem Tisch herüber.

»Spannend! Guter Plot und alles. Aber ich muss die ganze Zeit denken, wie es wohl wäre, wenn wir *unsere* Geschichte, also ich meine …«

»Das ist Quatsch«, erklärte Tante Natti kategorisch. »Was meinst du, wie anstrengend das ist, wenn du das richtig machen willst. Das schreibst du nicht einfach mal eben so auf, Einleitung, Hauptteil, Schluss, da gehört schon ein bisschen mehr dazu!«

»Aber wieso?«, wandte Fabia ein. »Anna hat doch recht, die Geschichte haben wir ja schon und …«

»Und das bessere Personal haben wir sowieso!«, rief Emilia dazwischen. »Vier coole Frauen, die genau das mitbringen, was Männern nun mal fehlt! Alles klar? Tits up, ladies, we are the champions! Und wenn wir Lust dazu haben, schreiben wir einen Krimi, wo ist das Problem?«

»Vier Frauen allein gegen die Mafia und den Rest der Welt«, spann Fabia den Gedanken weiter.

»He!«, beschwerte sich Lepke. »Und ich? Gehöre ich etwa nicht dazu? Ich fühle mich gerade ein bisschen ausgeschlossen bei eurem ›tits up‹!«

»Klarer Fall von Diskriminierung«, bestätigte Tante Natti.

»Du gehörst zu einer Randgruppe«, erklärte Fabia. »Da kann man leider nichts machen, Pech für dich.«

»Eine kleine Nebenrolle für Lepke könnte vielleicht schon drin sein«, meinte Anna. »Ich finde, das hat er verdient. Schließlich war er ja auch irgendwie … beteiligt.«

»Sehr witzig!« Lepke hielt seine linke Hand hoch, die dick bandagiert war. »Der Arzt sagt, den kleinen Finger werde ich nie wieder bewegen können.«

»Ich finde, du solltest froh sein«, meinte Emilia. »Da könnte ich mir nämlich was deutlich Schlimmeres vorstellen als den kleinen Finger!«

»Stopp!«, hakte Tante Natti ein. »Wir wollen doch nicht unsere gute Kinderstube vergessen, oder?«

»Kinderstube hin oder her, wir sind einfach komplett verrückt, so sieht es doch aus«, stellte Anna ganz sachlich fest. »Und genau deshalb …«

»Sind wir auch so großartig«, brachte Fabia ihren Satz zu Ende. »Meinetwegen soll Lepke ruhig seine Nebenrolle bekommen, ich habe keine Einwände dagegen!«

»Los, komm, Tante Natti«, drängelte Emilia, »lies uns noch einmal vor, was *La Repubblica* über uns geschrieben hat!«

»Wirklich? Schon wieder?«

»Wirklich! Schon wieder!«, bestätigten alle wie aus einem Mund. »Man kann es gar nicht oft genug hören!«

»Und vergiss nicht das Interview mit Rosario in der *La Nazione!*«, rief Emilia noch, während Tante Natti schon die Zeitung aufschlug.

»Titelseite La Repubblica vom 6. Juni«, las sie laut. »Überschrift: ›Wilde Schießerei im Hafen von Ancona‹, Unterzeile: ›Droht der Adriaküste ein neuer Bandenkrieg?‹ Und dann …«

Im selben Moment bereute Anna auch schon, nicht einfach den Mund gehalten zu haben und auf ihr Zimmer gegangen zu sein. Sie hätte es besser wissen müssen! Jetzt hatte sie unwillkürlich wieder die Bilder vor Augen, die sie nachts immer noch aus dem Schlaf rissen …

Natürlich hatte sie gewusst, dass die beiden Bordsteinschwalben, die die Russen auf ihr Zimmer begleitet hatten, in einem unbeobachteten Moment auch deren Waffen entladen hatten. Zumindest war das der Auftrag gewesen. Einer der Aufträge. Und womöglich der schwierigste.

Aber konnte sie sich wirklich sicher sein, dass das auch passiert war? Vielleicht hatten die Frauen gelogen, weil sie nicht zugeben wollten, dass es ihnen nicht gelungen war. Oder dass sie es schlicht und einfach vergessen hatten! Schließlich hatten sie ja selber mehr als genug getrunken, wahrscheinlich war auch die eine oder andere Linie Koks im Spiel gewesen, wer wusste schon, was da zwischen ihnen und den Russen abgelaufen war.

Und noch ein ganz anderer Gedanke war Anna durch den Kopf geschossen, als sie den Lauf an ihrer Schläfe gespürt hatte: Selbst wenn Gennaros wasserstoffblondierten Freundinnen alles wie abgesprochen erledigt hatten, war es mehr als wahrscheinlich, dass Sorokin und Kulikow ihre Waffen am nächsten Morgen sorgfältig überprüft hatten, bevor sie zu diesem Treffen mit der Mafia marschierten. Die Russen waren Profis, egal wie schlimm die Nachwirkungen der letzten Nacht gewesen sein mochten, ihre Waffen würden sie sicher nachgeladen haben. Und genau daran hatten weder Anna noch ihre Freundinnen gedacht. Weshalb Anna verzweifelt versuchte, einen Ausweg aus der Situation zu finden, die von einer Sekunde zur nächsten völlig aus dem Ruder gelaufen war, als die Polizei eingriff. Und die Mafiosi daraufhin den Schusswechsel eröffneten!

Noch immer meinte sie, das Jaulen der Kugeln zu hören, die auf den Stahl des Schiffsrumpfes in ihrem Rücken trafen und als Querschläger an ihr vorbeizischten. Und dann war da plötzlich das Auto, das wie aus dem Nichts auftauchte und auf sie zugerast kam, mit Rosario am Steuer und dem zweiten Mann auf dem Beifahrersitz, der sich noch im Fahren aus dem Wagen warf, um Kulikow zu Fall zu bringen und sie aus dem Griff des Russen zu befreien. In der alles andere als berechtigten Hoffnung, Kulikow überrumpeln zu können, bevor er dazu kam, seine Waffe zu benutzen.

Das Geräusch, das der Schlagbolzen des Revolvers an ihrer Schläfe machte, war das Letzte, woran Anna sich deutlich erinnerte. Ein metallisches Klacken, die Gewissheit, dass es im

Bruchteil einer Sekunde vorbei sein würde, das ungläubige Staunen, als kein Schuss ertönte, die Panik vor dem rasenden Schmerz, der ja dennoch kommen musste, anders konnte es gar nicht sein, es gab keine Hoffnung mehr, es war vorbei, aus, passato, finito – und dann der Moment, in dem alles schwarz vor ihren Augen wurde, weil ihr Gehirn sich weigerte, die unerwartete Wendung zu akzeptieren, als könnte allein schon der bloße Gedanke das Schicksal erneut herausfordern.

Die plötzliche Kälte des Wassers. Die Algen, die vorübertrieben, der stählerne Schiffsrumpf mit den Seepocken, die ihre Haut aufrissen, als sie versuchte, nach oben zu kommen, die Luftblasen, die mit jeder Bewegung ihrer Arme zur Oberfläche emporstiegen, wo Licht war und Wärme und Luft zum Atmen. Der undeutliche Schatten, der die Hand nach ihr ausstreckte, sie mit sich zog, sie fest gepackt hielt, bis sie so dicht nebeneinander auftauchten, dass sie deutlich die Angst in Lepkes Augen sehen konnte, und schließlich die Erleichterung, sie am Leben zu wissen, gerettet, in Sicherheit.

Sie waren zur Eisenleiter geschwommen, die senkrecht an der Kaimauer nach oben führte, die Wunde auf Lepkes Hand hatte ausgesehen, als wären die Haut, die Muskeln, die Sehnen bis zum Knochen mit einem stumpfen Pizzaschneider durchtrennt worden. Sie hatte ihn gestützt, als er vor Schmerzen ohnmächtig zu werden drohte, die Minuten, in denen sie sich an die rostigen Sprossen der Leiter klammerten, waren ihr wie eine Ewigkeit vorgekommen. Bis endlich die Schüsse verstummten und Rosarios Gesicht über der Kante erschien …

»›Mehrere Verletzte wurden ins Ospedale Civile gebracht, darunter auch zwei Polizisten‹«, las Tante Natti gerade vor, »›ein Schwerverletzter wurde mit dem Hubschrauber in eine Spezialklinik nach Rom geflogen, sein Zustand ist nach Aussage der

Ärzte kritisch. Laut Polizeibericht handelt es sich um einen 42-jährigen Mann russischer Herkunft. Gegen ihn und einen weiteren Russen, der in die Schießerei verwickelt war, hat der Untersuchungsrichter Haftbefehle ausgestellt. Eine unbeteiligte Frau, die sich zur Tatzeit auf dem Gelände befand, ist als vermisst gemeldet. Es besteht die Möglichkeit, dass sie im Hafenbecken ertrunken ist, die noch am selben Tag anberaumte Suche durch einen Taucher der Polizei blieb jedoch ohne Ergebnis. Die Identität der Frau ist nicht bekannt. Zeugen, die den Vorfall beobachtet haben, werden dringend gebeten, sich bei der Questura in Ancona zu melden‹, Adresse, Telefonnummer und so weiter. Schlusssatz: ›Der Anlass der Schießerei ist bislang ungeklärt, alles deutet jedoch auf eine Auseinandersetzung hin, in die sowohl die italienische wie auch die russische Mafia verwickelt war. Womöglich ging es dabei auch nur um eine erste Kontaktaufnahme, wie zu der laufenden Ermittlung aus Polizeikreisen zu hören war.‹«

Tante Natti faltete die Zeitung sorgfältig zusammen. »Hat der Redakteur doch gut geschrieben, oder? Dafür, dass er bei mir nie über eine Vier in Rechtschreibung und Grammatik rausgekommen ist, ist das ganz erstaunlich, finde ich.«

Fabia nickte zustimmend. »Und keiner weiß was. Hafenmeister Carlo weiß nichts, die beiden Commissari wissen nichts, die Mafiosi wissen noch weniger als nichts …«

»Sie haben sich sozusagen selbst ge…, na, ihr wisst schon«, warf Emilia ein. »Das Einzige, was sicher ist: Anna ist ertrunken! Und damit ist auch das viele schöne Geld von den Russen futsch. Nur sie wusste, wo es versteckt war. Und jetzt hat sie ihr Wissen leider für immer mit in ihr nasses Grab genommen. Dumm gelaufen!«

»Ich kapiere allerdings immer noch nicht, wie Rosario es geschafft hat, Lepke da rauszuhalten«, überlegte Fabia laut. »Ich meine, die müssen ihn doch alle gesehen haben, so wie Anna uns das erzählt hat, als er mit Rosario im Auto …«

Lepke hob die verletzte Hand. »Tatsächlich wird mich noch nicht mal einer von den italienischen Kollegen groß bemerkt haben! Und wenn, haben die aus Ancona gedacht, ich wäre einer von Rosarios Leuten aus Rimini, und Rosarios Leute haben mich für einen aus Ancona gehalten. Aber ich bin ja auch erst hinzugekommen, als die Hafenarbeiter mit Anna und den Russen schon auf dem Platz waren. Als ich zu Rosario ins Auto gestiegen bin, reichte die Zeit gerade noch, um mir die Sturmhaube überzuziehen, dann ging die ganze Scheiße ja auch schon los! Und hinterher herrschte sowieso das totale Chaos, da hat niemand weiter auf den Rettungswagen geachtet, der für zwei Minuten an der Kaimauer stand, bevor er wie die anderen Rettungswagen mit Blaulicht und Sirene ins Krankenhaus gefahren ist. Und der Fahrer und die Sanitäter halten dicht, dafür wird Rosario schon gesorgt haben.«

»Unser kleiner Rosario«, bemerkte Emilia mit einem Hauch von Bewunderung in der Stimme, »wer hätte das von ihm gedacht?«

»Ich ganz bestimmt nicht«, erwiderte Tante Natti nur trocken, bevor sie kopfschüttelnd auf die Titelseite der *Nazionale* tippte. Auf der unter einem Foto von Rosario die Schlagzeile prangte: »DER COMMISSARIO UND DIE SCHIESSEREI IM HAFEN«.

Der dazugehörige Bericht sparte nicht mit Lob für Rosario, »den Helden aus Rimini«, dem es zu verdanken war, dass die Mafia einen empfindlichen Schlag einstecken musste, »als sie gerade dabei war, ein illegales Geschäft mit einem ausländischen Syndikat abzuschließen«.

Und im Interview, das auf derselben Seite abgedruckt war, erklärte Rosario gleich zu Anfang auf die Frage, wie er seinen großen Erfolg zu feiern gedenke: »Manchmal muss ein Mann tun, was ein Mann tun muss, das ist eine Selbstverständlichkeit für mich, es gibt keinen Grund, damit zu prahlen. Ich bin nur ein einfacher Polizist, der seine Arbeit macht.«

»Lies noch mal die Stelle danach vor, wo er behauptet, er hätte schon als kleiner Junge gewusst, was seine Aufgabe ist«, rief Emilia.

»Stimmt ja auch«, meinte Fabia. »Ich erinnere mich noch ziemlich gut, wie er beim Murmelspielen betrogen hat! Und wenn er deshalb nicht mehr mitmachen durfte, ist er heulend nach Hause gerannt, um sich darüber zu beschweren, wie fies wir zu ihm wären, und dass wir behauptet hätten, er würde schummeln. Er hat es jedenfalls schon immer verstanden, sich die Sachen so zurechtzubiegen, wie er es gerade brauchen konnte.«

Im selben Augenblick klingelte Emilias Handy.

»Gino!«, rief sie nach einem Blick auf das Display. »Bestimmt wegen der Insel! Heute Morgen war ja das Gespräch mit der Stadtverwaltung wegen der Genehmigung …«

»Stell laut«, sagte Anna. »Damit wir alle mithören können.«

Ginos Stimme klang seltsam verzerrt, im Hintergrund waren das Tuckern eines Motors und heiseres Möwengeschrei zu hören, ab und zu übertönte ein Windstoß seine Worte: »Wir fahren gerade raus zu der Stelle, wo die alte Insel von 1968 war! Der Ministerpräsident will sich persönlich einen Eindruck verschaffen … Ja, stell dir vor, er ist mit auf dem Boot, und der Bürgermeister und noch zwei Typen von der Regierung. Ich glaube, sie wollen nur sichergehen, dass wir nicht dasselbe machen wie die Leute damals und eine ›freie Republik Roseninsel‹ ausrufen. Aber das Wichtigste ist – wir kriegen die Genehmigung! Hast du gehört, amore mio? Es ist alles in trockenen Tüchern, nächste Woche können wir unterschreiben … Moment mal, ich muss Schluss machen, tut mir leid, sie wollen gerade wissen, wer das Catering übernimmt! Ist Anna bei dir? Kannst du sie schnell fragen, ob das jetzt definitiv ist, dass ...«

»Ist es!«, bestätigte Anna laut. »Wir werden den leer stehenden Laden neben dem ›Il Faro‹ mieten, deine Mutter und deine Schwestern haben sich schon mit Matteo und Li verabredet, um alles zu besprechen.«

»Fantastico!«, rief Gino laut, dann brach die Verbindung ab.

»Und ihr glaubt tatsächlich, dass das funktionieren wird?«, fragte Lepke skeptisch. »Ein Club auf einer Insel, die eigentlich nichts weiter ist als eine schwimmende Plattform mitten im Meer? Warum sollten die Leute da extra hinfahren?«

»Ebendeshalb, weil es etwas Besonderes ist! Bars oder Discos an der Promenade gibt es genug, das ist langweilig. Aber eine Insel, wo ich nur mit einem Boot hinkomme, das ist ... romantisch. Und es hat ja schon damals funktioniert, die ›Isola delle Rose‹ war in halb Europa bekannt!«

»Aber wenn ich mich richtig erinnere, haben die Behörden das Ding doch schon nach drei Monaten wieder geräumt ...«

»Nach einem halben Jahr«, präzisierte Emilia. »Aber in diesem halben Jahr haben die Typen mehr Geld verdient als alle Bars am Strand zusammen. Und Gino und ich werden länger durchhalten, weil wir nämlich die besseren Kontakte haben!« Sie rieb Daumen und Zeigefinger aneinander, um zu verdeutlichen, was sie genau meinte.

Tante Natti zog ihr Laptop zu sich heran und rief eine Seite auf. »Falls es euch interessiert, könnte ich euch sagen, dass die neue Roseninsel von Emilia und Gino jetzt schon für reichlich Aufmerksamkeit in der Presse sorgt. Und zwar überregional!«

»War mir klar«, behauptete Emilia. »War ja auch meine Idee!«

»Und sonst?«, wollte Anna wissen. »Unsere anderen Projekte, wie sieht es da aus?«

Tante Natti drehte den Bildschirm so, dass alle ihn sehen konnten, während sie die einzelnen Punkte vorlas, ungefähr so, wie sie früher vor ihrer Klasse mit dem Zeigestock an der Tafel gestanden hatte, nur dass es diesmal nicht um irgendwelche Geschichtszahlen oder berühmten Persönlichkeiten ging, sondern um ihre ganz persönliche Hitliste, die sie jeden Tag aktualisierte: »Wie gesagt, auf Platz eins haben wir Emilia und Gino mit ihrer Roseninsel. Unser Kinderheim ist leider weit abgeschlagen, da gibt es nach wie vor nur eine kurze Meldung über die anonyme Spende, die verhindert, dass es geschlossen wird. Dafür haben wir immerhin zwei neue Artikel über die Jugendstilvilla in Urbino, in der Fabia ihre Poliklinik einrichten will. Sogar mit einem schönen Foto, wobei du darauf achten solltest, dass du beim nächsten Mal nicht rumstehst wie ein Fragezeichen, Fabia! Ein bisschen mehr Haltung, Schultern zurück, Bauch rein …«

»Das nächste Mal kann sich ja auch Emilia für mich fotografieren lassen«, schlug Fabia beleidigt vor.

»Tits up!«, kicherte Emilia, ohne Fabia ihre kleine Spitze übel zu nehmen. »Und unser Dorf? Zeig mal her, was es da Neues gibt …«

Emilia beugte sich zum Bildschirm, im selben Moment klappte Tante Natti mit einem Lächeln das Laptop zu, um die Spannung zu erhöhen.

»Es scheint so, als würde unser Dorf gerade gewaltig aufholen, heute Morgen hat sogar schon eine Zeitung aus Deutschland darüber berichtet, dass im nächsten Monat die erste Gruppe von Geflüchteten ihre Häuser beziehen werden. Aber apropos …«, erklärte sie, während sie bereits aufstand, »ich sollte mich mal fertig machen! Um halb vier ist der Termin für die

Pressekonferenz in Sorrento, und wie es aussieht, werden sie alle da sein, von *La Repubblica* bis RAI.«

»Ich wäre ja gerne dabei«, gestand Emilia. »Nur um zu sehen, was für einen Eindruck diese ältere Millionärin aus Amerika wohl macht.«

»Ein bisschen wie die alte Joan Baez«, meinte Anna. »Kurze graue Haare und … sehr überzeugend, wenn man ihrem Italienisch auch kaum anmerkt, dass sie schon seit Ewigkeiten in Amerika lebt. Wo soll sie noch mal geboren sein?«

»In einem Dorf ganz im Süden von Sizilien«, erklärte Tante Natti, »den Namen kennt kaum einer. Und in New York ist sie in Queens groß geworden, da gab es lauter Italiener, ihre Eltern haben auch nie richtig Englisch gelernt.«

»Alles super, du machst das schon, Tante Natti«, sagte Emilia. »Denk immer dran: keine Skrupel, tits up und fertig, zeig es ihnen!«

»Aber achte ein bisschen auf deine Haltung, ja?«, warf Fabia ein. »Wir wollen ja schließlich alle stolz auf dich sein, wenn wir dich im Fernsehen bewundern dürfen.«

Tante Natti wollte eben auf ihr Zimmer gehen, als diesmal Annas Handy klingelte.

»Unbekannter Anrufer«, erklärte Anna irritiert nach einem kurzen Blick auf ihr Display. Es war, als würden alle Alarmglocken in ihrem Kopf schrillen, die bekannten Nummern waren gespeichert, es gab niemanden sonst, der einen Grund gehabt hätte, sie anzurufen.

»Sag einfach nur ›hallo‹«, wies Lepke sie an. Jedem von ihnen war klar, dass ein »unbekannter Anrufer« ebenso gut vollkommen harmlos sein wie leider auch etwas durchaus Unliebsames bedeuten konnte. Auch wenn bislang alles so abgelaufen war, wie sie es geplant hatten, hieß das noch lange nicht, dass Anna sich in Sicherheit wiegen konnte.

Sie nickte und nahm das Handy ans Ohr.

»Hallo?«

»Anna? Anna-Kristina? Hörst du mich?«

Anna hatte das Gefühl, dass ihr Herzschlag aussetzte. Diese Stimme würde sie immer und überall erkennen, die leichte Heiserkeit, die von zu vielen langen Nächten im Restaurant herrührte, die unausgesprochene Zärtlichkeit, die schon früher bei jedem Wort mitschwang, wenn er mit ihr telefonierte und nicht wollte, dass sie merkte, wie sehr er sie vermisste.

Aber das konnte nicht sein, es war unmöglich! Anna spürte, wie ihr die Beine wegsackten, wie durch einen Nebel fühlte sie Lepkes stützende Hand, als er ihr einen Stuhl hinschob, die Gesichter der Freundinnen schienen sich auf sie zuzubewegen und wieder zu entfernen, die Stimme an ihrem Ohr war überlagert vom Rauschen ihres eigenen Blutes: »Anna? Jetzt sag doch bitte was! Ich weiß ja, dass das vollkommen überraschend für dich sein muss, und du ahnst gar nicht, wie sehr ich es bedauere, dir das angetan zu haben, aber lass mich wenigstens versuchen, es dir zu erklären …«

»P… Papa?«, stammelte Anna.

»Was?« Emilia kreischte fast. »Was hast du eben gesagt? Wer ist da dran?«

»Ist das Genna da am Telefon?«, rief Fabia zur allgemeinen Verblüffung. »Geht es ihm gut? Ist alles okay mit ihm? Gib ihn mir bitte unbedingt, wenn du fertig bist, ich will auch mit ihm reden!«

»Du willst auch … mit ihm reden?« Emilia starrte die Freundin mit offenem Mund an. »Hast du das etwa wirklich gerade gesagt? Soll das etwa heißen, dass du …?«

Tante Natti schlug sich mit der flachen Hand vor die Stirn. »Natürlich, wer, wenn nicht unsere Fabia! Sie hat schon früher nie alles gesagt, was sie wusste. Und ich darf euch daran erinnern, dass sie auch im Leseclub immer schon heimlich die letzten Seiten liest, um im Vorteil zu sein. Na ja, und was Genna betrifft …« Tante Natti ließ den Kosenamen förmlich auf ihrer Zunge zergehen und zuckte mit den Schultern. »Fabia war ja da und hat den Totenschein ausgestellt. Also wusste sie auch die ganze Zeit Bescheid.«

»Sorry«, sagte Fabia mit schuldbewusster Miene. »Es ging nicht anders, glaubt mir! Genna und ich haben lange überlegt, aber …«

»Wen habt ihr dann da eigentlich beerdigt?«, rief Emilia entsetzt dazwischen. »Wen haben *wir* alle auf dem Friedhof in Fossombrone beerdigt? In dem Grab mit dem schönen Engel aus Marmor?«

»Wir müssen reden, Papa«, sagte Anna ins Handy. »Ich fürchte, es gibt tatsächlich einiges, was du mir in Ruhe erklären solltest.«

Ohne seine Reaktion abzuwarten, reichte sie das Handy weiter an Fabia. Die sofort anfing, Gennaro mit Fragen zu überschütten: »Wie geht es dir? Ist alles in Ordnung? Fühlst du dich gut?«

Sie klingt nicht nur wie die Ärztin, die seinen Totenschein ausgestellt hat, musste Anna unwillkürlich denken. Eher wie die Fabia, an die sie sich erinnern konnte, als sie beide fünfzehn und hoffnungslos in einen verdammt gut aussehenden Typen aus Rumänien verliebt gewesen waren, der sie keines Blickes gewürdigt hatte. Jedenfalls nicht Anna! Was Fabia anging, war sie sich da plötzlich nicht mehr so sicher …

Egal, es spielte keine Rolle mehr. Mein Vater lebt, dachte Anna. Er ist nicht tot. Er lebt und … Das ändert alles. Ich muss ihn sehen. Wir können zusammen wegfahren, irgendwohin, wo es eine Küche gibt und er für mich kochen kann. Er wird mir nur die Wahrheit sagen, wenn er völlig auf die brodelnden

Töpfe konzentriert ist, auf das heiße Öl in der Pfanne, die Zutaten, die gehackten Kräuter, die Gewürze, die ich ihm auf sein Fingerschnippen hin reiche. Nur dann können wir reden, ohne uns gleich zu streiten. Und ich muss ihm Lepke vorstellen! Ich muss ihm sagen, dass ich mich endgültig entschieden habe. Jetzt gerade, im Augenblick. Ich werde nicht wieder zurück nach Berlin gehen. Ich bleibe hier, in Italien …

Danksagungen

Unser Dank gilt vor allem unserer Freundin Laetitia Mazzotti, die uns die Geheimnisse von Rimini und Urbino verraten hat!

Grazie mille per tutto!

Weiterhin danken wir wie immer der Agentur Schlück in Hannover und den Lektorinnen Andrea Hartmann und Sabine Kretzschmar von Droemer Knaur sowie unserem Lektor Carlos Westerkamp.

RENATO POZZI

Tod im Olivenfass

EIN GARDASEEKRIMI

So hatte sich Geigenbauerin und Halb-Italienerin Sophia Lange ihre Heimkehr nicht vorgestellt: Kaum ist sie in Salò am Gardasee eingetroffen, wird ihr auch schon die Geldbörse gestohlen. Commissario Andreotti ist dagegen hoch erfreut über das schicksalhafte Zusammentreffen, denn die Expertise einer Geigenbauerin könnte etwas Licht ins Dunkel einer kniffligen Mordermittlung bringen. Sophias Neugierde ist geweckt. Dann jedoch gerät ausgerechnet Luigi Maggio in den Fokus der Ermittlungen – Sophias Jugendliebe. Ein Grund mehr für Sophia, dem allzu entspannten Andreotti tatkräftig unter die Arme zu greifen.

Gewinner unseres großen Krimiwettbewerbs mit der Münchner Abendzeitung

KNAUR